DU MÊME AUTEUR

Aux Éditions Gallimard

LE GRAND INCENDIE, *roman*

LE PASSAGE DE VÉNUS, *roman*

Du monde entier

SHIRLEY HAZZARD

LA BAIE DE MIDI

roman

Traduit de l'anglais (Australie)
par Claude et Jean Demanuelli

nrf

GALLIMARD

Titre original :

THE BAY OF NOON

À Francis et à ma mère

Bénis soient cette région, ses vendanges et ceux
Qui l'appellent patrie, même si on ne saurait toujours
Se rappeler pourquoi exactement on y fut heureux,
Il est impossible d'oublier qu'on le fut.

W. H. AUDEN,
Adieu au Mezzogiorno

I

Cet hiver-là, un avion militaire s'écrasa sur le Vésuve. Il avait décollé de Naples dans le brouillard ; quelques heures plus tard, il était porté disparu. Les recherches s'étendirent sur des centaines de kilomètres autour du lieu de la catastrophe : la mer Ionienne, Catane, Catanzaro. Deux jours plus tard, quand le brouillard se leva, nous vîmes l'épave sans difficulté, pliée contre le cône strié de neige du volcan surplombant l'aérodrome d'où l'appareil était parti. Personne n'avait songé à chercher aussi près.

Depuis cette époque, dit-on, nous avons mis au point d'autres techniques pour rester en contact avec le ciel. Car il y a bien douze ou quinze ans désormais que s'est produit l'accident.

Enfant, j'éprouvais invariablement de l'envie quand les adultes évoquaient des événements remontant à douze ou quinze ans en arrière. Je me disais que ce devait être merveilleux de pouvoir étaler des preuves de son expérience du genre : « Ça date d'au moins dix ans » ou bien « Je ne l'avais pas revu depuis vingt ans ». Le prestige chronologique est tenace : une fois acquis, on ne peut s'en défaire ; il augmente d'heure en heure, de jour en jour, vous chargeant de ses honneurs jusqu'à ce que vous en soyez abondamment, excessivement comblé. Jusqu'à ce que vous crouliez littéralement sous eux.

Une centenaire m'a confié un jour que la mémoire nous protège de ce trop-plein d'expérience. Des pans entiers de temps disparaissent, m'a-t-elle dit : « Des cinq ou six années du début du siècle, je ne me souviens guère que d'une robe sur le dos d'une autre femme, ou de la couleur d'un rideau. » Pour ma part, je crois que je serais heureuse si je devais plus tard me rappeler Naples en termes analogues — une robe lilas portée un matin par Gioconda alors que nous étions sur la route de Caserte, ou bien les rideaux ocre-brun de l'appartement de San Biagio dei Librai. Mais la mémoire, à seulement quinze ans d'intervalle, est moins économique, moins poétique, encore brouillée par les effets de nos actions et par ce qui semble avoir été leurs causes. À ce moment-là, les recherches sont menées dans des endroits improbables, et d'une manière à la fois trop assidue et trop machinale — trop loin du point d'impact.

Il y avait à l'époque — et il y a toujours — une importante base de l'OTAN à Naples, organisée autour de la VIe flotte des États-Unis, et regroupant quelques représentants symboliques d'autres pays. Quand j'y arrivai, en provenance de Londres, avec pour mission de traduire certains documents de l'italien à l'anglais et de trier et classer des papiers de diverses couleurs, je trouvai un certain nombre de jeunes Anglaises qui accomplissaient le même genre de travail : des Angela, Hilary, Rosemary qui avaient voulu quitter Reading, Ruislip ou Holland

Park. Ces jeunes fugitives avaient pour la plupart une vingtaine d'années, et sur leurs têtes planait une sorte d'immanence, une attente pâle, comme si leur jeunesse ne leur était pas encore venue. Le désir de changement qui avait pu les habiter s'était consumé dans le seul fait de partir pour Naples ; une fois arrivées, elles retrouvaient leur obligeance naturelle. D'une politesse toujours sur le qui-vive, elles posaient sur les couleurs ternes ou primaires de la vie militaire de tendres nuances pastel largement ignorées.

Ma tâche, très semblable à la leur, avait cependant pour cadre un bâtiment différent ; ma vie, quoique guère plus nourrissante, s'était déroulée sur un autre continent. J'avais passé les années de guerre hors d'Angleterre. Même si je n'étais qu'une enfant à l'époque, on avait toujours l'air de penser qu'il y avait là sinon une véritable désertion, du moins quelque chose de regrettable. Mon frère lui-même avait pour habitude de dire : « Jenny a passé la guerre en Afrique » sur un ton qui à la fois m'excusait et m'excluait de la communauté.

J'arrivai à Naples à l'automne, ligne inscrite en dernière minute au budget d'une mission commune marine / armée de l'air, destinée à étudier les installations portuaires et aériennes de l'endroit dans le but de les développer. But qui ne fut jamais atteint dans la mesure où aucune mission de ce genre ne déclara jamais les installations existantes propices à un tel aménagement. Le terrain d'aviation — celui-là même qui se trouvait au sud de la ville, au pied du volcan, loin de nos bureaux — devait, par exemple, être agrandi pour pouvoir accueillir les avions à réaction, lesquels commençaient alors à être utilisés par l'armée. Il y avait en plus les fusées, des explosifs de plus en plus puissants, la perspective du sous-marin nucléaire. Même à Londres, où, lors de la traduction de documents préliminaires, j'eus l'occasion d'apprendre des mots inconnus de moi aussi bien dans une langue que dans l'autre, il m'avait paru peu plausible que pareilles responsabilités pussent être dévolues à une ville comme Naples. Ne connaissant rien de la Méditerranée, parlant un italien hésitant appris de façon sporadique au Somaliland, je me préparais à prendre le parti de la ville avec la loyauté d'un enfant du pays.

Nos bureaux se trouvaient dans un complexe moderne à Bagnoli, dans la banlieue nord de la ville. Je dis « moderne », mais les bâtiments ont vieilli d'une étrange façon : c'est leur absence même de caractère qui aujourd'hui permet de les dater, ainsi que leur dédain clairement affiché de l'environnement. Dans ces bâtiments et ceux des alentours, des milliers de membres du personnel de l'OTAN et leurs familles vivaient leur période d'exil, n'attendant rien de l'Italie ni de sa langue, s'échangeant des babioles défraîchies censément chargées de la magie de la mère patrie, recréant une existence antérieure à partir des rayons du magasin de l'armée jusqu'au moment où il leur incomberait — sur d'autres rivages non moins étrangers — de parler avec nostalgie et autorité de la baie de Naples.

Arrivée avec l'avant-garde de la mission, je fus installée avec elle — suite à une de ces erreurs qui sont la marque de toute entreprise hautement organisée — dans un hôtel de la ville, un des bons hôtels du bord de mer. Erreur qui, d'emblée, me mit à l'écart. Lors des premières semaines, période pendant laquelle une voiture venait nous prendre avant le lever du jour et nous ramenait tous les soirs à la nuit tombée, et où les ordres nous obligeaient à passer les week-ends à ne rien faire dans nos bureaux vides, on ne peut pas dire que nous vivions à Naples, nous nous contentions d'y dormir. Et pourtant, j'attendais la ville, j'étais impatiente de la voir intervenir dans mon existence, à la façon dont mes pâles compagnes de travail attendaient de la vie elle-même qu'elle se manifestât.

Au cours de la quatrième semaine, je fus prêtée — détachée, comme on me le dit, car la précision militaire ne saurait se satisfaire du langage courant — pour la journée à un civil britannique. Un spécialiste de biologie marine muni de lettres de Whitehall, qui avait lui aussi besoin qu'on lui traduise quelques pages, en attendant que l'aquarium de Naples le prenne, comme le répétait avec ravissement mon colonel, sous son aile. Dans le bureau qui jouxtait le nôtre, un téléphone fut raccroché, un nom, appelé. Son propriétaire, atteint d'un virus, était hors service ; à son nom, on substitua le mien. Le lendemain matin, je ne pris pas la voiture — le Véhicule, comme l'appelait le colonel — à l'aube pour aller à Bagnoli, mais franchis à pied, sous le soleil hivernal, la petite distance qui séparait l'hôtel Vesuvio de l'hôtel Royal, avant de me faire annoncer par le concierge.

De cette matinée, je n'ai guère de souvenirs : je suis assise avec un bloc-notes et un crayon dans une chambre d'hôtel moquettée de bleu et toute en glaces — une pièce qui, avec ses reflets aquatiques, n'est pas sans rappeler un aquarium —, et je tourne sans cesse les yeux vers la baie ; je la vois, en raison de la nature de ce que je traduis, non pas comme une étendue bleue remplissant une grande courbe du rivage, mais comme une jungle dense et grouillante dans laquelle algues, rochers, épaves et créatures par milliers reproduisent en une étrange analogie la ville de Naples elle-même. Les échinodermes, voilà ce dont je parlais, et les mysidacés, et les squillidés, et je compilais une liste de publications sur les mollusques — ces créatures inconnues m'apparaissant d'un genre plus familier que les habituels catalogues de troupes et de matériel auxquels j'étais confrontée au quotidien ; exactement comme mon compagnon, courtois et hautain, me semblait d'une humeur plus acceptable que les tristes gais lurons de la base. Mon travail fut rondement mené ; il n'était pas midi quand mon scientifique cessa de rassembler en silence les documents qui couvraient son lit de leurs rangées et me dit : « Vous m'avez rattrapé. »

Une liasse de pages terminées à la main, je me levai — pour montrer ma bonne volonté, une sorte de garde-à-vous. Il prit lesdites pages et les glissa dans une chemise sans les vérifier — se comportant avec la courtoisie de la personne qui ne vérifie pas la monnaie qu'on lui rend. « Vous pouvez aller vous divertir un moment ? Il faut que je trie la suite, et il me manque une pièce. Vous pourriez être de retour, disons, à quinze heures ? »

C'est ainsi que, rendue à la liberté, je quittai l'hôtel pleine de la joyeuse détermination de celle qui a un rendez-vous galant. Jusque-là, je ne m'étais jamais trouvée en ville au milieu de la journée. Après des semaines passées sous surveillance, mon sentiment de liberté venait autant du fait que personne ne savait où j'étais que du plaisir qu'il pouvait y avoir à arpenter le front de mer de Naples avant midi par une belle matinée de décembre. Les trois heures à ma disposition — un intervalle qui, aujourd'hui, alors que je peux faire ce que je veux de mes journées, passe souvent inaperçu — m'apparurent alors comme un don du ciel, un luxe au-delà duquel il était inutile de vouloir se projeter. Je ne doutais pas d'être de retour à l'hôtel Royal en temps voulu. Ma seule préoccupation était pour l'instant de savoir comment occuper au mieux ces heures qui m'appartenaient en propre.

Le seul contact dont je disposais à Naples se présentait sous la forme d'une lettre que m'avait fournie une connaissance londonienne, en m'encourageant à me présenter à l'adresse inscrite sur l'enveloppe. « Quelque part en plein centre de Naples », m'avait dit cet ami, qui n'avait lui-même jamais mis les pieds dans la ville. L'adresse était celle d'une femme qui s'était fait connaître — et était alors en passe de tomber dans l'oubli — grâce à un de ces films italiens de l'après-guerre. Rappelez-vous, il y eut *Le voleur de bicyclette*, et *Sciuscia*, ainsi que *Rome ville ouverte*. Et puis il y eut ce film, *Del Tempo Felice*, adapté d'un obscur petit livre, une sorte de poème en prose. C'était l'auteur de cet ouvrage dont le nom figurait sur mon enveloppe.

Son livre, je ne l'avais jamais lu. En revanche, j'avais vu le film, mais j'étais fort jeune à l'époque et ne m'étais souvenue de ses intérieurs très sombres et de ses gros plans tremblotants que pour deux raisons : parce que c'était la première fois que j'allais voir un film sous-titré, la première fois aussi que je voyais les vers de Dante d'où était tiré le titre et qui étaient apparus sur l'écran en même temps que le générique, décentrés et dûment accompagnés de leur traduction, mais qui, comme il arrive parfois, exhalaient, dans leur langue encore inconnue de moi, ce fort parfum de poésie qui vous fait frissonner l'œil et la peau.

Maintenant que j'avais le loisir de me signaler à son attention, je ne pouvais envisager qu'une éventualité : une femme de ce genre, nantie d'un travail, d'amis, d'admirateurs — d'un public, même —, n'aurait sans doute rien à faire d'une inconnue, munie, pour toutes références, d'un simple mot (un mot dont j'avais vu qu'il commençait par « Chère Signorina ») émanant d'une vague relation travaillant aux studios d'Ealing.

Le nom — plus précisément, son prénom — m'avait frappée ; ainsi que l'adresse, car il y avait un numéro de rue, suivi simplement de « San Biagio dei Librai » : saint Biagio, patron des libraires. J'avais fait une remarque à propos de l'adresse quand la lettre m'avait été remise. Et l'ami d'Ealing — qui, s'avéra-t-il alors, n'avait connu la dame que hors d'Italie — m'avait dit : « Espérons que je ne me suis pas trompé. Je dirais pour ma part qu'il s'agit du bon vieux *palazzo* de famille. J'espère qu'elle se mettra en frais pour vous. » En fait, tout était resté du domaine du souhait, des suppositions.

Alors que je rentrais à l'hôtel Vesuvio, il me vint à l'idée de téléphoner sur-le-champ à la signorina pour voir si elle était prête à me recevoir. Mais la perspective de faire le numéro et de briser la tranquillité sans méfiance de sa matinée était plus que je n'en pouvais supporter pour elle ; et quand j'arrivai dans ma chambre, ce n'est pas son adresse que je sortis mais un guide touristique, resté un mois sans être lu dans le tiroir de la commode.

« Le voyageur qui veut vraiment connaître Naples — enjoignait le guide, ouvert sur le dessus-de-lit de l'hôtel — doit gagner Spaccanapoli, la coupure de Naples, la rue qui traversait le centre de la ville à l'époque classique, et qui s'appelle aujourd'hui San Biagio dei Librai »

Il me fallut néanmoins un certain temps pour passer mon appel. D'abord, je fus coupée, et sur la ligne une voix étouffée s'enquit, mais pas auprès de moi : « *Tu, cóme giudichi ?* » Puis j'entendis le téléphone sonner, encore et encore, et je m'apprêtais à raccrocher à l'instant où une voix se substitua à la sonnerie. Tout en suivant le monogramme brodé de l'hôtel d'un doigt nerveux, je me fis connaître ; et, en anglais, la voix s'écria : « Bien, très bien ! Quelle bonne idée d'avoir appelé ! Oui, bien sûr, venez. Maintenant, si vous voulez. Venez déjeuner. Vous viendrez en taxi ?... ma rue est barrée, interdite à la circulation, à cause des canalisations. Dites au chauffeur de vous laisser au Gesù Nuovo, l'église. Puis demandez votre chemin, vous n'en avez que pour quelques minutes à pied. »

Juste au-dessous du Gesù Nuovo, il y a une rue très escarpée qui s'élève jusqu'à un angle où Degas vécut à une époque avec la famille qu'il avait à Naples. La montée, en oblique, suggère l'existence de la piazza à son sommet en donnant, comme par une porte laissée entrouverte sur un palier surélevé, un aperçu de l'extraordinaire façade d'une église, taillée telle une pierre précieuse, avec, sur la gauche, un éclair de stuc rouge, et, sur la droite, un obélisque abondamment sculpté ; une fois achevée, cette montée vous propulse dans un décor qui, sous cet angle, vous apparaît plus bizarre que jamais.

Si j'avais été accompagnée, j'aurais peut-être éclaté de rire devant la débauche d'imagination ici déployée ; mais la solitude, tenue pour une cause d'excentricité, impose en réalité un excès de normalité, du moins en public, si bien que je traversai la place sans manifester le moindre signe d'intérêt, et allai me placer contre les pierres à facettes de l'église. De là, on voyait à l'époque la coquille bombardée de Santa Chiara, à demi reconstruite, ainsi que, d'un côté, un campanile en ruine et, de l'autre, un palais massif ; je contemplai la scène un moment, ne laissant transparaître qu'elle était nouvelle pour moi qu'en demandant au prêtre qui venait fermer l'église le chemin de San Biagio dei Librai.

Le temps s'était détérioré, c'était à nouveau l'hiver, et la piazza était déserte, vidée par la sieste. Une Fiat d'avant la guerre, aussi esseulée et historique que l'unique voiture représentée sur une carte postale ancienne, était garée au beau milieu de la place. Et, tandis que je m'éloignais du portail de l'église, il n'est pas impossible que j'aie eu ce même air anonyme et figé — saisi, ainsi que le veut l'expression, par l'objectif ; comme si je ne servais qu'à révéler, par comparaison avec ma taille humaine, la dimension des bâtiments, qu'à dater involontairement le cliché par ma tenue et le style de ma coiffure ; telle une personne soustraite à une foule pour servir d'exemple.

Jusqu'à la lumière qui, en faiblissant, s'était teintée de la sépia sans joie d'une vieille photo.

L'image reprend vie — ou plutôt, s'estompe pour devenir réelle —, et je pénétrai dans ce qui tenait davantage d'un passage que d'une rue, l'étroit chenal qui part du côté le plus éloigné de la place. Je longeai une suite ininterrompue de boutiques et d'éventaires qui vendaient, et vendent encore, des disques, des éponges de couleur en nylon, l'attirail de tulle et de sucre des baptêmes et des premières communions, des Bambis en plastique, des rouleaux de tissu imprimé, des bijoux en or et des reproductions de bras et de jambes en argent à offrir aux saints du coin ; je passai devant des sacs de café en grain ouverts, des piles de livres, neufs ou vendus pour la énième fois, et des brouettes pleines d'outils — tel fut le trajet qui, cet après-midi-là, me conduisit dans San Biagio dei Librai. Ce qui pouvait être fermé l'était dans un sauvage roulement de tambour de grilles qu'on abaisse ; ce qui pouvait être roulé était emporté à grand fracas. Marchant sur de gros pavés ronds, parsemés ici et là de bornes en pierre destinées à empêcher les voitures de passer, lesquelles ne s'en faufilaient pas moins au travers avec adresse et accéléraient pour franchir une longue tranchée où l'on réparait les canalisations, je longeai des palais de pierre et de stuc, rouges ou rouille, blancs avec des revêtements gris, brun, orange, rose ou ocre, édifices dont pas deux n'étaient semblables et qui se faisaient face de chaque côté du couloir de la rue, aussi monumentaux que s'ils s'étaient élevés, solitaires, dans un endroit dégagé propre à rendre justice à leurs proportions.

Sur les flancs de ces palais s'étaient greffées, à toutes les époques sauf la nôtre, des constructions plus petites, et ce dans les emplacements les plus invraisemblables, sur les saillies les plus précaires, avec apparemment une seule condition : qu'elles fussent toutes différentes les unes des autres. Oubliée ou ensevelie, l'Antiquité avait été enfouie dans les murs, émettant de temps à autre un signal laconique : une colonne encastrée, grecque, noircie, aussi lisse que de la soie, avec un chapiteau à feuilles d'acanthe ; une inscription romaine, des vestiges de fortification, ou des créneaux qui, des siècles auparavant, avaient été surmontés d'une toiture. Dans une vaste cour trônait, colossale, une tête de cheval sculptée, romaine ou Renaissance ; une autre donnait sur des galeries de fresques à demi effacées.

Son bâtiment à elle était un grand carré de stuc pâle, divisé en une dizaine d'appartements, ou peut-être une centaine. Le *portiere*, tiré de son déjeuner, la bobine de pâtes de sa fourchette à la main, m'indiqua le *pian' nobile*, m'entraînant dans la cour pour me montrer, dans un pli de ce parchemin craquelé, l'escalier intérieur que je devais emprunter. Il y avait plusieurs volées de profondes marches en pierre, sans plus d'éclairage que de tapis. Ce n'est que sur le dernier palier, là où l'on faisait une pause le temps de reprendre son souffle avant de sonner, qu'un rectangle d'écarlate effiloché avait été placé devant une porte sombre à deux battants, et gardait les traces poussiéreuses et effilées des chaussures passées là depuis plusieurs jours.

Je sonnai, n'entendis rien, recommençai. L'excitation générée par le spectacle de la rue s'estompait. Le calme retrouvé ramenait avec lui un sentiment d'intrusion, tandis que j'attendais là, avec, dans mon sac à main, cette lettre qui ressemblait à un mandat de perquisition, un document m'autorisant à déterrer les secrets.

De très loin, comme si elle parvenait d'au-delà de l'immeuble, une voix de femme appela : « Tosca ! » Le silence lui répondit, on s'agita à l'intérieur, et la même voix résonna à nouveau : « Tosca ! Tosca ! », plus proche de la porte, et si pleine, si mélodieuse que l'on aurait pu croire au début d'une aria. Un verrou fut tiré, une poignée cliqueta, et la porte sombre s'ouvrit.

L'apparence de Gioconda ce jour-là s'est fondue aujourd'hui dans la connaissance que j'acquis d'elle par la suite, et qui se trouve inséparable d'humeurs diverses, d'événements et d'interrogations, si bien qu'en la décrivant, j'ai le sentiment d'en donner une image inexacte et de présenter, même à mes propres yeux, une femme que je ne connais pas. Dire qu'elle était assez grande, qu'elle avait des cheveux et des yeux foncés, et, en hiver, un teint clair, plus pâle que l'abricot, revient simplement à décrire une femme qui, selon toute vraisemblance, était plutôt belle. Au moment même où je fournis ces quelques informations, je fais déjà fausse route, car j'aurais moi-même du mal à la reconnaître à partir d'une telle description : c'est un peu comme si je m'en tenais à son squelette, en négligeant le tissu intercostal qui lui donnait vie et individualité. Pourtant sa beauté physique était une composante aussi forte de sa personnalité que si elle avait été elle-même responsable de ses yeux profondément enfoncés ou des longs méplats de ses pommettes. L'impression qu'elle laissait dès l'abord, et de façon durable, était de vitalité et d'endurance. Autrement dit, de puissance : une puissance aussi retenue, aussi peu écrasante que celle d'un arbre majestueux.

En hâte, elle avait ouvert les deux battants de la porte et elle se tint ainsi un instant, une main posée sur chacun d'eux. Une masse de cheveux enroulés se laissait deviner derrière une tête portée haut et légèrement en arrière. Elle était vêtue d'un pull de couleur foncée et d'une jupe plissée en flanelle, comme le voulait alors la mode, et un gros chat blanc s'enroulait autour de ses pieds.

Tandis que nous nous saluions mutuellement et qu'elle s'écartait pour me laisser entrer, trébuchant sur le chat, Tosca — sans doute était-ce elle — émergea enfin du coin le plus reculé d'un hall mal éclairé et s'immobilisa un moment, telle une silhouette à peine visible à l'arrière-plan d'un tableau aux teintes sombres — présence rendue mystérieuse, peut-être, par le seul fait qu'elle est indistincte.

Gioconda me fit pénétrer dans une pièce au plafond haut, privée d'air et de lumière par des volets intérieurs et extérieurs, tradition des villes du Sud, inaltérable même par les jours les plus froids, et sentant l'hiver, la cire, le moisi et les produits pour s'en défendre. Les murs étaient d'un rouge sombre, soulignés au bas par une étroite bande grise, et ceints au sommet d'une frise d'une cinquantaine de centimètres au dessin géométrique gris, dont la régularité était interrompue ici et là par l'âge ou l'humidité. Il y avait des tentures aussi épaisses que les tapis étaient minces, des fauteuils et des tabourets bas au velours élimé. Il y avait des tableaux, ainsi qu'une bibliothèque grillagée renfermant des livres reliés, qui trouvait son pendant dans une vitrine de porcelaines. Deux petits sofas flanquaient de part et d'autre une immense cheminée sans feu qui, tel un Vésuve en sommeil, dominait toute la scène.

J'enregistrai, cette première fois, tous les éléments de ce décor intérieur que je ne devais plus jamais remarquer par la suite, m'imaginant, sur le moment, qu'ils avaient quelque incidence sur sa vie, telle que j'allais la découvrir. Mais elle me fit traverser la pièce comme s'il s'était agi d'un simple lieu de passage et pénétrer dans un petit bureau baigné de lumière et jonché de papiers et de livres. Plantes, vases, crayons, boîtes d'allumettes s'étaient disposés là avec un air d'incongruité délibérée, comme autant d'objets rassemblés pour une nature morte dans l'atelier d'un peintre. Entre les fenêtres, dépourvues de volets, trônait un bureau Empire fort mal traité, dont certains bronzes manquaient. Il y avait un fauteuil rembourré en piteux état, sur lequel le chat se pelotonna aussitôt ; et un divan à rayures sur lequel nous prîmes place, elle et moi, muettes et dévorées de curiosité, comme deux gamines lors de leur premier jour d'école.

« Vous voilà donc », me dit Gioconda, comme si elle avait attendu mon arrivée depuis longtemps, ou comme si, adoptant mon point de vue, elle était capable de considérer ma présence dans son bureau comme l'accomplissement d'une intention, même si celle-ci n'était pas la sienne. Curieux de penser, alors, que j'étais consciente de son existence depuis des semaines alors qu'elle n'avait jamais soupçonné la mienne.

« Votre rue, lui dis-je. Votre rue est une merveille.

— Ah, cette rue... » Elle partageait mon opinion, à

un point tel que les bonnes manières exigeaient qu'elle la dépréciât. « Tous mes amis, ils n'arrêtent pas de me dire : Pourquoi tu ne déménages pas ? Parce que le quartier n'est pas facile, vous savez, le genre sordide garanti.

— Pas le sordide, non…

— Comment ça, non ? s'écria-t-elle. Si cette rue n'est pas la quintessence du sordide, je me demande ce qu'elle est. » Nous éclatâmes de rire devant son indignation, elle portant la main à sa bouche dans un geste si typique que son seul souvenir m'évoque bien mieux son auteur que ne pourrait le faire n'importe quelle photographie — comme si elle était, de manière tout à fait irrationnelle, consciente de quelque défaut de sa bouche ou de ses dents, ou s'efforçait, sans succès, de faire montre de retenue dans ses réactions. « C'est la vengeance de Naples — littéralement parlant, qui plus est, puisque la vendetta fait des ravages par ici : pas un jour sans que j'entende dire que l'épicier s'est fait poignarder, ou qu'ils sont à la recherche du teinturier. Mais voilà… c'est chez moi, ici, je ne pourrais pas vivre ailleurs. » Son visage s'était rembruni, à l'idée qu'être liée à cet endroit constituait un enracinement plus troublant que rassurant. « C'est ici que je suis née. » Elle se tourna vers moi et me demanda, encore une fois comme si nous étions deux enfants en train d'échanger des renseignements : « Et vous, vous êtes née où ? »

Ce n'est pas tant le lieu de naissance qui compte (en l'occurrence, pour ce qui me concerne, Notting Hill Gate) que les souvenirs que l'on conserve. Je racontai à Gioconda que, enfant, j'avais été embarquée avec d'autres gamins de mon âge sur un bateau à destination du Cap pour échapper au Blitz. Que ma mère était morte à la fin de la guerre, que mon frère était venu en Afrique pour travailler au Somaliland, que j'étais allée vivre avec lui, avant de rentrer finalement à Londres.

« J'aime bien Londres, dit-elle. J'y étais il n'y a pas si longtemps. On en reparlera un autre jour, quand on aura plus de temps. »

Dans cette solitude qui était mienne, je conçus une sorte de joie à l'entendre présumer ainsi une amitié à venir, à l'idée que cette femme charmante et pleine de vitalité envisage de lier sa vie par des attaches, si lâches fussent-elles, à la mienne. Je fus touchée, mais ne manifestai pas ouvertement mon plaisir, pas plus que je ne l'avais fait Piazza del Gesù ou sous les fenêtres de San Biagio dei Librai. De fait, je devais par la suite faire montre en présence de Gioconda d'une circonspection que je n'éprouvais pas : son exubérance suscitait la réserve chez les autres ; son extraversion, la discrétion.

« On m'appelle Jenny », lui dis-je, en réponse à sa question, car nous poursuivions notre échange enfantin, comme si nous étions prêtes à tout moment à poser des questions du genre : « Quel âge as-tu ? » ou : « Qu'est-ce qu'il fait, ton père ? »

« Si je comprends bien, ce n'est pas votre vrai nom ?

— En effet. Jenny est un accident administratif. Je m'appelle Penelope. Quand on m'a fait monter sur le bateau en partance pour l'Afrique du Sud au début de la guerre, on m'appelait Penny. Mais nous étions si nombreux — il y avait tant de Molly, de Timmy et de Patty — que la femme qui s'occupait de nous s'est trompée dans les noms. Jenny, elle n'a jamais pu faire mieux en ce qui me concerne. À l'époque, je n'étais pas d'âge à m'en formaliser. Embarquée sous le nom de Penny, j'ai débarqué sous celui de Jenny. »

Gioconda garda le silence, occupée, je le savais, à imaginer le voyage. Chaque fois que le sujet se présentait, les gens exprimaient leur angoisse devant le déracinement qui avait été le mien. Pourtant, bien que les douleurs des enfants soient les pires, dans la mesure où elles sont inapaisables, les enfants eux-mêmes prennent rarement la mesure exacte de leurs propres tragédies, minimisent et gardent secrètes les véritables horreurs de leur jeune vie, s'imaginant humblement que les vraies calamités sont réservées au drame prestigieux du monde des adultes. D'autres choses, que je gardais pour moi, m'apparaissaient, à l'époque, bien pires que le fait d'être envoyée en Afrique du Sud, un déplacement certes déchirant, mais portant du moins la marque d'une sanction officielle dans l'esprit des adultes et partagé par des centaines de mes semblables. La perte de mon nom, et pour une semblable raison, ne m'affecta que beaucoup plus tard ; pour tout dire — car même un enfant peut aspirer à l'illusion d'une nouvelle identité, quand il arrive dans un pays inconnu, purgé de son passé et prêt pour un nouveau départ ; je dirais même que l'enfant a, plus que tout autre, de bonnes raisons d'entretenir cette illusion —, je m'imaginais, en débarquant au Cap, que le voyage allait me donner l'occasion de commencer ce que, sans aucun sentiment de théâtralité, je concevais comme une nouvelle vie. Ou plutôt une double vie, car, dans mes lettres, j'étais toujours Penny et souffrais du mal du pays. Il reste que, petite fille, je me voyais comme telle, quantité négligeable au milieu des bouleversements de la guerre, et pensais ne pas avoir de raison légitime de me plaindre dans un monde de soldats morts au combat et de villes dévastées. Ce n'est qu'avec le recul que je comprends avoir été au nombre des victimes de la guerre, et je n'ai jamais osé dire qu'à l'époque j'ai souffert, de manière bien plus grotesque, de n'avoir pu participer à une fête d'école, par exemple, ou d'avoir appréhendé d'être punie pour un blazer déchiré.

Cette enfance naufragée me revient de curieuse façon, porteuse d'associations inattendues. La mer, par exemple — en ces années de guerre, les enfants avaient une conscience aiguë de la mer et de ceux qui y risquaient leur vie. C'était l'océan, cet obstacle infranchissable, qui me séparait du cours normal de ma vie, qui m'interdisait de vivre chez moi. Les bateaux de mon enfance prenaient des proportions héroïques dans leurs désastres — le *City of Benares*, le *Jervis Bay*, le *San Demetrio*, l'*Ark Royal*, le *Graf Spee*. Nous avions l'habitude de voir des navires, peints en gris et plutôt délabrés, mouiller dans le port du Cap pour disparaître dans la nuit, et peut-être à jamais. Nous connaissions leurs formes et leurs tonnages, accumulions les histoires sur les traversées de l'Atlantique et les convois de l'Arctique. Nous savions que le *Queen* était plus rapide que n'importe quel sous-marin allemand et pouvait transporter jusqu'à huit mille hommes, et qu'il était permis de séjourner quatorze jours dans un port neutre. Par comparaison, il semble aujourd'hui que la mer s'est pratiquement retirée de nos vies, et que les navires mènent une existence marginale, crépusculaire, à l'image de hauts fonctionnaires qui refusent d'être mis à la retraite.

« Je trouve pourtant que vous ressemblez plus à Jenny qu'à Penelope, dit Gioconda. Je n'arriverais pas à me figurer une Pénélope avec des cheveux de cette couleur.

— Il reste que parfois je me sens encore Penelope. Quand je remplis un formulaire, par exemple, ça me semble plus approprié. » Je l'interrogeai sur son nom à elle.

« Il n'est pas rare en Italie. Pas commun non plus. » La chatte, ajouta-t-elle, mettant un point final au jeu des noms, s'appelait Iocasta ; Innocente au départ, elle avait été rebaptisée ainsi après avoir conçu des chatons avec son propre fils. En manière de récompense, ou de compassion, elle l'attrapa des deux mains par le milieu du corps, comme l'aurait fait un enfant, la serra un instant contre elle avant de la reposer sur son fauteuil, où elle reprit tranquillement une toilette interrompue au beau milieu d'un coup de langue. « Allons sur la terrasse et vous me direz s'il fait assez chaud pour manger dehors. »

La pièce où nous nous trouvions donnait sur une terrasse, longue et large, abritée à une extrémité par une pergola couverte du squelette hivernal d'une treille et par une glycine qui montrait encore, ici et là, une grappe violette ou un brin de verdure. À l'autre bout, il y avait des jardinières de soucis. On nous avait dressé une table sous le pâle soleil ; on avait glissé un coin de papier sous l'un des pieds pour la caler sur le carrelage inégal.

« Un vrai paradis ! » m'exclamai-je. Nous nous appuyâmes sur la balustrade pour regarder en bas. De l'autre côté du *cortile*, il y avait deux ou trois petits commerces : une ébénisterie, une imprimerie d'où sortait un cliquetis rythmé, et un passage voûté annonçant *Autoscuola.*

« Oui, c'est vrai, c'est un garage, une auto-école, dit Gioconda en portant la main à sa bouche. Je suppose qu'on vous accorde le permis si vous réussissez à sortir la voiture de la cour. »

Tout compte fait, ce n'était pas le bon vieux *palazzo* de famille. Avant la guerre, son père avait possédé une partie plus importante du bâtiment. « Ce qui me reste maintenant — ils ont pratiqué une entrée, brisé l'enfilade de pièces principales —, c'est ce que vous avez vu, plus une ou deux autres pièces… Le but, c'était de garder ça », dit-elle, faisant allusion à la terrasse en tapotant la balustrade du plat de la main.

Elle avait encore de la parenté à Naples — trop nombreuse à son goût —, mais ce n'étaient que des cousins au premier ou au second degré. Elle avait aussi une sœur, bien plus âgée, qui vivait à Nice et qu'elle aimait beaucoup. « Luciana. Elle a épousé un Français. Avant la guerre. Il a été tué en 44. » Elle s'interrompit pour m'emmener à l'autre bout de la terrasse. « D'ici, on voit tout. »

C'était presque vrai, ce tout, car les arches, les tours et les dômes polychromes s'entassaient là, côte à côte et les uns derrière les autres, comme autant d'éléments de décor de théâtre empilés dans les coulisses, tous peints par Monsu Desiderio. Il était impossible de suivre le tracé des rues qui déroulaient leur ruban au milieu de ce fouillis, impossible de faire justice aux cloîtres et aux vastes jardins qui apparaissaient de temps à autre, comme des illusions d'optique dans cette vision en raccourci, l'effet de coulisses encombrées de décors étant par ailleurs renforcé du fait de notre position : nous regardions vers la ville, le dos tourné à la mer. Il n'y avait pas de perspective, à proprement parler ; sauf sur notre gauche, où, peint par une autre main, un segment du Vomero s'étageait en une succession de champs et de constructions.

« Cette courbe rouge de maisons suit le tracé du mur du théâtre où Néron a chanté. » L'imposante bâtisse au-dessous de la cathédrale avait été un temple paléochrétien. Ces colonnes venaient d'un temple dédié aux Dioscures, cette église s'élevait sur le site d'une basilique romaine. La question « Et ça, qu'est-ce que c'est ? » avait ici quelque chose d'impertinent ; on ne pouvait qu'apprendre ce que la chose avait successivement été à travers les âges.

Gioconda me dit que San Biagio était le saint patron de la gorge : les petits enfants lui adressaient des prières avant d'être opérés des amygdales, et il exerçait un attrait certain sur les chanteurs affligés de laryngite. Je me souvins d'avoir vu toute une série de disques labiés parmi les offrandes en argent vendues dans la rue, et je savais maintenant qu'il s'agissait de gosiers.

Quand nous nous assîmes pour manger, elle me demanda : « Comment êtes-vous venue en Italie ? » et je lui racontai que j'avais pris l'avion pour Milan avec mes militaires, avant d'assister à une conférence dans cette ville, puis de poursuivre en train jusqu'à Naples. Je lui étais reconnaissante de m'avoir posé la question. À ce moment-là, alors que la seule idée d'être, par exemple, dans la plaine lombarde pouvait m'emplir d'enchantement pendant des kilomètres et des kilomètres de rase campagne, je n'avais encore fait part à personne de l'excitation éprouvée lors de mon entrée en Italie. Et voilà que j'énumérais les fermes, les châteaux et les villes qui jalonnaient le pays sur pratiquement toute sa longueur, comme si tout cela était nouveau pour elle.

Elle remplit nos verres et dit : « J'espère que vous serez heureuse ici », comme si sa responsabilité était en jeu. Ce dont elle dut être consciente elle aussi, car elle ajouta : « On croirait entendre une logeuse en train d'accueillir un nouveau locataire. »

Je lui dis que je n'avais encore rien vu de Naples jusqu'à ce jour, lui expliquai comment et pourquoi j'avais pu lui téléphoner et regardai ma montre. Aussitôt, elle me demanda quand je serais à nouveau disponible. Je devais me rendre à l'aéroport pour une course l'après-midi du vendredi suivant et lui dis que je pouvais passer sur le chemin du retour.

« Bien sûr, bien sûr, venez, je vous en prie, me dit-elle, comme elle l'avait déjà fait au téléphone. Vendredi, j'ai un ami qui arrive... de Rome. Il sera tellement content de vous rencontrer. »

Je me demandai si l'ami en question était l'homme qui figurait sur toutes ces photographies — sur le bureau, la cheminée, alignées sur un meuble de bibliothèque bas : blancheur d'un sourire dans un visage bronzé sur une plage de galets, jambes musclées en short à l'assaut d'une paroi rocheuse, ou bras nus contractés pour suspendre un gros poisson à un crochet ; un pied posé sur une marche ou un rocher, une main soutenant le tronc d'un arbre plein de confiance. Le nom qu'elle prononça alors m'était inconnu ; encore que son regard, curieux, interrogateur, ait pu suggérer que je le connaissais peut-être. La carte vide de son existence, pensai-je, va bientôt se remplir, pour moi, de ces sites et de ces sanctuaires, de ces centres d'intérêt ; à nouveau l'idée était plaisante.

Quand je me levai pour partir, elle me tendit la main. Puis elle me surprit par sa question : « À quoi ressemble-t-il, votre biologiste ?

— Il est écossais.

— Un petit rouquin aux cheveux raides, c'est ça ?

— Pas du tout. Mince, brun, réservé. Comme un parapluie replié.

— Et quand il parle, on devine qu'il est écossais ?

— De temps en temps. C'est plus net avec certains mots.

— Comment s'appelle-t-il ?

— Tulloch. J. P. Tulloch. C'est tout ce que je sais. » Cette curiosité toute napolitaine dut toutefois déteindre sur moi, car, en la satisfaisant, j'en dis plus que ce que je croyais savoir. J'ajoutai : « Il me rappelle mon frère. »

II

L'épouse de mon frère est une petite femme catégorique. Dans les premiers temps de notre relation, elle avait encore, même ainsi, l'air adorable d'un chaton en colère. « C'est scandaleux ! disait-elle, découvrant dans sa fureur de jolies petites dents. On ne peut pas laisser passer ça. » Ou bien : « Je ne vais certainement pas supporter ce genre de chose. » Et j'acquiesçais : « Absolument », ou « Absolument pas » selon le cas, tout en me moquant éperdument de la question, écoutant à peine, mais adoptant un ton tout aussi catégorique, simplement pour plaire. Pas à Norah… mais à mon frère.

À la fin de la guerre, j'aurais pu m'attendre à être rappelée à Londres auprès de ma famille, mais on me persuada de rester en Afrique du Sud le temps de terminer mes études secondaires. Tout le monde s'accorda à dire que l'Angleterre d'alors n'était pas un endroit pour moi, ni d'ailleurs pour personne — rationnement qui n'en finissait pas, pénurie de combustible, absence de tout confort et de quelques nécessités de base. Ma mère fit le voyage pour venir me voir, au cours du terrible hiver anglais de 1947. J'avais grandi en dehors de sa présence, mais j'étais suffisamment âgée maintenant pour être affectée par les stigmates de la guerre que je reconnaissais chez elle. Elle était à bout de forces, après des nuits sans sommeil, tous ces moments passés à redouter la mort, à se languir de moi, à pleurer sur les autres, à faire la queue dans la rue et à raccommoder de vieux vêtements. L'épuisement qu'elle manifestait la distinguait d'emblée des autres passants dans une rue du Cap, même si c'était une petite femme blonde d'apparence plutôt banale. Sous ce rapport, en fait, elle ressemblait assez à ma belle-sœur — même si Norah possédait une séduction que ma mère n'a jamais eue. Mais celle-ci n'avait pas non plus le côté catégorique de Norah, pas plus que ces réserves d'hostilité qui génèrent l'énergie permettant à ceux qui les possèdent d'arriver à leurs fins.

Ma mère mourut subitement quelques mois après son retour à Londres. Elle était trop affaiblie. Pendant les derniers jours qu'elle passa au Cap, je me souviens d'avoir essayé de la faire manger davantage, de l'avoir installée au soleil, comme une plante rabougrie que l'on tente d'amadouer pour la ramener à la vie. On m'écrivit : « Son cœur a lâché » — ce cœur qui, j'imagine, s'était vidé à force de donner toujours, à tous, sans jamais recevoir l'apport revigorant des doléances et de l'apitoiement sur soi. Pendant quelque temps après sa mort, je me sentis dans l'incapacité de réenvisager mon avenir — un avenir qui se consumait du seul fait de son suspens : ma famille avait déjà trop à faire, trop à penser, et je me disais que je ne devais pas lui en demander davantage, ayant l'impression finalement de n'exister que comme un élément de plus qui viendrait s'ajouter à la charge de quelqu'un d'autre, une sorte de dernière goutte risquant de tout faire déborder. Une telle abnégation n'était pas rare chez les jeunes à l'époque ; nous n'étions que des faire-valoir pour les soucis de nos aînés. Quand on me fit savoir que dans un an, un an ou deux, on me rapatrierait, je me contentai de faire comme si cette durée était déjà derrière moi. On dit que le temps appartient à la jeunesse, mais seuls les jeunes peuvent en être aussi prodigues, dans leur attente d'événements lointains et leur désir de voir escamotés les semaines ou les mois qui les en séparent, comme si cet intervalle n'était qu'un obstacle les empêchant d'atteindre leur but.

Quand, enfin, le rapatriement fut décidé, il ne fut pas facile de trouver une place sur un bateau. Et la semaine même où la Shaw Savill Line me délivra un billet, mon frère me télégraphiait de rester où j'étais, car il venait lui-même en Afrique. Il avait accepté un poste de technicien de l'irrigation auprès d'une nouvelle agence de développement opérant au Somaliland italien, comme on l'appelait alors, et il avait été décidé que je le rejoindrais à Mogadiscio pour tenir sa maison.

Il se trouva donc que je passai trois ans sur la côte de l'Afrique de l'Est avant de rentrer enfin en Angleterre, davantage, comme le fit remarquer mon père (remarié et prudemment retiré dans le Yorkshire), dans la peau d'un Ulysse que dans celle d'une Pénélope.

C'est quand mon frère épousa Norah que je rentrai à Londres. Edmund avait été rappelé du Somaliland en vue d'une éventuelle promotion. Pendant son absence, je m'occupai de notre petite maison, fis un peu de travail de secrétariat pour une compagnie d'import-export, et retrouvai de temps en temps les quelques personnes que nous avions l'habitude de fréquenter. Quand on m'interrogeait sur la date de son retour, je répondais : « C'est pour très bientôt » ou « D'un jour à l'autre », persuadée d'avoir la bonne information. Or, pendant tout ce temps, le changement se précipitait vers moi à mon insu, pareil à une torpille ou à un crocodile : tandis que je tapais une facture, que j'allais à la plage dans la Land Rover d'une connaissance, ou que je repêchais mon zeste d'orange dans mon Pimm's Cup, Edmund emmenait Norah au cinéma, voir la production londonienne de *South Pacific*, ou lui disait bonsoir en l'embrassant (car les jeunes couples, à l'époque, se séparaient encore sur un chaste baiser) dans le hall d'entrée de la maison de ses parents dans le S. W. 7, après un repas dominical en famille consacré au traditionnel gigot d'agneau et à de vigoureuses dénonciations de Sir Stafford Cripps. Quand Edmund décida de demeurer en Angleterre, on partit du principe que je m'y installerais moi aussi — tout comme on était déjà parti du principe que je resterais avec lui en Afrique. J'ignore pourquoi on considérait ce postulat comme allant de soi ; à l'instar de tant d'autres arrangements qui auraient dû être mis en question, celui-ci apparut dès l'abord comme une conclusion courue d'avance.

Rentrer en Angleterre avait perdu sa signification première pour en revêtir une autre. Si ce rapatriement n'était plus en mesure d'apaiser un mal du pays qui, après sa genèse déchirante au cours d'un exil précoce, avait moins perdu de son intensité qu'il n'était devenu un sentiment de manque permanent, il apportait, en compensation, des plaisirs d'adulte inattendus. J'étais heureuse de voir, par exemple, que la végétation et les saisons correspondaient désormais à ce qu'en disaient les romans ; que la nature n'était pas la seule mesure du passage du temps ; que l'on pouvait trouver plaisir à un environnement grâce à son architecture, plutôt qu'en raison de la présence d'une Table Mountain qui n'avait rien fait pour mériter sa renommée.

Je n'habitai pas avec Norah et Edmund. On me trouva un logement non loin de leur premier appartement dans Sloane Avenue ; et c'était maintenant à mon tour de partager le gigot du dimanche, servi dans la vaisselle de la liste de mariage, tandis que Norah me décrivait ses projets de tapis et de rideaux, ou me montrait l'échantillon d'un tissu de dessus-de-lit qu'elle avait drapé sur un fauteuil pour voir si elle pourrait vivre avec. Quand je commençai à la connaître, je me demandai si leurs fiançailles avaient donné lieu, pour elle, à une précaution du même ordre — mon frère drapé sur un fauteuil, pendant la période légale, afin de voir si elle pourrait vivre avec lui. Si tel avait été le cas, elle aurait pu remarquer qu'il n'était pas vraiment en harmonie avec le décor ; peut-être s'en rendit-elle compte, mais se dit qu'en passant un peu, avec le temps, il finirait par être mieux assorti.

Il m'apparaissait totalement incroyable qu'ils puissent être mari et femme et avoir une vie privée faite de rapports amoureux, de confidences échangées, de silences partagés, de factures et de clés de verrou : leurs personnalités convergeaient si peu et si rarement. Jusqu'au nom de femme de Norah, Norah Unsworth, que je trouvais incongru, les deux voyelles brouillées créant un hiatus malencontreux, et l'ensemble évoquant l'héroïne d'un roman à l'eau de rose.

Il reste que mon frère l'adorait. C'était bien là le plus remarquable, et le plus touchant. La force de sa passion les avait aidés à franchir l'obstacle des fiançailles et du mariage, et continuait à opérer une synthèse de leurs personnalités disparates. Il ne lui demandait pas d'être gentille avec lui, ni intelligente à propos des autres : il suffisait qu'elle restât assise là, sur une de ces chaises recouvertes de cretonne, sa tasse et sa soucoupe en porcelaine Minton à la main, pour qu'il se sentît pleinement satisfait de son choix. Norah, quant à elle, ne manifestait pas plus de curiosité pour Edmund que pour le premier venu, ne lui demandant jamais son opinion ni ne l'encourageant à parler de lui ; mais elle aussi était portée par l'effet qu'elle produisait sur lui : on aurait dit que la force vitale de l'amour de son mari suffisait à la maintenir droite sur sa chaise à fleurs et à assurer l'équilibre de la tasse dans sa main, en vertu d'une sorte de loi de la physique. Elle était d'une extrême joliesse, avec son fin minois et ses cheveux blonds et soyeux qui retombaient sur son visage comme ceux de Jeanne d'Arc. Elle parlait volontiers de son « teint d'Anglaise », joues rose vif sur fond de blancheur, comme si elle avait pu en avoir un autre. (Seules ses mains étaient étrangement larges et fortes, dotées d'une poigne solide, voire violente ; de même qu'une grosse femme peut avoir des petits pieds délicats, ainsi la fragile Norah avait-elle ces poignets impressionnants et ces doigts crochus.)

On ne dit plus aujourd'hui des jeunes filles qu'elles sont « exquises », mais c'était là le qualificatif qui convenait le mieux à Norah. Edmund adorait la regarder : je ne m'étais jamais rendu compte, en Afrique, à quel point l'Angleterre lui manquait.

Il reste que, dans le même temps, il avait d'autres exigences à satisfaire. C'est là que j'entrais en jeu — littéralement parlant, puisque je pris l'habitude de venir les voir chaque fois qu'ils m'invitaient et de remédier ainsi à l'absence de liens entre eux. Non pas que mon frère et moi parlions de nos préoccupations personnelles en présence de Norah, mais on partait du principe tacite suivant lequel je devais négliger la superficialité de Norah et continuer à accumuler, autour de ses petits discours pleins de censure des autres et de souci de soi, suffisamment d'indulgence pour en faire un essuie-tout capable de les absorber. Ce qui put donner l'impression, pendant un temps, qu'Edmund et moi étions de connivence, non pas contre Norah mais en sa faveur ; un peu comme si lui et moi étions le couple marié, et elle ce tiers aux caprices duquel nous acceptions de nous prêter.

Je n'ai jamais passé autant de temps avec quelqu'un d'aussi incapable que Norah de s'intéresser à autre chose que soi. Elle parlait beaucoup de relations humaines, c'était là son expression (car elle cultivait une sorte de jargon, répétait sans cesse « identifier » et « communiquer » et avait du mal à nous regarder, Edmund et moi, sans lâcher le mot « fratrie »), mais comme s'il s'agissait d'un domaine très particulier, du genre lépidoptères ou plantes exotiques, dont on ne pouvait guère espérer rencontrer des représentants dans la vie courante.

À l'instar de nombre de ses compatriotes, elle désirait passionnément se lier aux gens biens nés et aux célébrités. Aduler la famille royale était par trop commun, et elle avait en conséquence rassemblé quantité d'informations sur les personnes en vue, glanées dans les journaux et les magazines. De temps à autre, lors d'un cocktail ou à l'occasion d'une vente de charité, sa vie venait ricocher sur ce monde tant convoité, et elle donnait l'impression de passer les longs intervalles entre de tels moments à s'armer pour le suivant. Elle ne connaissait pas le cap Ferrat ni Corfou, mais savait qui y possédait une villa et où il convenait de loger. Elle était capable de vous dire avec quel cadet de grande famille sortait la très honorable Amanda, et ce qu'en pensaient les parents. C'est à la façon d'un chercheur se réjouissant d'une révélation susceptible d'élargir le champ de ses connaissances qu'elle appréciait d'apprendre que Belvoir dans Belvoir Hunt se prononçait « Beaver » ou qu'on ne disait pas Leveson Gower mais « Looson Gore » ; la joie que lui procurait ce genre de détails était à la mesure du soulagement qu'elle éprouvait à s'épargner l'éventualité d'une gaffe aussi révélatrice.

Elle s'accrochait à ces canons et codes sociaux aussi désespérément que si elle avait été élevée au milieu d'anarchistes.

Le tout s'accompagnait du désir obsessionnel de savoir ce qui se passait dans les coulisses, d'y être introduite par un initié. En sa compagnie, je me rendais sur des plateaux de télévision, des tournages de films, j'allais prendre le thé sur la terrasse de Westminster — et même, un jour, je me retrouvai empruntant des escaliers étroits et de longs couloirs pour gagner la salle de réunion de la gare de Paddington, un grand espace rectangulaire blanc renfermant, à l'image d'un de ces ensembles de boîtes orientales de plus en plus petites, un autre espace de feutre vert, à peine moins large et tapissé d'énormes photographies jaunies de locomotives appelées la *Windsor Castle* ou la *Lancashire Witch.*

Un jour, pauvre Norah, elle disparaîtrait une bonne fois pour toutes dans les coulisses, perdue à jamais. Seul, grâce à son fil, l'amour patient de mon frère parvenait à l'extraire des labyrinthes de ces cercles fermés où elle cherchait à acquérir les signes extérieurs de l'autorité et du statut social ; à pénétrer un milieu auquel elle se sentait — peut-être à juste titre — digne d'appartenir.

Norah et sa famille formaient une clique bizarre. Faux… car, bizarres, ils ne l'étaient pas suffisamment, et c'était bien là le problème. Ils appartenaient à cette petite bourgeoisie britannique de l'avant-guerre constamment sur ses gardes, ne savaient que parler des petits manquements de leurs voisins, d'actes d'inconduite locale légendaires. Pas un seul de leurs amis qui, en son absence, ne fût, systématiquement et traîtreusement, vilipendé. C'était moi qu'ils soupçonnaient d'être bizarre, et ils essayaient de m'installer, de me coincer, avec des célibataires de leur propre milieu. Ces jeunes gens vivaient eux aussi dans un état permanent de vertueuse indignation, répétant à l'envi : « C'était à prévoir », ou se déclarant « écœurés au possible ». Ils étaient de ces hommes décrits par Gogol comme « dévorés du besoin de maintenir la discipline partout et d'imposer leurs vues aux chefs de gare et aux conducteurs de fiacre ».

L'un d'eux, je m'en souviens, écrivit au *Times* pour réclamer que les blousons noirs soient « énergiquement réprimés ».

Ils étaient pourtant tiraillés, en dépit d'eux-mêmes, par un certain sentiment de décence, qui se faisait jour dans des expressions inconscientes — « Je n'arrive pas à comprendre comment... », « Je ne peux me résoudre à ignorer... », ou « La tolérance, c'est parfait jusqu'à un certain point... » —, comme s'ils avaient fait l'essai de la magnanimité, mais avaient trouvé ses voies trop exigeantes.

Si c'était là un aspect de l'Angleterre que j'avais quittée, il ne faisait pas partie de ceux que j'aspirais à retrouver.

Nous nous accommodâmes de notre situation, Edmund, Norah et moi, pendant près de trois ans, période plutôt brève, j'imagine, si l'on considère qu'il est dans la nature de ce genre de choses de perdurer souvent une vie entière. Pendant un temps, Edmund vécut la situation avec un réel plaisir, car, tant que j'acceptais d'être un complément à leur mariage, il la trouvait agréable, voire idéale. Comme d'autres que l'on accuse de faiblesse, il obtenait d'autrui de rigoureux services de protection. Norah s'en accommodait parce qu'elle aimait m'avoir sous la main comme objet de sa condescendance et appréciait de me voir répondre aux exigences d'Edmund — humour, curiosité — qu'elle-même était incapable de satisfaire ; à la manière d'une épouse frigide qui aurait inconsciemment encouragé son mari à prendre une maîtresse. Quant à moi, si je m'en accommodais, c'était parce que j'étais amoureuse de mon frère.

À le dire, c'est évident. Tout est évident, quand on le dit. Mais si l'on ajoute qu'à l'époque on était jeune, cela ne change pas grand-chose et n'excuse rien. Tout compte fait, on est toujours quelque chose à l'époque : vieux, jeune, amoureux, accablé d'ennuis, pauvre, ou surmené. Peu importe la nature des circonstances atténuantes, et si je mentionne ici la jeunesse, c'est simplement pour expliquer cette forme particulière de stupidité qui fut alors la mienne.

C'est quand cet amour se fit jour en moi — comme il le fit littéralement, au cours d'une aube grise, alors que, debout à ma fenêtre, je contemplais l'arrière des maisons en brique de Fulham Road — qu'Edmund commença à me vouloir ailleurs ; ma prise de conscience avait sonné le glas de mon utilité. Il lui fallait maintenant poursuivre son chemin, prendre d'autres mesures, une maîtresse, collectionner les timbres, rentrer tard du bureau. C'est à ce moment-là que je quittai mon emploi chez Pascoe & Wingrove (la compagnie du père de Norah), et postulai pour Naples.

III

Ce fut une surprise, après les photographies, de voir son ami entièrement, et même chaudement, habillé, avec son manteau en poil de chameau et son écharpe en laine bleue. Il y avait pourtant dans l'attitude de Gianni, quand il apparut sur le seuil un moment après mon arrivée, tant de cette pose triomphante du pêcheur qui exhibe sa prise que, en toute honnêteté, j'aurais pu le reconnaître n'importe où. Bien que son visage — front haut, nez busqué, traits expressifs — fût celui d'un citadin, son corps témoignait de qualités athlétiques certaines. Son allure — et j'eus plus tard l'occasion de m'en rendre compte — était parfois discutable : sa démarche altière pouvait, les mauvais jours, donner à penser qu'il paradait ; sa souplesse avait cette grâce professionnelle que l'on voit chez ceux qui « surveillent leur forme ».

Gianni avait alors quarante-huit ans.

D'emblée, je me sentis un peu embarrassée, en pensant à Gioconda, devant son comportement : on l'aurait cru chez lui. J'avais compris qu'il était l'amant de Gioconda (le soir même, on m'apprit qu'il était séparé de sa femme et ne pouvait obtenir l'annulation de son mariage) ; mais il prit plaisir à préciser clairement la situation, comme si j'avais été prête à lui disputer l'affection de sa maîtresse. Laissant Tosca, qui lui arrivait à la taille, le débarrasser de son manteau, il lui demanda ce qu'il y avait à manger pour le dîner. Puis, en moins de temps qu'il n'en faut pour le dire, il préparait les cocktails sur le marbre de la commode qui servait de bar, attrapant sans se tromper, tout en me parlant, la tête tournée vers moi, la bouteille qu'il voulait, ou un citron dans une coupe. Si quelque chose le gênait, il s'en débarrassait sans hésitation — lançant un magazine sur le sofa, flanquant un pot de cyclamens sur le sous-main de Gioconda. Si ces gestes assurés n'étaient pas vraiment exécutés à l'intention d'un spectateur, il restait évident que Gianni affectionnait l'exercice résolu de ses membres, et le positionnement exact, l'implantation solide et sans scrupules de ses pieds bien chaussés sur le sol : je me renfonçai dans mon fauteuil, au mépris de son bon exemple. D'une certaine manière, je n'étais pas sans apprécier le spectacle qu'il donnait.

Comme je devais le découvrir, Gianni était un invité accommodant : il adorait parler de lui. Dans un monde peuplé — il ne se lassait jamais de le montrer — de *cretini* et d'*analfabeti*, Gianni triomphait toujours, était-on censé comprendre, à force de ripostes écrasantes ou d'actes téméraires. Le catalogue de ses victoires ressemblait assez à un feuilleton de bande dessinée, et suivait toujours le même schéma : Gianni l'intrépide partait en guerre contre l'envie, la stupidité ou la lâcheté et les mettait en déroute. Les forces de l'envie, de la stupidité et de la lâcheté revenaient sans cesse à la charge pour être sans cesse repoussées. Les bulletins de campagne étaient entrecoupés de digressions sur la gratitude de belles blondes, de récits d'exploits athlétiques, ou de remarques sur les confidences manifestement déplacées de gens célèbres. Nombre de ces anecdotes étaient drôles, et l'ensemble rendu tolérable par cette affirmation de soi pleine d'élégance qui se manifestait dans la façon d'être et les gestes de Gianni.

Néanmoins, à le regarder ce premier jour dans le bureau de Gioconda, je me demandai comment celle-ci le supportait.

Avec le temps, quand je le connus mieux, mon étonnement devant l'attrait qu'il exerçait sur Gioconda ne fit que croître. S'agissant de Gianni, elle donnait l'impression d'avoir renoncé à tout jugement critique — du moins étais-je incapable de dire ce qu'elle pensait de sa vantardise et de ses manières impériales. Il aimait, par exemple, humilier Gioconda à propos de détails — « Tu aurais besoin de te faire les ongles », ou bien « Il s'avère que tu t'es complètement trompée au sujet de... » ; mais quand, à une ou deux reprises, je pris ombrage de ces remarques et voulus défendre Gioconda, elle-même le soutint, disant « Oh, après tout, il a raison », ou « C'est moi qui ai mal compris », et Gianni me glissait alors un coup d'œil suffisant, pareil à un enfant qui vient de marquer un point auprès d'un adulte aux dépens d'un de ses congénères.

Il pouvait même aller jusqu'à l'appâter, l'encourageant à parler de tel ou tel incident ou impression simplement pour démolir son point de vue plus facilement ; ou bien il stimulait son humeur amoureuse pour mieux la décevoir : en somme, il n'était attentionné que pour ensuite se montrer plus cruel.

Le côté attachant de Gianni était inséparable de ces travers et se manifestait dans des éclairs de franchise ou l'exercice d'un grand sens pratique qui donnaient une idée de la manière dont il menait son travail. Car Gianni faisait des films, et c'était lui qui avait réalisé celui tiré du livre de Gioconda : c'est ainsi qu'ils s'étaient rencontrés. Il y avait dans sa nature une générosité qui s'empressait de venir compenser les cavités creusées par sa malveillance. De manière totalement inattendue, il se souvenait soudain d'un de vos intérêts mentionné quelque temps auparavant, ou un petit objet admiré dans une vitrine sortait à votre intention de sa poche. L'évocation d'un préjudice dont vous aviez été victime déclenchait aussitôt sa vindicte contre l'imbécile qui vous l'avait infligé — et, à cet égard, c'était un véritable ami, rarement prêt à céder à la fiction qui veut que dans toute affaire il y ait deux sons de cloche.

Ce premier soir, quand, une fois nos cocktails terminés, je me levai pour partir, ce fut sa générosité — et aussi, je pense, le sentiment de ne pas avoir vraiment remporté mon adhésion — qui le poussa à me prendre la main et à me demander si je voulais passer la journée du lendemain avec eux — le colonel, pour la première fois, m'avait accordé mon samedi.

« Nous essayons ma nouvelle voiture, dit Gianni. Nous avons l'intention d'aller à Herculanum, puis de pousser jusqu'à Sorrente pour le déjeuner. Gioconda, dis-lui de venir. »

Gioconda eut un air ravi, qui laissait entendre qu'il n'appréciait pas toujours ses amis. « Quelle bonne idée ! Bien sûr qu'il faut qu'elle vienne.

— Ah, vous voyez, dit Gianni en me lâchant la main. Vous n'avez plus le choix. La voiture, c'est une Maserati. »

Sur le seuil, je dis à Gioconda, qui m'avait raccompagnée à la porte : « C'est gentil à vous, mais je ne viendrai pas.

— Si vous êtes libre, pourquoi pas ?

— Parce que ce sont les seuls moments que vous avez ensemble. » J'avais appris que Gianni ne venait que le week-end et rentrait à Rome en voiture le dimanche soir.

« Oh, si ce n'est que ça… » Gioconda me prit la main, comme l'avait fait Gianni, et la relâcha aussitôt. Un geste qui me rappela la manière dont elle avait brièvement pressé la chatte contre elle. « On passera vous prendre vers dix heures, d'accord ?

— Vous êtes sûre que vous supporterez ma présence ? Alors que vous pourriez être tranquilles tous les deux ? »

Gioconda réfléchit une seconde, avant de dire sur un ton raisonnable : « Évidemment, je ne la supporterais pas si je savais qu'à la fin de la journée c'est vous qui deviez coucher avec lui. » Elle éclata de rire devant mon air surpris en refermant la porte. « À demain vers dix heures, donc. »

En rentrant à l'hôtel, j'achetai un bouquet de roses jaunes sur un éventaire de la Via Santa Lucia. Un vent fort, chargé de sable, s'était levé, qui emporta les fragments de la monnaie que le marchand m'avait rendue.

Les cinq et dix lires n'étaient pas des pièces à l'époque mais vous arrivaient sous la forme de minuscules billets tout froissés, et deux ou trois d'entre eux s'en allèrent tourbillonner sur le trottoir, créant une fausse impression d'opulence et poussant à une dépense d'énergie frénétique un groupe de gamins au visage féroce et prématurément vieilli. Une fois dans ma chambre, je sortis les roses de leur papier pour découvrir que l'on ne m'avait donné que les têtes cassées de fleurs sans doute jetées par un fleuriste, puis fixées à leurs fausses tiges avec un tel art et une telle patience — maillage fin et compliqué, fourreau de verdure ingénieux — qu'on en serait presque arrivé à ne pas regretter d'avoir été berné. Elles durèrent peu, ces ironiques fleurs napolitaines, mais peut-être aussi longtemps que n'importe quelle rose en cette saison.

Ce même soir, j'écrivis à mon frère : « Toutes les bananes en Italie viennent du Somaliland. Tous les jours, à un endroit ou à un autre, je passe devant un étal de bananes semblables — fruits, de manière tout à fait littérale, de tes labeurs. » Quand j'écrivais ce genre de chose à Edmund, j'étais bien obligée de me demander si, en évoquant l'existence que lui et moi avions partagée à une époque, je n'excluais pas délibérément Norah. C'était peut-être tout aussi bien — du moins est-ce ce que je pensais — de leur laisser un petit quelque chose dont ils devraient s'accommoder : je savais, non sans en souffrir, combien Edmund tenait à se persuader que ma disparition était ce qu'il y avait de mieux pour tout le monde — c'est ce que disent les gens quand ils arrangent les choses dans leur propre intérêt. S'il ne voulait plus rien apprendre sur lui-même, pourquoi faudrait-il que j'apporte mon concours à cette tromperie ? En Afrique, j'avais été suffisamment jeune pour jouir de l'influence que j'exerçais sur lui sans reconnaître qu'elle trouvait sa source dans sa faiblesse.

Pareil raisonnement masquait mon désir de le blesser. Mais le ressentiment aiguise la perception, en un sens, et l'argument avancé était valable : Edmund n'avait pas envie de se connaître. Les slogans de Norah lui déteignaient dessus peu à peu, et s'il lui arrivait maintenant de parler de sa propre personnalité, c'était pour l'enfouir sous un amas d'abstractions. « Il y a du masochiste en moi », m'écrivait-il, avec autant de désinvolture que s'il avait dit : « Je suis membre de l'Athenæum désormais » ; ou encore « Je suis dans ma phase maniaco-dépressive ». C'est ainsi qu'il renonçait, avec gratitude, à sa singularité pour endosser un anonymat de convention. « C'est bien les gens, ça », telle était maintenant son expression favorite.

Ses opinions, de la même manière, avaient pris la couleur de celles de Norah. Elle lui mettait des mots dans la bouche, et ils en ressortaient à peine colorés, comme un papier de tournesol soumis à une faible réaction.

L'habitude de satisfaire aux exigences d'Edmund restait malgré tout fortement ancrée en moi, et les lettres que j'envoyais au pays étaient en général aussi ternes que les réponses qu'elles suscitaient. « Une Italienne s'est liée d'amitié avec moi... », et je pensais, tout en écrivant, à la manière dont Norah et son cercle, avec leurs clichés d'Anglais sur l'Italie du Sud, imagineraient Gioconda, si tant est qu'ils fissent l'effort de l'imaginer : courtaude, volubile, avec peut-être un peu de moustache. J'allais même dans le sens, involontairement, de cette idée erronée et ne cherchais jamais à détromper mes correspondants — il est inutile en effet de vouloir offrir un aperçu authentique de sa vie à ceux qui ne veulent surtout rien en savoir qui puisse les déranger ; autant souscrire à la fiction, quelle qu'elle soit, qui vous est imposée. Au-delà, il y avait aussi le besoin, comme un instinct de préservation, de garder pour moi cette nouvelle existence encore fragile.

Les lettres de ma belle-sœur cherchaient avant tout à prévenir toute tentative de ma part d'admettre que je ne nageais pas dans le bonheur. Si mon absence devait être ce qu'il y avait de mieux pour tout le monde, il n'était pas question de laisser subsister de vilains doutes. « Contente de savoir que tu es heureuse », écrivait-elle invariablement dans ses lettres. Elle s'employait assidûment à créer un climat que les réalités d'une vie aussi informe et solitaire que la mienne ne pourraient jamais venir perturber. « Tu dois te sentir très heureuse », c'était presque un ordre ; « Je dis à tout le monde à quel point tu es heureuse », m'avertissait-elle, produisant des témoins. Des lettres de ce genre arrivaient impitoyablement lors de chacune des crises de ma vie, et continuent d'arriver aujourd'hui encore.

D'un autre côté, elle se cabrait tout de suite si, pour être accommodante, je faisais allusion à un petit moment de bonheur. Quand je lui parlai des vapeurs blancs qui partaient pour Capri, elle répondit : « Capri doit être bien abîmée à présent. » Si je mentionnais une promenade dans les rues de Naples, elle répliquait : « Comment oublier que c'est là qu'est né le gangstérisme américain ? » Le moindre de mes plaisirs devait être minimisé : « Tu en as de la chance ! » Chez Norah, l'inconscient était toujours en surface : pour trouver le conscient, il fallait creuser.

Le vrai mal du pays — cette nostalgie du familier —, j'en souffrais peu, car je n'avais jamais acquis, ni reçu, d'objets susceptibles de devenir familiers ; mon existence, depuis l'enfance, n'avait été qu'une longue improvisation dans des milieux sans passé. Rien, au cours des premières semaines de mon séjour à Naples, ne pouvait me sembler plus profondément étranger que cette vie d'indignation permanente et de gigots dominicaux que j'avais laissée derrière moi. Pour mon frère, cependant, pour la vie que nous avions partagée, pour notre communion perdue de pensées, de regards, de paroles, je souffrais ce que l'on endure au nom de l'amour, et pouvais me retrouver — n'importe où, dans une boutique, à mon bureau, tout en continuant à parler d'autres choses — saisie par l'angoisse, comme par les affres de quelque infirmité mortelle mais cachée. Une carte postale d'Edmund, expédiée de Stockholm où il était en voyage d'affaires, m'émut jusqu'aux larmes — tant nous semblions être désormais définitivement séparés, chacun en un lieu difficile à imaginer pour l'autre, chacun irrévocablement lancé sur sa trajectoire, l'obstacle de l'océan une fois de plus entre nous… *Seigneur, que tant de mers me séparent de vous.*

Je savais néanmoins, tout en souffrant de le savoir,

qu'il y avait pire situation que la nôtre, laquelle était au moins voulue telle par l'un de nous. C'est lorsque les deux parties la trouvent insupportable que la logique est violée, et que le cours des événements paraît futilement, fatalement, aller contre la volonté commune.

IV

Gianni chantait. Plutôt bien, et beaucoup. Tout jeune, il avait songé à embrasser la carrière de chanteur, mais n'avait pas tardé à abandonner l'idée en raison de tous les combats à mener. Il y avait les professeurs, les impresarios qui ne reconnaissaient pas le talent là où il était, ou bien en étaient jaloux ; sans compter ce violoncelliste aujourd'hui célèbre qui, lors d'une audition en compagnie du jeune Gianni, avait bavardé pendant toute la prestation de celui-ci.

« *Dunque*, "*Maestro*, lui ai-je demandé, qu'est-ce que vous diriez si quelqu'un bavardait pendant que vous jouez ?". Avec ce sourire qui n'appartenait qu'à lui — une pleine bouche de dents blanches qui à cette époque n'étaient pas toutes fausses —, il m'a répondu : "Mais, voyez-vous, moi quand je joue, personne ne parle." "Alors, ai-je dit, la différence, c'est que votre auditoire est exclusivement composé de gens civilisés." »

Gianni chanta en nous emmenant à Herculanum dans sa nouvelle voiture. Il pouvait chanter des arias, et connaissait des dizaines et des dizaines de chansons napolitaines — « Libero Bovio, Salvatore di Giacomo, voilà les noms qu'il faut connaître à Naples. Laissez tomber le roi Ladislas ou Joachim Murat. » Quand nous approchâmes du palais royal de Portici, il ralentit. « Regardez-moi ça. Qui d'autre qu'un Napolitain choisirait d'avoir une maison à la campagne avec une route qui passe en plein milieu ? Qui plus est, au pied d'un volcan en activité. » Il éclata de rire et abattit sa main sur le volant, apparemment ravi de la folie des Bourbons.

Gianni avait la fibre patriotique. Autrement dit, tous les étrangers, à commencer par les Anglo-Saxons, avaient droit de sa part à un éreintement en règle. « Ils ont de ces noms, ces gens ! dit-il, en dépit du fait que mon prénom était pratiquement identique au sien. Je me demande bien où ils vont les pêcher. J'ai eu une actrice, un jour — je veux dire, dans un film que j'ai tourné —, une maigrichonne comme vous, une Anglaise, qui s'appelait Sally. Vous imaginez un peu, *salé* ! Vous parlez d'un nom pour une fille. »

Je me penchai en avant, les coudes de part et d'autre de leur banquette, le menton tressautant sur mes doigts enlacés. La nuque de Gioconda, qui émergeait d'un manteau écarlate, était plus blanche que sa gorge, comme si, pendant l'été, ses cheveux, détachés, l'avaient recouverte ; au-dessus de cette blancheur, des tresses luisantes étaient retenues par un peigne recourbé en écaille de tortue.

« Votre peigne… Je n'ai jamais rien vu de pareil. »

Elle y porta la main. « Vous croyez qu'il est ancien ? demanda-t-elle tout en faisant courir ses doigts dessus. À moins qu'il ne s'agisse d'une vieille copie ? Ici — et là —, il devait y avoir des pierres ; peut-être même des diamants, parce que le travail de l'ensemble est superbe. Je l'ai trouvé sur une brouette dans San Biagio, une de ces brouettes, vous en avez certainement vu, sur lesquelles on vend, ou l'on essaie de vendre, des soucoupes fendues ou des porte-clés cassés, toutes sortes de cochonneries récupérées un peu partout. Je l'ai nettoyé. Et Gianni l'a beaucoup aimé. » Sur quoi, Gianni eut un hochement de tête possessif et approbateur. « Je le porte depuis des années. »

C'était une journée pâle et froide, aussi calme qu'un jour de semaine. Il n'y avait pratiquement personne sur la route. À Resina, le Vésuve au-dessus de nos têtes, nous traversâmes un marché de campagne où une dizaine d'ânes efflanqués, chacun tirant son propre Vésuve de ballots à l'arrimage précaire, posèrent leur museau humide sur la Maserati qui avançait au pas au milieu d'eux. Quelques années plus tard, cette petite ville construite sur la lave était enfouie sous l'éruption des gratte-ciel d'une cité.

À Herculanum, nous étions les seuls visiteurs, libres de déambuler à travers les pièces vides, comme des invités qui se sont trompés de jour et peuvent se permettre de faire un état des lieux sans avoir à se montrer polis. Gianni était heureux du plaisir que je prenais à la visite, aussi fier que si la ville avait été sa propre création, m'expliquant la disposition des maisons, les changements causés par l'action volcanique : « La mer venait jusqu'ici, à cette époque, et on y descendait par des jardins et des allées de cyprès. La terre que vous voyez là en bas est apparue bien plus tard. » Et il n'avait de cesse de nous répéter : « C'était une vie de rêve », comme s'il en avait lui-même été arraché.

« Regardez ça, par exemple. » Gianni m'entraîna au bas d'une de ces rues corridors et me fit entrer dans une pièce décorée qui avait peut-être été un théâtre privé : un des côtés, décoré d'un masque en pierre au-dessus d'une mosaïque d'animaux et de guirlandes, suggérait un proscenium. « Quoi de plus charmant ! » Il me suivit jusqu'au fond de la pièce pour examiner les décorations et, me prenant par les épaules, me plaça dans une niche destinée à recevoir une statue. Puis il m'embrassa, ou du moins il essaya : sa bouche ne fit que glisser sur mon menton et ma gorge tandis que je détournais vivement la tête, esquivant sa caresse comme je l'aurais fait d'un coup. Il me lâcha les épaules, tout en continuant à me barrer le chemin, et, le regard sur moi, un sourire aux lèvres, répéta d'une voix tout à fait normale : « Quoi de plus charmant ! »

Je restai dans la niche où il m'avait placée. L'écarter eût été de ma part une réaction trop vive. « Pourquoi tant d'histoires ? se plaignit-il à voix basse. Je ne fais, pour ainsi dire, qu'observer les conventions.

— Allez au diable ! », dis-je en anglais, furieuse que la proximité de Gioconda, quelque part dans ce labyrinthe, m'obligeât à baisser le ton, me ravalant au rang d'un vulgaire complice. « Allez au diable, vous et vos conventions ! »

Ayant fini par s'écarter, Gianni s'éloigna. Il avait à peine franchi l'étroite entrée de la pièce qu'il se retournait, une main levée et posée sur le mur extérieur, pour me regarder, les yeux toujours brillants, les lèvres crispées par une grimace amusée.

« Juste une minute », dit Gioconda, hors de vue. Gianni resta totalement immobile. On entendit un petit bruit dans la rue voisine, puis Gioconda apparut à son côté, en train de faire défiler sa pellicule. « Tellement naturel, dit-elle. Tellement toi. »

Plus tard, Gioconda me donna la photographie, ainsi que quelques autres prises ce jour-là. Je l'ai toujours : on y voit Gianni regardant avec un sourire ironique quelque objet hors champ qui a frappé son imagination.

Je m'attardai dans ce petit théâtre romain qui, j'imagine, en avait vu bien d'autres, jouées dans des costumes divers et variés.

Gianni, à ce qu'il me sembla, fit une allusion à l'incident, dans la voiture, tandis que nous longions la courbe du golfe de Sorrente, quand il dit à Gioconda qu'il me trouvait jeune pour mon âge. « On a du mal à croire, dit-il, comme si je n'avais pas été là, que vous n'avez toutes les deux que six ou sept ans d'écart. J'ai l'impression que toi, tu as le même âge que moi, alors qu'elle (avec un mouvement de tête dans ma direction), on dirait qu'elle sort tout juste du lycée. Ou qu'elle vient d'y entrer. »

Toujours par-dessus son épaule, il me donna — comme si, à nouveau, le sujet était pour lui crucial et qu'il en faisait une affaire personnelle — des détails sur la grande éruption, nous citant Pline, pour mieux étayer son propre témoignage, et se référant en guise de preuve supplémentaire aux lettres du poète Publius Statius. « Vous voyez un peu comment nous sommes, dit-il, voulant parler des Italiens, ou peut-être des hommes en général. Les bateaux attendaient pour les emmener. Les cendres et la lave commençaient à les recouvrir. Mais ils dînaient, bavardaient, allaient aux bains ou dormaient. Et puis, ce fut trop tard. »

Je voyais bien qu'il admirait leur conduite autant que l'absence de sens pratique qu'il avait louée chez les Bourbons ; et je m'attendais à ce qu'il ajoute, ce qu'il ne manqua pas de faire : « Il faut leur reconnaître un certain panache, après tout. » Et quand, boudant toujours, je m'abstins de répondre, il haussa les épaules de manière on ne peut plus injuste à l'adresse de Gioconda, comme pour lui signifier que, vraiment, je n'étais pas un cadeau.

De ce voyage, avec le Vésuve qui lentement nous faisait tourner sur ses flancs, avant de nous libérer pour la descente vers la longue courbe de la baie, je garde un sentiment de déception semblable à celui d'un enfant : ma sortie avait été gâchée, l'expédition avait changé de nature, de façon inattendue. Dans mon souvenir, il y a d'abord les images d'une mer froide et de champs argentés, et puis nous voilà à Sorrente, et je retrouve ma bonne humeur : je déjeune, je trouve le joli restaurant délicieux, romantique le spectacle des pentes escarpées au-dessus de nous et des falaises au-dessous, et superbe la vue sur Capri. Gianni vient de le dire, et il n'a pas tort : j'ai des réactions d'écolière.

Le restaurant fournissait le couple habituel de musiciens : deux hommes petits et déjà âgés, nantis respectivement d'un accordéon et d'un violon, dont l'un — celui qui était atteint de strabisme — chantait d'une voix frêle et tendre que l'infirmité faisait trembler. Il y avait aussi une diseuse de bonne aventure, qui n'avait pas grand-chose à faire pendant les mois d'hiver, à un moment où la clientèle était partie tenter l'aventure ailleurs, et par d'autres moyens. Elle nous tomba dessus dès notre entrée dans l'établissement. Gianni acheta notre tranquillité avec quelques pièces, et nous la regardâmes s'éloigner — le haut de son costume de bohémienne recouvert d'une vieille veste de laine grise — pour aller exercer ses talents sur les seuls autres clients du restaurant, une ravissante blonde et son cavalier aux cheveux blancs, qui interrompaient le déroulement des opérations en éclatant de temps à autre d'un rire ravi auquel la femme se joignait à l'occasion, faisant joyeusement cliqueter les anneaux de ses boucles d'oreilles sur le col de sa veste.

« Voilà le genre d'avenir qu'il faut avoir, nous dit Gioconda. Ils rient déjà, rien qu'à l'idée de ce qui les attend.

— Pas bien difficile de deviner ce qu'elle leur raconte », dit Gianni, qui fit courir un doigt léger le long du bras de Gioconda déplié sur la nappe.

Gioconda et moi regardions l'autre table. L'affaire avait pris une tournure plus grave, les deux candidats au bonheur s'étaient rapprochés l'un de l'autre tout en écoutant, et s'adressaient de temps à autre un coup d'œil et un demi-sourire, comme pour se convaincre que tout ça n'était qu'un jeu.

Gianni, lui, s'ennuyait. « C'est tellement évident. Elles choisissent quelques événements qui de toute façon se produisent dans la vie de tout le monde et en font une révélation.

— Les psychologues aussi, acquiesça Gioconda, ont

une tendance à vous expliquer les choses les plus évidentes comme s'il s'agissait de découvertes originales. Ce qui nous séduit ici, c'est l'illusion, non pas du pouvoir, mais de l'autorité. N'est-ce pas là ce que nous attendons des dieux, des prêtres, des poètes, et même de cette rubrique dans le journal où l'on répond au courrier des lecteurs ? L'idée que quelqu'un connaît les réponses et détient la clé de tout.

— C'est vrai que certains en savent plus que d'autres, dis-je. C'est ce qui contribue à l'impression que quelqu'un, quelque part, sait tout ce qu'il y a à savoir.

— Les Napolitains, dit Gianni, en savent beaucoup. Mais c'est un savoir collectif. Séparez-les, sortez-les de leur milieu, et ils sont nuls, aussi bêtes que tout un chacun. C'est la ville, le phénomène représenté par Naples elle-même, qui en tant que telle sait quelque chose. C'est un peu comme un tableau ou un livre qui vous a marqué : une fois qu'on s'en est pénétré, on a du mal à croire qu'on a pu un jour ne pas le connaître. » Il se tourna vers moi. « Ça va changer ta vie, ton séjour ici. Naples est un saut. Un passage à travers le miroir. » Et je portai les yeux sur le miroir ovale de la baie.

À l'autre table, nos compagnons ne riaient plus. Finalement, découvrir leur avenir leur avait donné à réfléchir. Ils prirent congé de la voyante à voix basse, et quelques pièces supplémentaires changèrent de main. Quand ils se levèrent pour partir, l'homme passa son bras autour de la fille pour l'attirer à lui et l'embrasser sur la joue — en guise de consolation, peut-être, ou avec le pressentiment d'une perte prochaine.

Peu de temps après ces rencontres avec Gioconda, je quittai mon hôtel pour prendre un appartement qui donnait sur la mer, au pied du Pausilippe. Un appartement dans la mer, pourrait-on presque dire, puisqu'il se trouvait dans une des villas qui s'avancent sur la baie tout au long de sa partie nord et ont une vie aquatique bien à elles. Elles commencent à Margellina avec un colosse du dix-septième siècle qui tombe en ruine pour finir à Gaiola sur un vestige romain ; leurs noms mêmes constituent un inventaire éloquent du bizarre. Ces constructions donnent sur le golfe de Naples et alternent avec des grottes et des escarpements faits de la pierre d'un or pâle dont ce rivage est composé, et même avec des lambeaux d'une campagne en voie de disparition et des groupes de pins parasols encore debout. Au-dessus s'élève le promontoire du Pausilippe — déjà encombré à l'époque par une barre de ces immeubles modernes qui devaient le défigurer complètement au cours des années suivantes.

Une boîte de nuit en plein air, encastrée dans le tuf calcaire près de ma villa, attendait son heure ; et une ou deux gargotes décrépites jouissaient, depuis leur terrasse miteuse, de l'incomparable vue sur cette baie aux allures de lac.

Pour atteindre l'appartement, il fallait entrer par un autre bâtiment, situé un peu plus haut sur la colline et à l'arrière. De là on descendait à travers le rocher, au moyen d'un minuscule ascenseur qui avait tout d'une bathysphère, et qui vous déposait à l'entrée d'un long couloir grossièrement taillé à même la roche, peint et carrelé en rouge foncé. Le couloir en question pouvait être éclairé au moyen d'une série d'interrupteurs dont la séquence, réglée sur une minuterie qui vous imposait une succession de bonds précipités, n'était pas sans apporter une touche de claustrophobie assez excitante. Cette voie souterraine passait sous la Via Posillipo et traversait le minuscule promontoire dont ma villa formait la proue. Elle se terminait par une volée de marches raides et une petite grille au-delà de laquelle on découvrait la lumière, le ciel et la mer. Une passerelle vitrée sur le côté de la villa menait aux portes des nombreux appartements qui constituaient désormais la maison.

On n'aurait rien pu imaginer de plus ingénieux, de plus étrange, de plus napolitain que ce moyen d'accès. « Romantique », c'est le terme que j'employai pour le décrire à Norah, et il avait bel et bien cet aspect inquiétant qui est un élément authentique du romantique.

On pouvait aussi accéder à la villa par la mer : on débarquait au bas de quelques marches de pierre luisantes de mousse, en haut desquelles se trouvait une autre grille verte. La maison elle-même était en stuc rouge, et surplombait l'eau sur des fondations en pierre grise ; vue de loin, elle semblait flotter dans l'air comme un bateau rouillé sur cale.

J'avais deux grandes pièces, qui étaient de loin les plus belles de toutes celles où j'avais vécu. À l'image de la plupart des missionnaires, nous vivions mieux que ceux que nous étions venus sauver ; privilèges et indemnités amortissaient la chute dans notre nouvel environnement ; nous avions des voitures pour nous conduire et des bonnes pour nous décrotter. Mon meublé ouvrait sur une terrasse étroite qui, à son tour, donnait directement au-delà de la mer sur le volcan : l'appartement, la terrasse étaient autant d'antichambres du spectacle, comme si leur seule fonction était de le révéler. Il est trop tard à présent pour que cette vue-là de la baie de Naples trouve jamais son maître, son Guardi ou son Canaletto, car en matière d'art elle est devenue un sujet d'amusement apitoyé tant elle est rebattue, trop intimement connue, même de ceux qui n'ont jamais fait le voyage, pour avoir encore besoin d'être représentée. Elle donne l'impression d'être étrangère au rôle qu'on voudrait lui faire jouer, comme si elle allait continuer à se satisfaire, désormais, de figurer sur des affiches, des couvercles de boîtes de chocolat, sans jamais rien trahir de sa vraie nature ; ainsi que le Vésuve continue à absorber les hommages de ceux qu'il a clairement l'intention d'exterminer.

Il y avait un autre étage d'appartements, puis l'eau. On aurait pu pêcher depuis la terrasse. Sur l'arrière, là où l'on entrait par la passerelle vitrée, il y avait un grand hall, et une première pièce aux murs garnis d'immenses armoires et de commodes sentant le camphre. Partout, une profusion de meubles sombres : grand lit, chaises imposantes, longue table, canapé en bois sculpté ; un élément apportait ici et là une touche plus légère, à l'instar du triangle dans un orchestre : une sellette noire destinée à recevoir une plante et achetée au grand magasin Upim, ou un porte-revues doré, pareil à un porte-toasts géant, qui venait du Rinascente. Dans la cuisine, une petite cuisinière et un évier plus petit encore flanquaient un vieux réfrigérateur, énorme, à grosses pattes, tandis que sous ce triptyque courait une prédelle de tiroirs contenant ici une râpe à fromage, là une passoire rouillée ou un tire-bouchon encore couronné de son trophée vineux. Sur la baignoire, un équipement d'importation vous saluait dans votre langue : « WASTE ».

Plusieurs des commodes massives et des chaises intransportables furent bientôt entassées dans un débarras, derrière la cuisine, tandis que d'autres étaient déménagées à ma demande pour aller trouver refuge dans divers autres appartements plus tolérants. Il y avait un long escalier, pareil à une échelle de pierre, sans tournants ni paliers, qui menait de la mer jusqu'à la route, et tout objet trop encombrant pour l'ascenseur devait être descendu ou monté le long de cette paroi. Si bien qu'on observait à tout moment une caisse ou un bureau en train de voyager laborieusement sur un dos courbé ; un jour, en regardant par la fenêtre de la cuisine, je vis un gros caoutchouc en pot qui se déplaçait au milieu des pins, en route pour Dunsinane.

Gianni et Gioconda vinrent un soir visiter mon appartement et apportèrent une potée de narcisses. Gianni ne portait jamais rien, et la chose était donc transportée par un gamin qui arriva derrière eux, le visage enfoui dans les fleurs à l'odeur suffocante. À ma grande surprise, Gianni ne tarit pas d'éloges, ravi qu'il était par la maison et la curieuse façon dont on y accédait. « C'est bien, tu commences à comprendre », dit-il, comme un maître encourageant son élève.

La nuit était très froide : Gianni essaya d'allumer un feu dans l'unique cheminée, mais le conduit ne tirait pas, et nous restâmes assis dans nos manteaux devant un minuscule radiateur électrique qui brûlait le carrelage et nos pieds, sans rien chauffer d'autre. Ils burent à ma nouvelle vie avec le whisky que je m'étais procuré ce jour-là, en *duty free*, au magasin de l'armée.

La vue de cette entreprise sans homme aux commandes poussa aussitôt Gianni à prendre les choses en main. « Tu pourrais faire aménager la cheminée pour qu'elle marche, dit-il. Mais c'est un travail assez spécial. À Rome, ça vaudrait peut-être la peine, même si tu n'es pas propriétaire, mais ici… En matière de construction, les Napolitains ont de bonnes idées question formes et couleurs, mais ça s'arrête là. Ils sont incapables d'accrocher un tableau sans faire tomber le mur. »

Après leur départ, j'éteignis les lampes et regardai par la vitre rayée et glacée de la porte de la terrasse les lumières de la ville sur ma gauche. Derrière moi, le radiateur tirait ses petites langues de feu inefficaces. La fenêtre me renvoyait mon haleine, un peu chargée de whisky, et mêlée aux odeurs des narcisses et des restes carbonisés du feu que Gianni avait vainement essayé d'allumer. C'est dans cette atmosphère où l'ignominieux côtoyait le grandiose que je fis l'expérience de mes premiers moments de pur bonheur.

V

La mission avec laquelle j'étais venue d'Angleterre se composait essentiellement de militaires. Quand je la rejoignis, j'ignorais tout du soldat professionnel de l'époque moderne. Bouillonnant, c'est le mot qui me vient pour décrire ces gens : ils étaient nombreux, surtout parmi les officiers, à être dans un état de bouillonnement intérieur perpétuel — sous l'effet de la fureur, de la peur, de la nécessité quotidienne où ils se sentaient de frapper avant de risquer d'être abattus par des ennemis insaisissables. Leur profession n'était que l'extension logique de ce bouillonnement. (En réalité, leur attitude à l'égard de leurs ennemis attitrés — soviétiques, socialistes, agitateurs de tous bords — était teintée d'une admiration nostalgique. « Ce n'est pas eux qui supporteraient une pagaille pareille », ou bien « Eux ne toléreraient pas une seconde une situation de ce genre ».) Ma vie londonienne, si déficiente qu'elle eût été, n'avait jamais pris en compte ces individus qui, non contents de voir une solution convaincante dans la mort violente de leurs semblables en quantités innombrables, défendaient passionnément leur position.

Il était impossible de leur faire honte de leur cruauté. De les embarrasser en mettant au jour ses origines et ses conséquences. Sous l'armure de la plus brutale des émotions, l'apitoiement sur soi, ils étaient imperméables à tout sentiment d'humanité.

Aujourd'hui, j'essaierais sans doute de les comprendre, tout en me montrant moins tolérante à leur égard ; mais à l'époque, j'étais déconcertée par tant de bouillonnement, et m'efforçais, à tort, de faire la part des choses. Je n'aurais jamais dû me mêler à eux. Mais dans l'ensemble, les compensations offertes par la ville faisaient que j'étais plus heureuse que n'importe lequel d'entre eux, et, du même coup, vaguement suspecte.

J'avais pour supérieur le colonel anglais dans le bureau duquel j'officiais. Expert en bouillonnement, il avait servi comme attaché militaire dans toute une série d'ambassades de Grande-Bretagne, dont il ne cessait de nous vanter l'organisation. C'était un petit homme soigné, avec une bouche mince sous une mince moustache hérissée, de petites chaussures bien cirées, et un dos bien droit ; autant d'attributs qui, mis bout à bout, donnaient l'impression d'un défi permanent. Enfant, il avait dû se convaincre qu'il était bon de regarder les gens droit dans les yeux, et s'était fait en conséquence un regard fixe et furieux tellement révélateur qu'en toute humanité on ne pouvait que détourner le sien. Il était divorcé et vivait seul sur le Pausilippe, dans une villa proche de la mienne. Il avait été convenu que le Véhicule qui venait le prendre chaque matin m'emmènerait aussi jusqu'à nos bureaux de Bagnoli, si bien que je démarrais la journée avec lui une bonne demi-heure plus tôt que ne l'exigeaient mes fonctions.

Un matin, tandis que nous attendions côte à côte, lui et moi, sous le soleil hivernal, que l'arrivée du Véhicule change le décor de notre silence, J. P. Tulloch freina le long du trottoir dans une MG vert foncé.

Il m'ouvrit la portière côté passager. « Je vais à Bagnoli. Montez donc. » Quand j'eus embarqué et refermé la portière, il agita la main en direction du colonel — qu'il ne connaissait pas —, fit demi-tour, et nous nous retrouvâmes sur la route qui descendait vers Mergellina.

Léger, sur la croupe il installa la demoiselle,
Léger, sur la selle il bondit devant elle.

récita-t-il d'une voix chantante.

« J'espère qu'il ne le prendra pas mal, dis-je. Le colonel.

— Comment pourrait-il le prendre mal ? Il n'y a que deux places… il ne s'attendait tout de même pas à ce que je le prenne, lui. Comment pourrait-il se formaliser ?

— Vous seriez surpris de savoir qu'il lui suffit d'un rien. » J'étais heureuse du tour que prenait ma matinée, de me retrouver dans cette voiture, dans l'air vif du matin, et sans le colonel. L'homme était vif, lui aussi. Je ne l'avais pas revu depuis le jour de ma première rencontre avec Gioconda, quand il m'avait fait penser, comme je l'avais dit à la signora, à un parapluie replié.

« On a beaucoup parlé et écrit sur la mentalité militaire. Rien d'assez sévère, pourtant.

— Ils sont consternants, acquiesçai-je. Je suppose,

poursuivis-je avec un rien d'hypocrisie, qu'on devrait faire montre de plus de tolérance.

— Et pourquoi, dites-moi ? Je suis homme, et tout ce qui est inhumain m'est étranger. Très bien, allez-y, moquez-vous. Et d'abord, qu'est-ce qu'il faisait là, sur le seuil de votre porte ? »

Je me demandai comment il savait que c'était ma porte. Je lui expliquai que le colonel et moi partagions une sorte de vie commune. « Il est divorcé, ajoutai-je.

— Moi aussi, dit Justin Tulloch.

— Eh bien… vous vous remarierez.

— Mais est-ce que ce sera différent de la première fois ? »

Il était plus bizarre que je ne l'avais cru, à parler ainsi de sujets graves sur un mode badin qui faisait qu'on ne savait comment prendre ses remarques. J'avais le sentiment, fort désagréable, d'être délibérément mise en position d'infériorité. Je me tortillai sur mon siège pour me retourner. « Il est juste derrière nous. Le colonel. »

La MG accéléra.

« J'ai le cœur de la belle ! Nous avons franchi rivières, bois et étangs ;
Hors d'atteinte de leurs coursiers rapides », dit le jeune galant.

« J'espère que c'est votre poème préféré, dit-il, comme c'est le mien, et celui de toute personne sensée.

— Je n'aime pas le passage où il dit qu'il y a des femmes plus jolies qui ne demanderaient qu'à l'épouser.

Il y a nombre de belles demoiselles en Écosse
Qui seraient heureuses de célébrer avec Lochinvar leurs noces.

— Mais ce n'était là qu'une ruse.

— Le genre de ruse, dis-je, qu'on n'a guère de chances d'oublier.

— Aimer vraiment, dit Justin Tulloch, c'est cultiver l'oubli. Et n'allez pas l'oublier. Quoi qu'il en soit, je n'admets aucune critique contre Lochinvar. Écoutez-moi ça :

La jeune épousée baisa la coupe, le chevalier s'en empara,
La vida d'un trait et au sol la jeta.

Non. Pas la moindre critique. Le nationaliste écossais que je suis ne saurait agir autrement. »

Devant mon silence, il poursuivit : « Vous ne me croyez pas, mais c'est vrai.

— Si, si, je vous crois. » De fait, il semblait très vraisemblable qu'il puisse militer pour une cause aussi farfelue. J'eus l'impression qu'il était déçu de ne pas m'avoir vue marquer la moindre surprise. « Vous avez quitté votre hôtel ? Comment se fait-il que vous soyez passé devant chez moi d'aussi bonne heure ? » Il me vint alors à l'esprit que pareilles questions étaient plutôt indiscrètes.

« Je m'attends à rester dans cet hôtel pendant des mois. Je reviens de ma leçon d'italien et j'allais — non, je vais — à Nisida, pour vaquer à mes occupations professionnelles. » Sur le cap de Nisida, quasiment coupé du continent, en face de Bagnoli, il y avait d'autres bureaux, d'autres fonctionnaires. « Notez-moi votre numéro de téléphone », dit-il. Au bout d'un moment, il poursuivit : « Bon, d'accord : voudriez-vous, s'il vous plaît, me noter votre numéro de téléphone, je vous implore de me noter votre numéro de téléphone.

— Je n'ai ni papier ni crayon. »

Il lâcha le volant de sa main gauche et fouilla dans sa poche. « Tenez. Pour ne rien vous cacher, j'ai essayé de me le procurer auprès de votre bureau, mais on a refusé de me le communiquer. Votre colonel à l'air pincé a peut-être envie de vous garder pour lui tout seul. J'ai réussi à avoir votre adresse, malgré tout. » Il me reprit le papier des mains. « Qu'est-ce que vous faites de vos soirées ? Vous avez des amis, ici ? »

Je lui parlai de Gioconda, et de la manière dont je les avais rencontrés tous les deux, le même jour.

Après cet épisode, Justin m'emmena souvent à mon travail, et nous commençâmes à nous voir de temps à autre le soir. Il y avait une irrégularité très étudiée dans nos rencontres, et si, lors d'une soirée, nous prenions un plaisir particulier à être ensemble, il ne me donnait plus signe de vie pendant une, deux, voire trois semaines ; conséquence de son besoin maladif de se protéger. Je crois que la peur de s'engager avec moi était née chez lui dès le moment où il s'était intéressé à moi, les deux émotions opérant conjointement et lui interdisant un comportement naturel. Je ne devais jamais retrouver l'homme réservé et dépourvu d'affectation avec lequel j'avais travaillé pendant cette matinée de décembre à l'hôtel Royal ; au fil de nos rencontres, nous nous éloignâmes de plus en plus de l'être spontané et direct qu'il aurait pu être pour nous retrouver empêtrés dans le badinage et les circonlocutions. Jusqu'à son apparence qui était altérée par la dissimulation.

Cela ne me dérangeait pas outre mesure. Ce qui me dérangeait davantage, c'était que ce phénomène, pourtant évident, était entièrement passé sous silence. Je n'étais pas aussi prête que le suggérait sa prudence à lui offrir, à lui ou à un autre, les dévotions de l'amour : de ce côté-là, du moins, j'étais aussi réticente qu'il pouvait l'être. L'offense faite à ma vanité par son exploitation désinvolte de ma fréquentation serait vengée, j'en avais la froide assurance, dès la première fois où il essaierait de passer aux actes. En attendant, je n'étais pas sans apprécier sa compagnie erratique. J'appréciais également autre chose : la sensation nouvelle de pouvoir et de domination qui allait de pair avec ce dont je viens de parler, et la certitude que j'avais cessé d'être accommodante. Je suppose que c'est ce que l'on entend quand on parle de perte d'innocence. Je n'avais aucune raison de pleurer sur mon innocence perdue, dans la mesure où celle-ci ne m'avait jamais rien apporté de bon : ma vie a été beaucoup plus vertueuse depuis.

Ce qui, pourtant, restait extraordinaire, était la contrainte que vous imposait le ton désinvolte, constamment sur la défensive, de Justin. On se retrouvait en train d'essayer d'aligner son attitude sur la sienne, en multipliant les litotes ou les hyperboles absurdement compliquées pour être à la hauteur du ton moqueur qu'il imprimait à la conversation, ou en employant un langage de collégienne désuet histoire de l'amuser, utilisant le mot « cruche » pour désigner une collègue et des termes comme « sensas », « épatant », ou « drôlement bien ». Même mourir devenait « perdre pied » et vivre, « continuer comme si de rien n'était ». Ce jargon ironique était devenu le lien qui nous unissait, le code selon lequel nous fonctionnions tous les deux.

De telles manipulations linguistiques à usage privé, et toutes à prendre au second degré, étaient précisément le genre de choses auxquelles, en quittant l'Angleterre, j'avais espéré échapper. Pourtant, leur résurrection dans ces circonstances bizarres leur conférait un intérêt nostalgique, pour ainsi dire anthropologique. On ne prévoit guère quand on cherche à se soustraire à ses traditions que la menace, une fois son dard retiré, puisse se changer en une réalité familière, et devenir un cadre de référence. De la même manière regarde-t-on d'un œil sentimental et nostalgique, une fois leur influence éteinte, et en raison même de cette extinction, les contraintes imposées un jour par les codes sociaux ou les dogmes d'une religion étouffante.

Justin, quand il était seul avec moi, parlait beaucoup, incorporant souvent une note instructive dans ses discours plutôt saugrenus. S'il désirait mettre un terme à une conversation, il attendait que je commence à exposer mon propre point de vue et me coupait au beau milieu d'une phrase : cela faisait partie de ses moyens de défense classiques, et de son plan d'attaque délibéré. Irritée dans les premiers temps, je pris par la suite l'habitude d'entrer dans son jeu pour mieux observer sa technique. Un jour, à mon sourire, il remarqua, je crois, la manœuvre, car il tourna mon visage vers le sien et me dit : « Mûrir et s'enhardir, Jenny, ce sont là des processus qu'il faut fuir. »

Voyant que je ne répondais pas, il me lança cet avertissement : « Ne deviens pas froide et distante, Jenny. Je n'aime pas ça.

— À l'époque où je m'enthousiasmais, lui répondis-je, on m'a demandé de me calmer. »

Son plus grand compliment, c'était que j'étais « démodée ». « Voilà que tu recommences, disait-il, d'un ton toutefois approbateur, à propos d'un de mes jugements ou d'une de mes expressions. Ce que tu peux être démodée, Jenny. » Ce qui, je suppose, pouvait passer pour un tribut à l'innocence perdue ; mais, capable que j'étais désormais de ce détachement fort intéressant, je considérais cela comme quelque chose dont je ne possédais plus que les attributs physiques — à l'instar de ce qui se produisait à l'école, quand je remarquais que les professeurs me trouvaient particulièrement attentive et s'adressaient parfois uniquement à moi, alors que mes pensées, pendant tout ce temps, étaient ailleurs : cela devait tenir à quelque expression tout à fait accidentelle de mon visage, ou au caractère impassible de mon regard d'adolescente. Il en allait de même de cet air d'obligeante ouverture que Justin appréciait chez moi. Pour ma part, je pensais qu'il n'y avait là qu'une habitude dont je commençais à me défaire. Il me faudrait du temps — peut-être même toute la vie — pour perdre les dehors d'une ingénuité que je ne possédais plus réellement. L'illusion que je créais, je ne l'entretenais pas délibérément, mais je ne faisais rien non plus pour la dissiper.

Cette conscience que j'avais prise de moi-même n'était pas de nature encore à me faire trouver dans tout cela quoi que ce fût qui méritât des regrets, de sa part ou de la mienne.

Une autre raison, plus importante, expliquait que Justin ne me dérangeait guère avec sa cour déguisée, et c'était la ville elle-même. Au bureau, à cette époque, j'étais sans cesse consciente de la présence de la ville, comme un convive à un dîner qui se voit obligé de prêter attention à un voisin ennuyeux tout en s'efforçant de capter la voix d'un être aimé assis à l'autre bout de la table. Étant donné que j'étais toujours partante pour les courses qui nécessitaient un déplacement en ville, on m'envoyait assez souvent à l'arrière de la voiture de fonction faire l'emplette d'un camée ou d'un corail pour les généraux de passage, ou réserver des places d'opéra pour une association d'épouses de militaires qui s'était baptisée Les Vautours de la Culture.

Ces petites expéditions me donnaient l'occasion de rencontrer Gioconda de temps à autre en centre-ville. Debout à un comptoir, nous prenions un café, noir, extrafort, à peine deux cuillerées par personne, servi dans des tasses minuscules et froides, encore mouillées après leur passage sur l'égouttoir. Ou bien elle m'emmenait, pour le compte de quelque général, dans un magasin de linge de maison, de gants ou de boîtes en écaille de tortue. Nous nous embarquâmes dans une expédition de ce genre, par un froid très vif, un jour de la fin de l'année, après que le colonel m'eut envoyée chercher un vrai sapin de Noël, afin de remplacer le minuscule arbre en plastique qu'on lui avait attribué. Le colonel, en me confiant la mission, n'avait sans doute pas idée qu'elle pût être divertissante, mais elle nous apparut à nous franchement drôle, et c'est en pouffant comme des collégiennes tout au long du trajet et en essuyant des larmes de rire que Gioconda et moi nous rendîmes Via Foria, là où l'on vendait les sapins. Les arbres abattus, rabougris et méridionaux, s'entassaient tristement dans un petit parc, dont, malgré le froid, nous fîmes le tour pour trouver un spécimen acceptable. Un marchand qui se réchauffait les mains au-dessus d'un brasero improvisé fut sidéré de nous entendre demander s'il n'avait rien de mieux à nous proposer, écartant les bras en signe d'impuissance avant de ramener précipitamment les mains au-dessus des morceaux de charbon. Il nous rappela que nous n'étions pas au Canada et me conseilla de faire avec ce qu'il avait — je m'exécutai, trimballant mon emplette dans le Véhicule jusqu'à Bagnoli.

Je n'avais pas eu d'amie depuis l'enfance, et la nouveauté rendait celle-ci d'autant plus singulière. Il en allait peut-être de même pour elle. Je devais de temps à autre croiser chez elle quelques-unes de ses anciennes camarades de classe, une parente qui habitait à Vico Equense, deux filles bien en chair, des jumelles, avec un nom anglais bizarre qui remontait aux guerres napoléoniennes. Elle me racontait à l'occasion une conversation qu'elle avait eue lors d'un dîner ou au téléphone, mais la diversité même de ces relations suggérait qu'elle n'avait aucune amie intime — pas d'amie, en fait, plus proche que moi.

De mon côté, je gardais Gioconda pour moi, comme je l'avais fait dans mes lettres à Norah. Je ne disposais d'aucun cercle dans lequel j'aurais pu l'introduire. Certes, j'aurais pu la présenter à Justin, mais je redoutais les commentaires de celui-ci sur Gianni, car il avait immédiatement déduit de mes remarques que l'homme était un bavard impénitent. De son côté, Gianni désignait Justin, qu'il ne connaissait pas, sous l'appellation « *Lo Scozzese* », comme si un Écossais ne pouvait prétendre à une identité personnelle. Car Gianni, qui ne cessait pourtant de m'encourager à étendre le champ de mon expérience, acceptait mal que je puisse manifester de l'intérêt — en l'occurrence, un intérêt tout relatif — pour un homme autre que lui.

L'anglais de Gioconda était excellent, même si elle n'avait guère l'utilité de cette langue à Naples. Gianni, lui, le parlait mal et rarement, même s'il s'enorgueillissait de connaître des expressions idiomatiques qu'il dénaturait — le mot central manquait ou bien était mal prononcé — et qu'il faisait précéder, l'air accusateur, de « comme on dit en Angleterre », ou « comme disent les Anglais ». (Gioconda, au contraire, poussait parfois la littéralité à l'extrême, disant « beffroi » au lieu de *campanile*, « saint Janvier » au lieu de San Gennaro ; et parlant une fois, de manière absurde, des « carabineers ».) Tous deux parlaient bien le français et, de temps en temps, curieusement, s'adressaient l'un à l'autre dans cette langue. Je suppose qu'ils avaient envie parfois d'échapper à la succession de traits d'ironie tranchants qui sont le lot commun de tout Italien cultivé dans la conversation, mais je remarquai que le phénomène se produisait habituellement quand ils étaient agités — Gioconda, qui détestait le téléphone, criait : « *Sois un ange, prends le téléphone !** [1] », si elle entendait la sonnerie dans une pièce voisine ; ou bien Gianni, lui reprochant quelque défaut imaginaire, s'écriait : « *Mais tu es bête !** », réservant pour des moments plus tendres son petit mot doux italien, « *Cretina* ».

Il y a des choses que l'on rechigne à dire dans sa langue, tant elles ont du poids ; les exprimer dans une autre est une circonstance atténuante, comme si l'on parlait sous l'empire de la boisson ou de la folie. Justin, lui aussi, était capable de recourir à cette méthode et, s'il admirait ma coiffure ou la couleur de mon châle, s'écriait, versant bêtement dans l'italien, « *Bellissima* » ou « *Un amore* », ou commentant, avec pondération : « *Che bel colore.* »

Un vendredi en fin de journée, alors que je parcourais l'appartement de Gioconda d'une pièce à l'autre sans pouvoir la trouver, je finis par entendre des voix en provenance de la terrasse. On était en janvier, et les journées étaient quasi printanières, mais c'était la première soirée assez douce pour que l'on puisse s'asseoir à l'extérieur. La vue des portes ouvertes sur le crépuscule diluait soudain l'impression d'obscurité hivernale, et donnait déjà un glorieux avant-goût de l'été. Sur le seuil, je perçus leurs voix plus distinctement, mais basses, insistantes, et parlant français. Ils étaient appuyés sur la balustrade et me tournaient le dos, côte à côte, certes, mais manifestement séparés. Gioconda avait la tête

1. Les mots en italique suivis d'un astérisque sont en français dans le texte. (*N.d.T.*)

baissée ; Gianni, lui, était à demi tourné vers elle tandis qu'il parlait. Je sentais bien qu'ils étaient en train de se disputer. Et je compris que Gianni demandait à Gioconda de faire quelque chose et qu'elle refusait.

J'éprouvai un grand désarroi à les trouver ainsi. Il y avait là une rupture d'équilibre en quelque sorte, effrayante, comme quand on surprend ses parents en train de se disputer. Car j'en étais venue, même alors, à attendre d'eux qu'ils m'apportent un peu de stabilité. Bien entendu, Gianni donnait à Gioconda des centaines de raisons par jour de se disputer avec lui, mais elle refusait toujours la provocation, son amour apparemment adressé à une idée de Gianni — fondée, selon moi, sur une méprise — plus profonde, plus entière, qui lui permettait de traiter son irascibilité comme une mauvaise habitude, rien de plus. J'avais fini par me faire à ce déséquilibre, à ce contrepoids dans leur relation, et commençais à le considérer comme quelque chose d'immuable.

Plus pénible encore fut l'aperçu que j'eus de Gianni en position de suppliant. Tant qu'il s'était contenté de m'indisposer avec ses manières dictatoriales, je n'avais guère eu besoin de le considérer sous un autre jour. Par ailleurs, il y avait eu dans son attitude une cohérence exaspérante. Or, j'avais maintenant l'impression qu'il me faudrait peut-être prendre autre chose en compte à son propos, et aller jusqu'à me sentir humiliée pour lui, sentiment que je n'aurais sans doute pas éprouvé face à quelqu'un moins esclave que lui du désir de s'affirmer.

« *Ne dis pas non*, lui dit-il, en posant ses mains à plat sur la large balustrade en pierre. *Penses-y un peu**. »

Gioconda secoua la tête. Je distinguai seulement

quelques mots de sa réponse : « … *déjà… pourrait pas durer** ». Elle passa l'index sur la balustrade convexe d'un geste préoccupé et pourtant définitif; comme elle aurait pu le laisser courir sur le clavier d'un piano avant de refermer le couvercle.

Tosca, en me raccompagnant silencieusement à la porte, se contenta d'un « *Ah Signorina mia* », sans que je puisse savoir si, ce faisant, elle s'adressait à moi ou faisait allusion à Gioconda.

VI

Après avoir en partie débarrassé l'appartement, je commençai à y introduire quelques petits objets de mon cru. Je disposais désormais de la plupart de mes samedis après-midi, et je prenais le bus pour traverser la ville et me rendre au marché aux puces (les « junkies », comme les appelait Gianni dans son anglais) de la Piazza Francese, ou chez les antiquaires de la Via Costantinopoli, pour acheter une petite peinture sur verre, une frise de fleurs peintes sur plâtre ou une majolique ébréchée. Après quoi, il m'arrivait de marcher jusqu'à San Biagio dei Librai et de passer une heure ou deux en compagnie de Gioconda avant de rentrer chez moi avec mes emplettes. Le week-end, Gianni était souvent là — ravalant d'ordinaire mes pots et mes assiettes au rang de cochonneries, les approuvant à l'occasion tout en se gaussant du prix, que, selon lui, aucun Italien n'aurait jamais seulement songé à payer.

« À ce compte, autant aller dans les magasins *select* de la Via Chiatamone ! » s'exclamait-il, tout en disant « sélects » en anglais et en déformant le nom de la rue pour faire un calembour obscène, une allusion aux prostituées qui le soir investissaient le quartier. « Mais si tu vas chez les brocanteurs, c'est pour payer des prix de brocante. » J'avais du mal à imaginer que l'on puisse payer moins cher pour les achats que je faisais — car les prix de ces modestes fragments du dix-huitième siècle n'avaient pas encore commencé à grimper —, et je continuai donc tout au long de cet hiver à aller voir les *rigattieri,* laissant Gianni s'indigner de ma crédulité. Bizarre tout de même cette façon que l'on avait de le laisser tempêter à sa guise : on se retrouvait en train de tolérer ses récriminations sans protester le moins du monde, à la manière de Gioconda. Il avait le chic pour s'attirer l'indulgence — à moins peut-être que la complaisance de Gioconda en la matière ne fût contagieuse. On était sans arrêt en train de lui passer quelque chose — ses critiques constantes, ses fanfaronnades, son anglais ridicule —, exactement comme si, en retour, et en compensation, il apportait à nos vies un inestimable enrichissement.

Un week-end juste après le Nouvel An, j'arrivai chez Gioconda, ma soucoupe Castelli, ou ma céramique Montelupo, à la main, enveloppée dans du papier journal. Le temps s'était remis au froid, et j'avais marché dans des rues glissantes, sous une bruine sinistre. Gioconda avait fait du feu dans sa petite pièce, et il y avait sur le carrelage devant la cheminée une casserole de café striée de coulures. Elle portait un vieux pull-over à col roulé maculé de peinture ; ses cheveux n'étaient pas coiffés, et elle n'arrêtait pas de dégager du doigt des mèches prises dans le col du pull.

« Gianni ne vient pas ce week-end, me dit-elle. Il reçoit

un gros bonnet, un Américain. » Elle me fit une brève description de ce *pezzo grosso*, qu'elle avait rencontré une ou deux fois quand elle avait accompagné Gianni en Californie : « Sentimental, efficace, un homme cultivé qui affecte une ignorance crasse.

— J'ai du mal à t'imaginer en Amérique, dis-je.

— Ça m'a plu. Mais moins qu'à Gianni.

— Il n'arrête pas de répéter qu'il a détesté le pays.

— Bah… tu sais comment il est. » Manifestement, elle estimait que j'avais commis une faute de goût en prenant Gianni au mot. « J'ai bien aimé les monuments », dit-elle. Je pensai qu'elle entendait par là les attractions touristiques, les grands sites — les séquoias, le Chrysler Building —, mais elle poursuivit : « Je veux parler des statues des héros nationaux. Chez nous, en règle générale, ils sont juchés sur un cheval et brandissent une épée. Là-bas, ils sont souvent assis dans un fauteuil. »

De la part d'une femme qui s'était donnée à un homme d'action, je trouvai la remarque quelque peu extravagante.

Elle leva le menton en direction de la fenêtre pour désigner sa propre rue. « À New York, les immeubles sont argent ou blancs ou jaunes, si lisses, si luisants qu'on les dirait en cire.

— Il n'empêche que je ne te vois pas vivre là-bas.

— Moi-même, je ne me vois pas vivre ailleurs qu'ici. C'est ce… c'est la raison de notre dispute, ajouta-t-elle, me faisant entendre par là qu'elle s'était rendu compte de ma présence sur les lieux ce soir-là. C'est trop tard pour moi, je ne pourrais pas vivre dans ces pays, loin des désagréments de chez moi… mais j'apprécie l'humour de ces gens, leur bon sens. Et puis, ils sont si souvent inoffensifs, alors que les Italiens le sont rarement. Et quand ils sont à l'aise, ces gens du Nord, c'est bien plus chargé de sens que chez nous ; c'est tellement agréable qu'on a envie de les encourager, de leur dire "souriez, soyez naturels", comme quand on prend une photo, et qu'on veut faire passer pour naturelle l'expression la plus rare qui soit. »

Elle tripota une maille qui filait sur sa manche, jusqu'à ce que celle-ci commence à s'effilocher. « Gianni veut que j'aille vivre à Rome. » Elle essaya de remettre le fil de laine en place. « C'est logique, poursuivit-elle, se rangeant comme toujours au point de vue de Gianni. Si nous pouvions nous marier, par exemple, la question ne se poserait même pas, si ?

— Mais dans la mesure où vous ne pouvez pas vous marier, voilà ce qui te reste. Être ici, c'est tout ce que tu as.

— Eh bien, tu vois. » Elle leva les yeux pour me regarder et sourit. « On reste ici par instinct de conservation. »

Elle avait dit la chose très exactement, car seul un instinct d'autoprotection profondément enraciné avait pu l'amener à résister au désir naturel d'une vie commune avec son amant. Leur conversation — leurs demandes les plus simples, « Tu aimes les champignons ? », ou « Ils sont à toi, ces gants ? » — trahissait l'absence d'une vie domestique partagée que leur intimité, si profonde fût-elle, ne pouvait remplacer.

« Et pourtant, dit-elle, qui ne rêverait pas, à certains moments, de quitter ce lieu de pauvreté, d'aller habiter là où les rues ne sont pas ces passages étroits où règnent le besoin, la saleté et la souffrance ? Bien sûr que j'aimerais changer, m'en aller, moi aussi.

— Je suis sûre que tout ça te manquerait.

— Sans doute. Mais ressentir le manque, c'est aussi une façon de continuer à aimer — un lieu ou une personne. Je dirais même que partir, se placer soi-même en état de manque, est parfois le moyen le plus simple de préserver l'amour.

— Il me semble que c'est quelque chose que Gianni peut comprendre, le fait que tu veuilles rester ici.

— C'est le cas, en effet.

— Alors pourquoi en fait-il un sujet de dispute ? »

Gioconda me regarda. « Vois-tu, c'est moi qui ai provoqué la dispute. Parce qu'à Rome, il y a d'autres femmes… Il y a d'autres femmes… Et il dit que ce ne serait plus le cas si je venais vivre avec lui. » Elle enchaîna aussitôt, pour couper court à sa détresse : « Allez, prenons le café. »

J'apportai le plateau qui se trouvait sur son bureau, et elle s'empara de la casserole bosselée pour verser le café. Les tasses étaient fêlées, comme la plupart de mes trouvailles de la Via Costantinopoli, mais abondamment décorées de roses victoriennes. Le long de la joue de Gioconda, tandis qu'elle se penchait pour les remplir, courait un unique cheveu qui s'était échappé, pareil à une fine fêlure dans de la porcelaine.

« Luciana, ma sœur, habite Nice dans un de ces appartements, des nids de pie tout en vitres, qui étaient la dernière mode dans les années trente, et que moi, je trouve modernes, avec leur chauffage central, leur plomberie impeccable, et leur machine à laver le linge… Son fils va au *lycée**, et elle a toute sa journée à elle. Le matin, elle va se promener jusqu'à l'esplanade, lit le journal au café, s'arrête, sur le chemin du retour, dans une bibliothèque de prêt derrière l'hôtel Ruhl. L'après-midi, elle joue aux cartes avec une amie, le soir, elle regarde la télévision. Aussi incroyable que cela puisse paraître, Naples ne lui manque pas du tout. Quand elle vient ici, la seule vue de San Biagio suffit à lui faire regretter les brillantes devantures des boutiques de Nice, et une seule journée dans cet appartement à la faire se languir de ses fenêtres hermétiques et de ses plombs qui ne sautent jamais. Une enfance ici, et la guerre, ont eu raison d'elle. Vivre dans le confort, elle n'en demande pas plus pour le restant de ses jours. »

Elle s'interrompit un moment, avant de reprendre : « Non, ça ne va pas, ce que je raconte. Je donne l'impression que c'est une pauvre petite vie. » Elle soupira, comme si c'était quelqu'un d'autre qu'elle-même qu'elle était en train de morigéner, de corriger avec patience. Elle me tendit ma tasse, et tint la casserole en suspens au-dessus de la sienne. « Le mari de Luciana faisait partie d'un groupe de résistants qui s'était formé en 1940, au moment où la France est tombée. Ils avaient pris pour nom "Les Quarante". En 43, il a été pris par les Allemands. Elle a fait le tour des prisons, pour essayer de le retrouver, savoir s'il était toujours vivant, toujours en France. Elle a fini par mettre la main dessus à la prison du boulevard Raspail. Ils lui ont interdit de le voir, mais l'ont autorisée à prendre son linge pour le laver et le lui rapporter. Elle a ouvert la couture d'une chemise et y a glissé une mine de crayon et un bout de papier. Le papier lui est revenu dans une autre chemise, avec ces mots : “*J'ai faim**”... Un jour, elle s'est rendue à la prison pour lui rapporter son linge, mais les gardiens ont rigolé et lui ont dit : “Des habits, il en aura plus besoin, maintenant.” Elle s'est évanouie, et ils l'ont sortie dans la rue. »

Elle dit encore : « Excuse-moi, c'est terrible. Mais je t'ai décrit sa vie comme si elle était d'une grande futilité. Parfois, on préfère dévaloriser les choses plutôt que de s'en souvenir. »

Nous gardâmes le silence un moment. Elle se versa son café, exactement comme si son geste était resté en suspens pendant qu'elle parlait et pouvait maintenant s'achever. Je pris ma tasse à deux mains et me renversai contre le dossier du divan, en ramenant mes jambes sous moi. Je levai les yeux sur le mur qui me faisait face. « Gioconda, demandai-je, qui a peint ces fleurs blanches ? »

Gioconda regarda le tableau, comme si elle y cherchait la réponse. Elle aussi s'appuya contre le dossier, à mon côté, et laissa la chatte grimper sur ses genoux. Elle commença à boire, et chaque fois qu'elle abaissait sa tasse, l'animal tendait le cou pour y glisser un œil.

« Mon père, dit-elle, marchait un jour dans une rue de Rome, il y a une éternité de cela, bien avant la guerre, et il a aperçu ce tableau par la porte ouverte d'une galerie. Il a d'abord cru que c'était un De Pisis, mais en s'approchant, il a vu qu'il s'était trompé et est entré pour demander le nom de l'artiste. Le marchand lui a dit que c'était un jeune peintre, très pauvre, qui avait un atelier dans la zone du côté de la Porta Portese. Mon père lui écrivit, mais n'eut pas de réponse. Il décida alors d'aller lui rendre visite. »

Gioconda se mit à caresser la chatte, doucement, lui lissant le poil, jusqu'à ce que l'animal se mette à ronronner, pareil à un instrument à cordes dont elle aurait tiré des sons. « Il est tombé sur un jeune homme de vingt-deux ans, qui vivait en ermite et parlait la langue des Romains pauvres… L'artiste lui dit qu'il entrait dans une nouvelle phase de son œuvre, et quand mon père lui fit savoir qu'il avait acheté son tableau — celui que tu as devant les yeux — dans la galerie, il lui répondit qu'il regrettait de ne pas l'avoir détruit. Il montra quelques dessins à mon père, ainsi que quelques toiles tendues sur un cadre et appuyées contre le mur, mais refusa de se séparer de quoi que ce soit. Il avait toujours un prétexte pour tout garder — celle-ci faisait partie d'une série, celle-là n'était pas terminée, etc. Quand mon père s'en alla, il sembla content de le voir enfin prendre la porte. »

Gioconda renversa la tête en arrière contre le mur et poursuivit, tout en jouant de la chatte-guitare. « Le lendemain, il vint à l'hôtel où mon père était descendu et lui demanda de lui revendre le tableau. Mon père l'emmena déjeuner dans un restaurant, où ils passèrent une bonne partie de l'après-midi. Ni l'un ni l'autre ne reparlèrent du tableau, et, peu de temps après, le peintre vint passer quelques semaines ici, à Naples. Mes parents lui aménagèrent un atelier dans une autre partie de cette maison. Au bout d'un certain temps, il repartit pour Rome, mais il revint bientôt, avant de disparaître à nouveau ; chaque fois, il se réinstallait dans l'atelier, sans un mot, ne voyait pratiquement jamais aucun d'entre nous, à l'exception de mon père, avec qui il passait parfois une nuit entière à discuter. S'il lui arrivait de nous croiser, ma sœur et moi, dans l'escalier ou dans la cour, il ne nous accordait pas un regard. Non par fierté, ni par humilité, vois-tu, mais parce qu'il était absorbé dans ses pensées, étranger au monde. Il ressemblait à un de ces personnages de Tourgueniev, qui ignorent l'affectation et ne se préoccupent pas de jouer un rôle.

— Comment était-il ? »

Elle pinça les lèvres, comme pour rappeler ses souvenirs. « Grand, pour un Italien, surtout un Italien pauvre. Des cheveux noirs, qu'il commençait, même alors, à perdre. Soigneusement rasé. Des yeux sombres... sombres, mais en même temps brillants. Il portait des vêtements d'ouvrier, n'importe quoi en fait, et en hiver un manteau qu'il avait dû récupérer dans une poubelle. Là encore, aucun snobisme, simplement la pauvreté ; plus tard, quand il a commencé à avoir un peu d'argent, il a mieux mangé, s'est acheté des vêtements chauds... Petit à petit, il est devenu moins distant : il nous appelait par nos noms, me laissait parfois faire une course pour lui — acheter un tube de blanc de zinc ou lui apporter un paquet de guenilles. Il empruntait les livres de mon père, ce qui l'amenait de ce côté-ci de la maison. Il a bientôt exposé à deux reprises, à Rome ; on a un peu parlé de lui dans les magazines. Son nom était connu, pas célèbre à proprement parler, mais un de ces noms que les gens mentionnent pour montrer qu'ils sont *à la page** ; ce genre de choses, ce milieu, à l'époque, n'étaient pas aussi connus qu'aujourd'hui, du moins de personnes comme nous, mais lui savait à quoi s'en tenir et restait soigneusement à l'écart. Avec ces gens, même l'indifférence qu'on peut leur témoigner a du cachet ; à leurs yeux, l'intégrité elle-même ne peut être autre chose que de la pose.

« Pour finir, il a été en mesure d'acheter une partie d'une maison de pêcheur, au sud de Rome, tout au bout d'une longue péninsule, et il est parti vivre là-bas. Il venait encore ici de temps à autre, et mon père lui rendait visite à l'occasion, m'emmenant parfois avec lui. On est en train de construire une route pour atteindre cette péninsule, mais j'ai entendu dire que tout était massacré. À l'époque, c'était toute une affaire pour s'y rendre, il fallait faire la dernière partie du trajet à pied ou à dos d'âne, ou bien louer un bateau et y aller par la côte. Tu n'imagines pas combien l'endroit était sauvage — isolé, magnifique. Un dédale de maisons blanches, la mer devant, les collines derrière, et de chaque côté une longue plage déserte de sable blanc, des cactus, des rochers et des ruines romaines.

« Mon père et lui étaient des amis à l'ancienne mode. Leur amitié était de celles que les hommes ne peuvent plus avoir de nos jours. Ce serait trop réducteur que de compliquer les choses, de dire qu'il était le fils que mon père n'avait pas eu, ou l'artiste qu'il n'avait pas pu être, ou de vouloir expliquer à tout prix l'attrait qu'il exerçait sur lui. En essayant aujourd'hui de te décrire l'affection qu'ils se portaient, je ne trouve pas d'autre expression que celle d'amour fraternel. »

Elle avait cessé de s'accompagner sur la chatte-guitare, qui se ramassa sur elle-même, les pattes jointes sur le bord des genoux de sa maîtresse, avant de sauter par terre avec un bruit sourd et délicat et de se diriger d'un air digne vers le feu. Gioconda enleva quelques poils blancs de sa jupe, alluma une cigarette et se redressa, jambes croisées, sur le sofa, le coude en équilibre sur un genou, la joue posée sur sa main gauche.

« Là-bas, au bord de la mer, il vivait dans quatre grandes pièces qui faisaient penser à des grottes, avec leurs murs grossiers, peints à la chaux, leur plafond voûté, et leur sol en pierre. Sans aucun confort, et avec pour seuls luxes le silence et le temps. Les pièces étaient humides, ce qui n'était pas bon pour les toiles — ni pour lui, qui avait des antécédents de tuberculose. Dans l'une d'elles, il y avait un poêle et une sorte de galerie en bois qui faisait le tour des murs et où il entreposait les toiles. Rien d'autre en dehors d'un établi, d'un lit, d'une lampe et d'une chaise. »

Gioconda se pencha pour secouer sa cigarette dans un cendrier. « Je commençai à penser que mon père aurait bien aimé que je l'épouse. En d'autres termes, il espérait me voir tomber amoureuse. Il essaya de favoriser la chose — non pas ouvertement, mais de diverses manières qui me parurent évidentes, en dépit de mon jeune âge, pourrait-on dire, mais à seize ans on ne pense guère à autre chose qu'à l'amour — et je lui en voulus. Ses tentatives eurent l'effet inverse de celui qu'il escomptait, comme il est de règle en pareil cas. Et bientôt, je refusais d'accompagner mon père quand il allait le voir.

— Et le peintre, lui, tu lui plaisais ?

— Ces choses-là ne connaissent pas l'ordre, ni la

soudaineté, à l'inverse de ce qui se passe dans les romans. Il a fallu du temps, trop de temps, pour que naisse le sentiment, puis qu'il se révèle. Je le voyais encore quand il venait nous rendre visite, mais j'étais distante avec lui. Une attitude ridicule, j'imagine. »

À quoi pouvait-elle ressembler, cette Gioconda d'il y avait quinze ans — une adolescente réservée, à la beauté sombre et tendre, plus grasse ou plus mince que celle d'aujourd'hui, pensive ou gaie ? Tout en la regardant, le dos rond à côté de moi, la cigarette entre les doigts, je l'habillais à la mode de l'époque, étalant ses cheveux en bouclettes sur ses épaules, essayant de donner une forme carrée à ses manches et à son corsage, et d'effacer de son visage et de sa personne les marques qui avaient fait d'elle une adulte.

« Mussolini avait déclaré la guerre au printemps 1940. Mon père fut renvoyé de l'université. Il avait détesté le régime pendant des années, mais maintenant c'était une véritable obsession, il ne parlait plus que de ça. Si on allait au cinéma, dans l'espoir de le distraire, il y avait toujours des actualités, et, fou de rage, il criait dans la salle "*Cafone! Cafone!*". Me voir dans mon uniforme de lycéenne, sur lequel j'étais obligée d'accrocher, comme tous les autres élèves, l'insigne fasciste, le mettait hors de lui. Tu imagines les conséquences. Il a reçu un ou deux avertissements. Puis on lui a confisqué tous ses biens et on nous a envoyés en exil — un de ces exils domestiques très en vogue à l'époque, une forme de détention dans un coin reculé du pays. Le genre pratiqué en Russie au siècle dernier, sous les tsars — et encore pratiqué aujourd'hui ; ce que Mussolini appelait aller de l'avant...

Bref, on nous a expédiés dans un village des Abruzzes, un endroit où les montagnes et les vallées aux multiples contorsions semblaient avoir été choisies délibérément pour servir de cadre aux multiples convulsions de nos vies. On habitait une baraque à un bout de la ville, et on aidait aux travaux des champs. Même dans un endroit comme celui-là, il y avait des représentants de la police secrète. »

Gioconda se tut, avant de reprendre presque trop fort, comme si elle revenait à un thème central après une digression. « C'est avant que nous partions qu'ils se sont disputés, mon père et lui. Tout au long des années trente, quand ils ne cessaient d'envisager la perspective des horreurs qui étaient maintenant en train de se réaliser, ils s'étaient imaginé, je suppose, qu'ils partageaient la même opinion. S'il a dit à mon père qu'il était *un obiettore di coscienza*... comment est-ce qu'on dit en anglais, quelqu'un qui refuse de prendre les armes ?

— Même chose. Objecteur de conscience.

— D'accord. S'il l'a dit avant, ce qu'il a sans doute fait des dizaines de fois, mon père n'a pas dû le prendre au sérieux, ou du moins il a dû penser que, mis au pied du mur, il changerait d'avis. Quand la guerre éclata, il se retrouva de toute façon exempté de service militaire, parce qu'il avait eu la tuberculose ; à l'époque, il n'y avait pas encore ces nouveaux médicaments, bien sûr, et il n'avait jamais été complètement guéri. Il resta à travailler au bord de la mer, peut-être encore plus inquiet que mon père de ce qui se passait. Se replia à nouveau sur lui-même, redevint tel qu'il était quand nous l'avions connu. Il n'empêche qu'il venait encore nous voir tant que nous sommes restés à Naples, mais à présent c'était pour moi qu'il venait. Tu n'as pas froid ? »

Gioconda se leva pour aller remettre une bûche sur le feu, qu'elle mit en place à l'aide du tisonnier. Elle s'épousseta les mains en les tapant l'une contre l'autre, avant de revenir vers moi. Un moteur démarra dans la cour, cala, puis redémarra.

« C'est alors que mon père et lui commencèrent à ne plus être d'accord. Aux yeux de mon père, il était indécent, étant donné les circonstances, de s'enfermer chez soi. Toute résistance, quelle qu'elle fût, organisée ou futile, lui semblait préférable à ce genre d'attitude. Pour le peintre, au contraire, c'était la seule solution : rester dans son atelier et continuer à peindre. Il disait : "J'y suis, dans la résistance"... Puis on nous a envoyés dans les montagnes, et nous ne l'avons pas revu pendant plus d'un an. Jusqu'à la mort de ma mère. »

La chatte se dressa sur son arrière-train, montrant son long ventre broussailleux, puis se fit les griffes sur le tissu d'un fauteuil, tirant sur chacun des fils qu'elle soulevait avec autant de délicatesse et de précision que si elle avait été chargée de poursuivre à son tour le thème musical.

« Quand ma mère est morte, dans notre cabane de la montagne, il l'a su. Il était allé à Naples, et c'était le frère de Tosca, rencontré dans la rue, qui le lui avait appris. Il est venu jusqu'à notre village, une expédition épouvantable à ce moment-là, entre la guerre, l'hiver et la nécessité où il était de faire la plus grande partie du trajet à pied. » Gioconda alluma une autre cigarette, et par-dessus le petit tuyau blanc me fixa du regard pour ne pas trop se laisser prendre par son récit. « On l'a vu arriver de très loin, comme un pèlerin — au sens propre du terme, puisque “pèlerin” signifie “celui qui approche à travers les champs”… On savait que c’était lui. Il n’y avait que lui pour marcher de cette façon, sans éprouver le besoin d’impressionner quiconque, dans un sens ou dans l’autre. »

Je pensai à Gianni, à sa démarche hautaine, sa manière de se pavaner comme un coq.

« Bien entendu, sa venue dans les Abruzzes ne passa pas inaperçue. Les autorités avaient d’autres chats à fouetter, et il s’en est tiré avec un avertissement ; il n’empêche qu’à son retour dans la maison de pêcheur, il a trouvé son atelier sens dessus dessous. Pendant toute cette année-là, tandis que la guerre changeait de visage, nous sommes restés sans nouvelles de lui. Quand il est devenu évident que l’Italie allait être envahie, mon père a essayé de négocier secrètement, à coups de pots-de-vin, mon passage en Suisse, mais à l’automne les Allemands ont fermé la frontière. Ils ont installé d’immenses filets, dans les mailles desquels les fuyards se faisaient prendre comme des oiseaux… Quand les Alliés ont débarqué dans le Sud, ça a d’abord été la confusion la plus totale, et dans un premier temps nous avons dû rester où nous étions. Mais l’idée que Naples, notre maison peut-être, était bombardée était insoutenable. Si bien que, quand nous avons appris que Salerne était tombée, nous nous sommes enfuis du village pour rentrer chez nous, au terme d’un voyage horrible.

— Mais comment ton père a-t-il pu vouloir te ramener ici… mon Dieu, justement à ce moment-là ? Il n’avait pas peur ?

— Il avait peur de me laisser derrière lui, peur de ce qui risquait d'arriver si nous restions. J'étais plus âgée alors, et de toute façon je ne serais pas restée sans lui. Quand on est arrivés à Naples, le pire était passé, j'entends par là, le bombardement lui-même, parce que, dans tous les autres domaines, le pire était encore à venir. La ville avait subi toutes les formes de privation, meurtrie autant par un camp que par l'autre La misère, l'avilissement, à quoi bon en parler ? Pour nos générations, la tienne comme la mienne, ce sont des choses rebattues. Pas seulement ce qu'enduraient les gens, mais ce à quoi les épreuves les réduisaient. Et puis il y avait ces détails terribles, qui ont de tout temps été la spécialité de Naples, ces terribles coïncidences. Alors que la ville était en plein black-out, le Vésuve était en éruption, irradiant toute la région d'une lumière rouge qui se voyait à des centaines de kilomètres à la ronde... Nous étions véritablement en enfer, plongés dans un décor écarlate, avec au-dessus de nos têtes un ciel de cendres sentant le feu et le soufre. La montagne avait quelque chose de surnaturel ; elle était belle, avec ses pentes brasillant d'étincelles projetées par la lave en fusion. Ah, Jenny, pendant ce temps, des milliers de pauvres ont pris place dans des petites embarcations et ont ramé jusqu'à Capri. Mais il n'y avait rien pour eux là-bas, rien qui puisse les aider à survivre, rien à manger, et ils ont dû revenir. C'était là le fruit d'une réaction instinctive atavique, inutile, semblable à celle qui pousse un animal surpris par un raz-de-marée à s'élever de quelques mètres sur un monticule.

« Nous avons survécu à l'épreuve, plus facilement que

la plupart des gens. Quand Rome a finalement été occupée, le peintre est venu à Naples, il est revenu nous voir... à bicyclette. Il est resté quelque temps, il ne pouvait pas rentrer. Mon père n'arrivait toujours pas à croire qu'il continuerait à vouloir se tenir à l'écart des événements. La résistance italienne avait alors pris des proportions énormes. La campagne au nord de Rome était infiltrée par des saboteurs, des soldats qui avaient déserté l'Axe, des prisonniers alliés qui s'étaient échappés. Mon père refusait d'admettre qu'on puisse encore être retenu par des scrupules. Pour finir... ils ont échangé des propos amers, et se sont séparés pour ne plus se revoir.

— Et toi... tu pensais quoi de tout ça?

— J'étais jeune, et sur des sujets pareils, je n'avais pas d'opinions bien arrêtées. J'avais toujours pensé ce que mes parents eux-mêmes pensaient. Aujourd'hui, j'ai le sentiment que le temps, d'autres guerres, d'autres horreurs donnent rétrospectivement raison au peintre. Mais le recul n'est pas la même chose que le vécu, et cette guerre-là n'était pas comme les autres, sauf peut-être dans une perspective historique ultime; or il y a quelque chose d'effrayant dans une perspective historique systématiquement appliquée au quotidien.

« Voilà où on en était, poursuivit Gioconda, en donnant l'impression de reprendre le fil d'un récit interrompu. Au moment même où mon père refusait de jamais revoir cet homme, le souhait qu'il avait formé au début se trouva exaucé : je tombai amoureuse. Toutes ces conséquences, tous ces aboutissements, Jenny, ces espoirs qui s'inversent et vous terrifient quand ils sont comblés. On pouvait à peine se rencontrer, on ne pouvait pas s'écrire, et pourtant, à la fin de la guerre, nous étions amants.

— Et ton père, comment a-t-il réagi ?

— Mon père en est venu à le haïr. À ses yeux, si Mussolini avait pris le pouvoir, c'était grâce à la passivité, et pareille inaction — préméditée, dans ce cas précis — était pour lui inexcusable. Peut-être qu'il avait raison. On ne peut pas vivre la vie de sa postérité. » Son débit s'accéléra, comme s'il ne restait plus qu'une dernière chose à dire afin de conclure l'histoire. « Je suis allée là-bas, dans la maison au bord de la mer… vivre avec lui. J'ai rompu avec mon père. Nous avons vécu ensemble un an, un tout petit peu plus d'un an, toute l'année 46. » Elle s'était entouré la poitrine des bras, pour se réchauffer. « Un jour, il a pris un bateau pour aller à Gaète. Il avait une course à faire. Je l'ai déjà dit, c'était plus facile de s'y rendre en bateau. Le bateau avait un petit moteur, qui a dû tomber en panne à mi-chemin. »

« A dû », à entendre ces mots, je frissonnai de peur, comme à la perspective d'une douleur physique.

« Il y avait des rames dans le bateau. Il a fallu qu'il rame jusqu'au rivage. Il a trouvé une petite plage où débarquer au milieu des rochers. Il a tiré le bateau sur le rivage… et sur une mine. »

Dans l'obscurité naissante, la pièce sembla rétrécir. Sur le rebord de la fenêtre, un pigeon n'arrêtait pas de tourner sur lui-même, comme une toupie.

« Gioconda, dis-je. Gioconda. »

Elle leva une main de sa poitrine pour montrer qu'elle s'était résignée à l'horreur ; et pour m'aider, moi, à supporter son histoire.

« Je crois, finit-elle par poursuivre, que c'est ce qui a tué mon père, cette guerre revenue pour prendre son ami et le remporter avec elle. Oui, c'est ce qui l'a tué. Une fois de plus, l'événement semblait avoir été prédéterminé, écrit par avance, après un tel refus de s'engager dans la guerre. Cette violence, cette mort inutile, qu'il avait toujours évitée aux autres et à lui-même, elle était restée là à le guetter. Un autre de ces terribles aboutissements. Mon père est venu me chercher. Je ne suis jamais retournée là-bas. Il s'est occupé de tout. Il y avait les toiles — certaines appartenaient à un marchand, d'autres sont allées à la famille —, car il avait toujours sa famille à Rome, son père était serveur dans une *osteria* du Trastevere. J'ai gardé certains tableaux. Mon père a tout pris en main. Nous avons vécu ensemble, pendant une année terrible, ici, dans cette maison. Et puis il est tombé malade. On a dit d'abord que c'était un ulcère, mais c'était un cancer, je suppose, dès le début. Quelques mois plus tard, il était mort. La guerre… à sa façon, l'a tué, lui aussi. »

Dans un autre de ces apartés qui semblaient lui permettre de reprendre le souffle dont elle avait besoin pour terminer son histoire, elle dit : « Quand je te raconte l'histoire de cette manière, tout a l'air ordonné, logique, alors que sur le moment il n'y avait que des humeurs, des contradictions, des hésitations. Le schéma directeur ne s'impose qu'après coup. Et il est trompeur, nécessairement trompeur.

« Et puis, j'ai écrit ce livre, tu sais, *Del Tempo Felice.* Pendant les derniers mois de la vie de mon père. Tout ce que je savais, c'est qu'il fallait que je vive aussi longtemps que lui. D'une certaine façon, c'était un peu comme si nous étions tous les deux en train de mourir, comme si le temps qui m'était imparti s'écoulait avec le sien. Dans mon sommeil, je me racontais tout ce qui était arrivé de manière à ne pas me réveiller en me croyant encore là-bas — dans la maison de pêcheur —, parce que le souvenir de ce bonheur était pour moi une torture, à l'image de ce qu'on lit dans les poèmes. En matière de souffrance, les poètes ont raison… Le souvenir était intolérable. Il fallait à tout prix que je le couche par écrit, même si cet acte faisait naître d'autres souvenirs, toujours plus nombreux au fur et à mesure que j'avançais. C'était comme s'il fallait que je termine avant un grand départ. Assise au chevet de mon père à l'hôpital, j'écrivais sur mes genoux, peu disposée à m'arrêter même quand il me demandait de lui lire un livre ou un journal… » Les larmes enfin lui inondèrent le visage, et elle pencha la joue sur son épaule pour les essuyer sur son pull. « J'écrivais en mangeant, en m'endormant, dans le bus. J'ai terminé le manuscrit juste après la mort de mon père. »

Elle me regarda à nouveau. « C'est à ce moment-là que Gianni est apparu. Et m'a sauvé la vie… comme on dit. » En ajoutant ces derniers mots, Gioconda cherchait à évacuer le trop-plein d'émotion qui l'aurait peut-être empêchée de mener à terme son récit. « Ce que tu vois… n'est rien, n'est pas moi. Pas davantage qu'une de mes robes n'est moi. Il a tout compris… tout. C'était un véritable sauvetage. J'avais lancé mon message, comme un naufragé, sans espoir. Et on est venu me chercher pour me rendre au monde. Il s'est chargé de tout. » Elle répéta, comme elle l'avait déjà fait à propos de son père : « Il a tout pris en main. » Puis elle continua : « Il s'est dévoué à moi, dit-elle, et à mon travail. Comment expliquer cela ?... Ce n'est pas arrivé *en dépit* du fait que j'en aimais un autre, non, c'est en raison même de mon expérience malheureuse que nous nous sommes aimés.

— Comme Othello, dis-je. Mais en inversant les rôles :

Elle m'aimait pour les dangers que j'avais traversés,
Et je l'aimais pour la compassion qu'elle y prenait. »

Gioconda se leva et traversa la pièce. Elle sortit une enveloppe d'un tiroir du bureau et me la rapporta. Sans plus de larmes. Elle aurait pu passer pour une simple connaissance me montrant tranquillement des photos de vacances, tant elle avait réussi à se maîtriser. Dans l'enveloppe, il y avait trois photos d'un homme au teint cadavérique, vêtu d'un gros chandail, appuyé contre un mur crayeux. Et une de Gioconda, la Gioconda que j'avais imaginée : des cheveux aux épaules, une taille étroitement ceinturée ; debout sur une plage, les mains derrière le dos, les pieds nus rapprochés, elle était dans la posture d'un prisonnier, mais un rire frais illuminait le jeune visage.

Gioconda remit les photos dans l'enveloppe, n'en retenant qu'une un instant, la plus claire, et la levant dans la lumière pour que je la voie.

« Gaetano, dit-elle. Il s'appelait Gaetano. »

Elle rangea l'enveloppe dans le tiroir, le referma, alluma la lampe sur le bureau. Nous nous regardâmes d'un œil neuf, à la lumière de ce qu'elle avait vécu. J'étais persuadée qu'elle n'avait jamais parlé ainsi auparavant, du moins pas aussi longuement, ni de façon aussi distanciée. Les mots, je le sentais, auraient été aussi présomptueux qu'une étreinte ; mais le silence paraissait tout aussi inadéquat. Enfermés dans nos pensées et nos réflexions après coup, nous n'avons plus aucun recours en pareilles circonstances.

Puis elle reprit : « Quand les gens disent de leurs drames personnels : "Je n'y pense plus guère aujourd'hui", ce qu'ils entendent par là c'est que le drame s'est installé de manière permanente dans leurs pensées et qu'il colore tout. C'est parce que l'idée de Gaetano ne me quitte plus que je suis moins bouleversée maintenant, quand je tombe soudain sur quelque chose qui me le remet en mémoire, que je pouvais l'être il y a longtemps, quand il représentait encore une souffrance dont il fallait que je guérisse. Il y a quelques années, l'expérience pouvait être terrible. À New York, un jour, je suis entrée dans une galerie, une de ces boutiques de marchand avec des spots et de la moquette partout. En fait, si j'étais entrée, c'était pour me réchauffer ; dehors, on gelait. Et là, sur le mur, il y avait une de ses toiles, peinte juste après la guerre. *La Ginestra*... qu'est-ce que c'est en anglais ?

— Les ajoncs. Non, les genêts.

— J'avais fait quelques emplettes — tu vois, des cadeaux à rapporter d'Amérique. Et je transportais tous les paquets dans un grand sac en papier. La fille à l'accueil n'arrêtait pas de dire : "Laissez-moi votre sac. Laissez-moi votre sac, mademoiselle", mais moi, je ne pouvais détacher les yeux de cette toile jaune à l'autre bout de la pièce. Il y avait un petit écriteau : *Ne pas toucher les tableaux, s.v.p.* ; c'est plutôt aux tableaux qu'on devrait interdire de toucher le spectateur. » Elle tourna la paume de sa main dans ma direction. « Il n'y avait rien là-dedans d'imprévisible, après tout, pas vrai ? Mais j'ai ressenti ça comme une violence qu'on me faisait. Gianni et moi étions devenus amants très peu de temps auparavant. Oh, zut, voilà que j'ai renversé le cendrier... bon, ce n'est pas grave, il n'y a plus rien qui brûle. C'était tout éteint. Bref, j'ai voulu lui rendre une sorte d'hommage. Je ne pouvais pas m'en aller sans, pour ainsi dire, déposer une gerbe dans ce sanctuaire de Madison Avenue...

— Et alors, qu'as-tu fait ?

— J'ai demandé le prix, dit-elle, avec un sourire. Tels sont les gestes de l'amour moderne. C'était un moyen d'obtenir une sorte de reconnaissance — obliger cette fille à lâcher un instant mon sac de courses des yeux pour consulter une liste, trébucher sur le nom de Gaetano, prononcer *Ginestra* comme s'il s'agissait d'une clinique gynécologique... Pendant un moment, je les ai obligés à s'incliner, sans qu'ils s'en rendent compte, devant mon chagrin, à prendre en compte notre relation. Le propriétaire de la galerie est même sorti des coulisses, en entendant ma question, et il est venu jusqu'à moi comme si j'étais une jeune mariée. »

Elle se leva, se mit à brosser sa jupe des deux mains. « Ça ne va pas, la façon dont je t'ai raconté tout ça, dit-elle, comme elle l'avait déjà fait à propos de l'histoire de sa sœur. Mais je ne peux pas faire mieux. »

VII

J'en étais venue à traiter la ville avec une affectation de familiarité ; prétendant, comme le font les gens avec une relation célèbre, la connaître mieux que je ne la connaissais en réalité, m'efforçant de me fondre dans son paysage, silhouette parmi d'autres dans son vaste *presepio*; je m'accoutumais aux cafés, aux bus, aux coiffeurs, lâchais en passant des observations qui semblaient, à mes propres oreilles, avoir l'exotisme de certains exemples sortis d'un guide de conversation : « Il y a de la neige sur l'Apennin », ou bien « On voit toujours mieux Capri par mauvais temps ».

Les atouts de Naples sont tellement secrets qu'ils donnent l'impression d'avoir été délibérément cachés; relégués, pour la plupart, dans des ruelles malodorantes, enfouis dans des recoins sordides, ils participent du dénuement général de la ville. Ne donnent que rarement le sentiment, contrairement aux monuments historiques des autres villes, de s'être éteints avant d'être ressuscités : cette glorieuse seconde vie, leur vitalité, leur capacité d'adaptation, la leur ont interdite; ils sont comme enfermés dans leur propre permanence.

Ce sont les habitants, et non les monuments, de Naples qui sont clairement mis en vedette, avec ces visages dont chacun pourrait être un objet d'étude — les physionomies, comme l'architecture, témoignant ici de l'influence espagnole, là de l'influence arabe ou grecque. La civilisation leur est tombée dessus à la manière d'un de leurs cataclysmes, se déversant en un courant indomptable le long de canaux qu'elle a elle-même créés — à certains égards, totale, envahissante ; à d'autres, laissant d'inexplicables poches d'innocence, de rusticité. Il se produisait en effet, dans cet océan d'actes tout à fait responsables, des incidents qui auraient pu se produire dans un village, ou dans quelque petite ville de province coupée de toute nouveauté, à l'écart du cours de l'Histoire. Je me souviens d'un soir où je regardais une vitrine de la Piazza dei Martiri — chaussures en daim dans des tons délicats, sacs en velours indigo, foulards à fleurs en satin, articles typiquement parisiens un peu déplacés dans ce décor méditerranéen — et où, en me retournant, je me trouvai face à un jeune couple, modestement mais non pauvrement vêtu, la jeune femme en gris, l'homme, un large brassard noir sur la manche de sa veste. À l'image d'une députation, ils avaient patiemment attendu, et, après s'être excusés timidement, posaient à présent leur question : « Vous êtes norvégienne ? » Et quand je leur eus répondu par la négative, ils renouvelèrent leurs excuses : « C'est qu'on a entendu dire, vous comprenez, que les Norvégiennes étaient toutes blondes aux yeux clairs… »

C'était une curiosité inoffensive, comparable à celle qu'on pourrait éprouver en trouvant un oiseau d'une espèce rare dans son jardin, et qui vous pousserait à vouloir simplement identifier ce spécimen avant qu'il disparaisse à jamais. Pourtant, mystérieusement, c'était cette même simplicité qui s'exprimait avec grâce, et non sans grandeur, à travers la solide petite shampouineuse qui, rejetant mes cheveux à l'arrière dans le bac d'un geste ample de ses bras dodus, gratifia un jour leur couleur et leur abondance de ce commentaire : « *Come la Maddalena* », ce « comme Marie-Madeleine » prononcé avec le même naturel que s'il s'était agi d'une comparaison flatteuse avec une star de cinéma.

L'histoire et la géographie des catastrophes avaient tellement marqué ces gens que l'excitation générée par un nouveau désastre public était fondamentalement dénuée de surprise, et s'accompagnait plutôt d'un sentiment de soulagement à voir se briser un suspense apparemment permanent. Un jour, dans une rue étroite (c'était la Via Carlo Poerio, où depuis a fleuri toute une série de boutiques, mais où, à cette époque, s'égrenaient des primeurs et des *salumerie*, des vendeurs de fer forgé et de kapok, et des brocantes en tout genre), je venais juste de traverser pour aller voir la vitrine d'un antiquaire, quand le sol fut secoué par un terrible fracas ; je fis volte-face pour constater que la façade entière d'un vieux palais s'était effondrée dans la rue, aplatissant au passage une voiture en stationnement. Prémonition ou bruit précurseur ? Toujours est-il que je m'étais retournée au moment même de l'impact, juste à temps pour voir la pluie de débris rejaillir vers le ciel dans un énorme nuage de poussière. Personne n'avait été blessé. Sur le toit défoncé de la voiture — si instantanément et totalement écrasée qu'elle semblait n'avoir jamais connu d'autre forme — s'élevait un petit monticule de mortier, de plâtre et de fragments de brique, surmonté d'une des guirlandes en pierre qui avait décoré une fenêtre et reposait maintenant au sommet du bûcher à l'instar d'une couronne mortuaire sur une tombe.

S'ensuivit un moment de silence total, et prudent, avant que les gens sortent des maisons pour venir aux nouvelles. Loin de soulever l'indignation, la catastrophe n'arracha guère que quelques haussements d'épaules. « *Che buò ?* » se demandaient-ils les uns aux autres. « Il fallait s'y attendre. » Ce à quoi il fallait s'attendre, apparemment, était précisément cela : l'éventualité que la façade d'un bâtiment s'effondre à vos pieds. Quelqu'un finit par aller téléphoner aux pompiers, et les enfants se mirent à escalader les gravats et la voiture. Au moment où l'intérêt semblait être complètement retombé, une matrone à l'air placide le fit renaître en se mettant soudain à agiter les bras et à crier « Danger, danger ! », le mot « *pericolo* » prononcé exactement comme s'il s'orthographiait « *breegolu* ».

C'était ce sentiment de catastrophe, imminent ou bien réel, qui renforçait l'attachement des Napolitains à la vie et faisait qu'ils prenaient la moindre diversion ou la moindre absurdité comme un soulagement. L'arrière-plan d'adversité contre lequel tout devait être mesuré se manifestait dans des attitudes, des gestes involontaires, des façons de parler, ou dans cette manie qu'ils avaient, un véritable tic, de vouloir éloigner le mauvais œil ; dans leur manière aussi d'invoquer sans cesse une patience dont ils avaient été dotés d'emblée en abondance, en prononçant le mot comme s'il s'était agi de celui qui désigne la folie ; ou encore dans cette vieille femme criant après un gamin qui venait de la bousculer : « Tu m'en fais une belle de consolation, toi ! »

La ville elle-même était marquée par une extravagance volcanique. Ses caractéristiques n'avaient pas filtré peu à peu dans son tissu, mais l'avaient inondé par vagues successives — éruptions de goûts et d'époques, d'églises et de palais, véritable explosion de baroque ; profusion de chapiteaux monstrueux ou d'escaliers géométriques doubles ; torrent de jardins suspendus se déversant sur les terrasses et les toits, se répandant sur les appuis de fenêtres et le seuil des portes. Les rues elles-mêmes étaient composées de blocs de lave, rivières noires qui traversaient Naples et cédaient la place, dans l'intérieur des maisons, à des carreaux de céramique et des mosaïques de marbre : le mot « lave » lui-même était né à Naples. Les peintres napolitains s'en étaient donné à cœur joie dans tous les édifices de quelque importance, inondant les lieux de Solimena, de Luca Giordano et de Lanfranco, un raz-de-marée de décorations qui montait à l'assaut des murs et des plafonds. Rien avec modération, telle aurait pu être la devise des Napolitains qui, pourtant, à l'image de leur ville, restaient au bout du compte un secret.

Le banal, fléau et support de tant d'autres villes, n'avait pas sa place ici. Des expressions dont j'avais toujours pensé qu'elles étaient universelles — le commun des mortels, la famille moyenne, la réaction typique, la vie ordinaire — n'avaient aucun sens dans un endroit où les gens étaient tous hors du commun, et la vie extraordinaire, où des convulsions d'une expérience humaine qui remontait à la nuit des temps étaient nés de tels abîmes de dénuement, de tels sommets de civilisation.

On trouvait, à travers la ville, des sources inépuisables de ceci ou de cela — petites fontaines et petits geysers de commodités ou d'excentricités : une rue fournissait tous les instruments à cordes, une autre, toutes les images saintes, une troisième, les couronnes mortuaires ou les cercueils ; l'hôpital des Pellegrini était l'occasion de plaisanteries macabres ; l'Albergo dei Poveri, de légendes sinistres. Et pour le Nouvel An, en un rite révoltant, chaque fenêtre déversait les détritus encombrants accumulés par la famille au cours de l'année, noyant la ville sous des tonnes d'ustensiles détériorés, d'ornements en plastique, de bouteilles fendues et de boîtes de conserve vides, d'où, à chaque mois de janvier, la voirie devait s'employer à l'extraire.

Une fois chez moi, au Pausilippe, j'employai une fille du nom de Serafina, qui venait tous les matins et restait la demi-journée, revenant parfois le soir quand j'avais des invités. Serafina : « sec » et « nerveux » sont les mots qui la décriraient le mieux. Sa silhouette plate et ses bras grêles suggéraient des fibres et des filaments résistants, ses cheveux crêpelés tire-bouchonnaient sur son crâne en tortillons rebelles. Son beau profil sémite ne s'agrémentait jamais d'un sourire, mais de face son visage laissait deviner un humour tenace, un peu amer. Il y avait eu, et il y avait encore, un mari auquel elle avait été mariée à quinze ans, qui maintenant habitait et travaillait à Salerne. Quand on lui demandait si elle allait jamais le voir, Serafina répondait — en se frottant l'index contre le pouce et en disant « *La grana* » — que le voyage coûtait trop cher ; mais elle parlait rarement de lui, et l'absence d'affection avait aussi son rôle à jouer.

Afin d'arriver avant que je parte travailler, elle venait très tôt, et la plupart de nos conversations se déroulaient à travers la porte de la salle de bains, ou bien pendant que je m'habillais, transportant mon café avec moi d'une pièce à l'autre, à la recherche de mes boucles d'oreilles ou de mes chaussures. Je lui criais mes remarques et mes questions, et en retour arrivaient ses réponses, murmurées et posées, comme à l'église. Elle se sentait obligée de corriger mes opinions — comme si mon statut d'étrangère m'interdisait tout point de vue personnel, même sur le chapitre du climat. Si je faisais une remarque sur le froid, elle rectifiait : « Pas si terrible que ça », ou bien : « Normal en cette saison », et, quelques minutes plus tard, je l'entendais crier à un ouvrier ou un voisin par la fenêtre de la cuisine : « Il fait un froid à vous arracher les oreilles. » Si des gamins mettaient leur transistor à fond sur le palier du dessous, Serafina opposait à mes plaintes un « *Si divertono, poverini* », au moment même où elle ouvrait les portes de la terrasse pour leur hurler : « *Tant'ammuina !* »

De la même manière, elle présentait un curieux mélange d'expérience et de naïveté. Élevée dans une seule pièce au sein d'une famille des *bassi*, survivante de la guerre à Naples, elle était néanmoins favorablement impressionnée par le fait que je ne fumais pas, et choquée de me voir traiter les animaux comme s'ils étaient des chrétiens ; et elle traversait la rue, sans oublier de se signer, chaque fois qu'elle approchait de l'église qui abritait le diable exorcisé de Mergellina.

Gianni se plaignait beaucoup de Serafina, comme si en l'engageant je m'étais fait rouler sur le tempérament napolitain. « Comment as-tu fait pour tomber sur la seule bonne de Naples à ne pas avoir de personnalité ? Pourquoi est-ce que tu ne te déniches pas une gentille Concetta ou Mafalda (ses deux mains esquissaient les formes que prendrait pareille remplaçante) au lieu de cette espèce de ficelle ? Grosso modo, les femmes se divisent en deux catégories, les vaches et les mégères, et il faut à tout prix éviter les secondes. » Je me demandais si, lors d'un de ses passages à la cuisine en quête de glaçons ou de soda, il ne s'était pas fait repousser après avoir essayé de l'embrasser.

Aucune femme, si réceptive qu'elle fût, n'aurait su se concilier Gianni, pas plus qu'aucune vengeance n'aurait su l'apaiser. Il ne cessait de raconter, comme si c'était la première fois, toujours avec le même sentiment d'indignation, comment sa mère l'avait condamné, à l'âge de dix-neuf ans, à cinq ans de réclusion en Afrique, parmi les marchands, les fonctionnaires et les cannibales. « Les maladies, à cette époque ! Le climat, les conditions de vie... je vous parle d'il y a trente ans. Quand les gens disent de ce genre de vie que c'était l'enfer, c'est la stricte vérité. C'était bel et bien l'enfer, elle a essayé de me tuer. » Ses yeux se voilaient alors de larmes, et je pensais à Rimbaud.

Les parents de Gianni s'étaient séparés quand il était encore petit, la mère restant à Rome avec les deux enfants, tandis que le père partait pour l'Argentine où il avait hérité de quelques biens. Après la guerre, son père était rentré pour la première fois en Italie, arrivant à Palerme depuis New York sur un bateau de croisière, et Gianni était allé l'accueillir en Sicile.

«Je peux vous dire que c'est rudement bizarre, de se retrouver sur un quai en train de se dire qu'on va rencontrer son père pour la première fois de sa vie. Sans parler du sentiment étrange qu'on va rencontrer non pas son père, mais une vague connaissance — pratiquement personne ne voit jamais ses parents sous ce jour-là. N'éprouve à voir son père l'impression que pourrait éprouver n'importe qui en le rencontrant. Ne songe à lui que comme à quelqu'un avec qui on pourrait traiter une affaire, un homme qu'une femme pourrait aimer. Pour être bizarre, ça l'était. Rudement bizarre.

— Il était comment?

— Bel homme. Plein d'assurance. Port nonchalant, pourrait-on dire, mais manières raffinées. Il avait plus de soixante-dix ans, et il était pourtant dans une forme remarquable. Ses vêtements, c'était autre chose, mais ça c'était dû à l'Amérique. Il était très ému de revenir en Italie. Palerme était épouvantable, à cette époque, un véritable champ de ruines. Je voyais bien qu'il était d'autant plus horrifié qu'il n'avait pas connu la guerre. On est allés déjeuner dans cet hôtel au bord de la mer, en dehors de la ville. On était en mars, les arbres étaient en feuilles, les fleurs s'ouvraient, la mer était bleue. Il a porté sa serviette à ses yeux et s'est mis à pleurer.»

Le père de Gianni avait passé quelques semaines en Italie avant de repartir pour l'Argentine, où il était mort l'année suivante.

« Comme je ne l'ai jamais vu que vieux, je n'arrive pas à me le représenter autrement ; j'ai beau essayer de me l'imaginer étudiant, courtisant ma mère ou assistant à mon baptême, il n'y a rien à faire, il a toujours soixante-quinze ans. »

Gianni avait un frère, beaucoup plus âgé que lui. « Une calamité. Ça fait cinq ans que je ne l'ai pas vu. »

Quant à sa femme, chose étrange, Gianni n'en parlait jamais. De temps à autre, il évoquait ses enfants, deux garçons adolescents et une petite fille, et je savais par Gioconda qu'il les voyait régulièrement. Mais sur sa femme, jamais un mot, pas la moindre allusion à sa vie antérieure avec elle. En revanche, il parlait souvent de sa belle-mère, à qui il vouait une haine féroce, remarquant d'une femme au visage dur croisée dans la rue qu'elle lui ressemblait, ou me disant, si je réagissais un peu trop vivement à une de ses remontrances : « On croirait ma belle-mère. » J'en vins à me demander si cette belle-mère n'était pas en fait une version déguisée de sa femme, et s'il n'avait pas transféré sur elle la personnalité de cette dernière pour pouvoir parler d'elle souvent et en termes péjoratifs.

L'absence d'allusions à sa femme la faisait paraître, inévitablement, plus mystérieuse, plus sacrée.

De même, il ne parlait jamais qu'indirectement de son travail. « Cette chose, disait-il, ce boulot que je fais. » Pendant la guerre, par exemple, l'armée de l'air lui avait fait réaliser des documentaires, « étant donné qu'à l'époque, j'étais déjà dans le métier ». Lui qui était d'une autorité sans appel sur tous les autres sujets manquait étrangement d'aplomb concernant son métier.

Gianni avait une façon bien à lui de présenter ses histoires, procédant comme un dramaturge, un poète ou… un metteur en scène. « Place des Ternes, 1949. Juin, froid et humide. » Ou « Milan, plein été, ville déserte. Via Melzi d'Eril — un boulevard d'où les arbres ont disparu pendant la guerre en une seule nuit, abattus pour faire du bois de chauffage : la rue maintenant — trop large, trop nue, une sensation de manque, de mutilation. Un appartement au quatrième étage, tous volets fermés, silencieux, un concentré de tous les dimanches du monde… »

De temps à autre, ces histoires débouchaient sur quelque chose de plus… disons, de plus que leur conclusion habituelle et courue d'avance, autrement dit la conquête d'une femme ou la dénonciation de quelque imposture ; et l'on éprouvait alors ce sentiment d'agréable surprise que l'on ressent devant une trouvaille inattendue au milieu d'une pièce sans intérêt.

« 1933. Rome, lors de mon retour d'Érythrée. Superbe, comme si je la découvrais pour la première fois. Où que j'aille, cette envie de toucher les bâtiments, leurs couleurs chair, leurs contours de civilisation… Inoubliable, trop beau pour durer. Ma compagnie m'a expédié à Munich pour apprendre l'allemand, une langue dont elle prévoyait déjà qu'elle se révélerait utile… voyant loin, pourrait-on dire, encore que pas tout à fait assez. Je n'ai jamais pu l'apprendre, mais ça, c'est une autre histoire. Je logeais dans une famille munichoise, la femme à moitié italienne, le mari, allemand. J'étais là depuis quelques jours, complètement perdu et m'ennuyant à mourir, quand un soir je décide d'aller au théâtre. J'ai oublié le titre de la pièce. Pendant l'entracte, il s'est passé quelque chose. Les lumières se sont mises à briller plus fort, les gens se sont levés, tout excités, ont commencé à parler, à se rassembler en petits groupes dans les allées. On a apporté des brassées de journaux qu'on a fait circuler. J'ai vu le gros titre qui barrait la page : *ROEHM VERHAFTET*. Je n'avais pas la moindre idée de ce que ça pouvait vouloir dire. *ROEHM VERHAFTET*. C'était Hitler qui venait de faire son coup d'État, le début d'un massacre. Ne parlant pas un mot d'allemand, je ne pouvais rien demander à personne. Je savais qu'il se passait quelque chose de terrible — il y avait une atmosphère de terreur, ce pressentiment d'une énorme catastrophe qui se manifeste à la manière d'un agent chimique, même chez ceux qui l'accueillent avec enthousiasme.

« Voilà, la guerre n'a jamais été autre chose pour moi. Une lumière bizarre, une représentation interrompue, une foule grouillante dans une atmosphère de désastre, des gens qui prononcent des paroles cruciales que je ne comprends pas. En 1940, j'ai été appelé, et je suis entré dans l'aviation. » Un haussement d'épaules à mon adresse, et il poursuivit d'un ton belliqueux : « Qu'est-ce que je pouvais faire d'autre ? Dans la mesure où je n'avais pas l'étoffe d'un héros, comme on dit, il ne me restait plus qu'à aller me battre. Je n'avais pas l'argent qui m'aurait permis d'échapper à la conscription, comme certains, et il fallait être fasciste pour obtenir un emploi protégé. »

« *Figlia mia*, disait-il, posant la main sur mon bras ou mon genou. Je ne suis pas encore un vieil homme, et pourtant j'ai traversé (une main levée, l'autre frappant les doigts au fur et à mesure) la guerre entre l'Italie et la Turquie, la Première Guerre mondiale, la guerre de l'Italie contre l'Éthiopie, l'intervention italienne dans la guerre d'Espagne, et la Seconde Guerre mondiale. J'ai vu des alliés devenir ennemis, parfois au cours de la même guerre. Et tu voudrais (personnellement, je ne voulais rien) que je continue à prendre de tels événements au sérieux ? »

Quand Gianni abordait de tels sujets — quand il racontait ses histoires, chantait ou se colletait d'une manière ou d'une autre avec les sentiments —, il pleurait. Ou, plus exactement, ses yeux s'embuaient, et parfois des larmes apparaissaient sur son visage. Ces larmes, il en était fier, il ne cherchait nullement à les cacher ou à les essuyer, allant même jusqu'à en jouer, histoire de montrer combien il avait le cœur sensible. C'était comme s'il nous avait dit : Eh bien, vous voyez, vous me croyez endurci et insensible, et pourtant, ce sont les sources de la compassion qui jaillissent là sous vos yeux.

Mais les larmes, à l'inverse du sang, ne sont pas versées par tous involontairement et selon les mêmes déterminants. Et j'en étais venue à me demander, suite à l'état cautérisé de mes émotions à l'époque, si ceux qui ont bloqué ou détourné le cours des sentiments forts n'en ressortent pas parfois immunisés, sans avoir plus rien à montrer que les traces superficielles de ce qui fut un jour une grande affliction. Si, par exemple, dans ces jours où toutes mes facultés semblaient émoussées — pas seulement par le chagrin et le changement, mais par le seul effort exigé pour les surmonter —, si, comme je le dis, je me remémorais un poème ou un morceau de musique, l'émotion me suffoquait parfois au point de m'empêcher de finir le passage, même dans ma tête : ce genre de choses se produisait automatiquement, comme si les mots ou les notes suffisaient à déclencher, à la manière d'un signal, une réaction passionnée tout en court-circuitant ma propre sensibilité. Je tentais, sans succès, d'éveiller la même réaction pour une cause plus immédiate, mes ennuis du moment ou les malheurs d'autrui : mais j'étais pareille à la personne qui vient de redescendre d'une montagne ou de terminer un long voyage en avion et se retrouve un peu sourde. Et pourtant, tel vers d'un sonnet, telle phrase d'une sonate me tiraient des larmes, aussi spontanées que celles provoquées par un oignon qu'on se passerait sous le nez. Et j'en concluais que les larmes de Gianni étaient le produit raffiné d'un conditionnement similaire, à cette différence près que, chez lui, c'était l'œuvre auto-imposée de toute une vie.

Gioconda, de son côté, avait une mémoire étonnante pour la poésie — je n'ai jamais rien vu de tel ; elle nous récitait parfois des vers, ou des poèmes entiers, qui m'étaient inconnus : c'est par son intermédiaire que les poètes italiens pénétrèrent ma conscience — ou plutôt, que je pénétrai la leur. C'était le seul domaine dans lequel Gianni l'autorisait à briller ; il ne l'interrompait jamais, si ce n'est pour proposer un mot s'il la voyait hésiter, et restait renversé dans son fauteuil, les mains croisées derrière la tête, le pied droit posé sur le genou gauche. Et tout au long de ces brèves récitations, immanquablement, il pleurait.

Après quoi, si nous allions dîner ensemble, peut-être dans une des *trattorie* de la Piazza Dante, il était capable, les paupières encore rougies d'avoir pleuré, de me rendre folle en houspillant le serveur, en renvoyant la carafe de vin ou en critiquant la robe de Gioconda.

Comme beaucoup d'hommes qui témoignent d'une cruauté compulsive vis-à-vis de leurs compagnes, il pleurait aussi au cinéma, et faisait preuve d'une sollicitude pour le moins exagérée à l'égard des insectes.

VIII

«J'ai passé l'essentiel de la guerre en Angleterre, la partie la plus effrayante du conflit. Je peux te dire que j'ai été soulagé de me retrouver en sécurité quand ils m'ont envoyé en service actif, à Mombassa, en 44. Jusque-là, j'avais passé le temps à attendre les bombardements sur une base navale du sud de l'Angleterre, à Hove. Il faut dire que, quand j'ai été appelé, j'ai rempli un formulaire qui me demandait où je voulais être envoyé, à condition d'avoir le choix, et j'ai inscrit “HOME”. Ils ont peut-être mal lu, parce que j'ai été expédié direct à Hove, où je suis resté coincé trois ans. À moins qu'un type n'ait voulu lui aussi faire une blague — on trouvait encore à l'époque quelques spécimens doués du sens de l'humour. C'est la guerre qui a effacé le sourire de nos lèvres une bonne fois pour toutes.

«Tout à fait à la fin, en 45, ils m'ont dépêché aux Malouines. C'était pire que tout, même s'il s'est avéré que pour mon travail c'était une bonne chose... Il souffle là-bas un vent glacial qui vient droit du pôle Sud et qui n'arrête jamais. L'endroit est fait de solitudes désolées plutôt dégradantes, le genre plat, sinistre, sans aucune grandeur. Il y avait un seul et unique arbre, rabougri, en danger constant d'être déraciné, le malheureux, qui était devenu le centre de l'attention — je crois que nous nous étions tous identifiés à cet arbre, et avions lié sa survie dans un tel milieu à la nôtre. Il y avait aussi quelques femmes, des Anglaises, qui avaient échoué là pour la durée de la guerre — cette guerre qui était comme un grand siphon éparpillant les individus aux quatre coins de la planète, comme tu sais. Ces femmes en étaient réduites à doubler les restes en lambeaux de leurs vêtements avec des journaux... Bien entendu, personne ne risquait de s'intéresser à ce genre d'épreuves, étant donné ce qui s'était passé dans le reste du monde. Et la pire, c'était précisément celle-là : savoir que ses souffrances n'intéressaient personne. »

Quand Justin me parlait de cette manière, j'avais honte d'accueillir ses propos d'un simple hochement de tête ou d'un unique mot approbateur, et j'aurais aimé prendre acte de sa volonté de se montrer, pour une fois, sérieux avec moi. Mais il m'avait tellement habituée au détachement désinvolte que je ne savais comment me mettre sur sa longueur d'onde, sachant par ailleurs que, si je parvenais à le faire, je risquais de découvrir qu'il était déjà retombé dans son travers, et ne parlait plus sérieusement, si bien que ma spontanéité s'en serait trouvée humiliée. Pourtant, la chose que j'avais le plus de mal à supporter, c'était que ce soit lui, toujours, qui décidât du ton et de la tournure de nos échanges.

J'ai oublié ce que j'ai dit cette fois-là, mais je me souviens qu'il s'en est offusqué.

« Tu me dis qu'il faut que je parle sérieusement, et quand je le fais, c'est à peine si tu le remarques.

— Une fois que tu as imposé le mode de la plaisanterie, tu ne peux guère t'attendre à être pris au sérieux au premier coup de sonnette. Tu traites tout — moi, nous, le monde — à la légère, et tu crois qu'on va s'adapter dès l'instant où l'envie te prend d'inverser la vapeur. Tu veux que nous soyons réceptifs, toujours, et dans l'attente de ton moment de vérité. Ce n'est pas possible.

— Il en resta bouche bée, dit Justin, recourant à une nouvelle pirouette. C'est le prix que je dois payer, dit l'homme d'un air sombre.

— C'est l'un des prix qu'il paie », dis-je.

Nous marchions le long d'une rue sombre, aux pavés inégaux, et il nous fallait garder les yeux au sol ; je crois me rappeler que Justin m'avait accompagnée ce jour-là lors d'une de mes expéditions dans les boutiques, et nous nous apprêtions à aller visiter une église sur le chemin du retour. C'était souvent dans des circonstances de ce genre que nous parlions, en marchant ou en voiture, et non assis les yeux dans les yeux dans une pièce tranquille, ou couchés dans un lit. En conséquence de quoi, tout ce que nous avions à dire s'accompagnait de regards en coin involontaires qui accentuaient le caractère oblique et facétieux de notre amitié. Les choses auraient pu être différentes dans un tête-à-tête : l'expression des visages aurait alors eu son rôle à jouer, et les mots auraient eu moins à faire en manière d'explicitation ou d'esquive.

À l'intérieur de l'église, contre toute attente, il y avait

deux ou trois touristes qui allaient et venaient lentement, la tête penchée sur leurs guides, comme autant de Hamlet se préparant à rencontrer Polonius. Ceci faisait également partie de notre lot, à Justin et à moi : dans la mesure où nous étions souvent en mouvement pendant nos conversations, nous étions forcés, à un moment, d'arriver à destination et de nous séparer, ou nous étions d'une façon ou d'une autre détournés de notre propos. L'église elle-même, véritable grotte du rococo, rendait toute indignation déplacée. Je souris, histoire de clore le sujet, encore que pas complètement, puisque je fis remarquer : « Ainsi donc, il y a un perpétuel malentendu entre nous. »

Justin, regardant autour de lui les dorures et les incrustations qui semblaient faire pencher les murs sous le poids des ornements, fit ce commentaire : « Pas vraiment un exemple du "dire le moins pour signifier le plus", qu'en penses-tu ? » Puis, se tournant vers moi : « Asyngamie, ma chère Jenny, dit-il, avant de répéter, *asyngamie.* L'incapacité dans laquelle se trouvent deux végétaux d'accomplir une pollinisation croisée, en raison d'un manque de synchronisation dans leur développement. C'est notre cas : nous sommes un peu déphasés, rien de plus. Il n'y a pas là de quoi s'inquiéter. » Ayant atteint l'autel, nous fîmes demi-tour pour redescendre lentement l'allée centrale. « Surtout si l'on songe que, en dépit de cette marche nuptiale que nous accomplissons en ce moment même, nous ne souhaitons ni l'un ni l'autre pour l'instant, semble-t-il, entamer des activités de pollinisation croisée. » Nous nous arrêtâmes, regardant autour de nous, et il ajouta : « Ces fresques sont l'œuvre d'un peintre surnommé "Vite fait bien fait", tu le savais ? » ; sur quoi, nous quittâmes l'église.

C'était un soir de fin d'hiver, plein de l'odeur des feux de bois, luisant de rues mouillées. Des femmes nous croisaient, la bouche couverte d'un châle ou d'un revers de manteau pour se protéger de l'humidité, traînant à leur suite des écoliers au buste court et aux longues jambes nues. Un homme passa, agitant les mains, et disant à son compagnon : « Elle était si jolie, et lui tellement amoureux... » La scène, comme souvent là-bas, était empreinte de l'atmosphère d'une époque plus ancienne : ce n'était pas simplement l'absence de modernité — chastes robes noires, absence momentanée de voitures, bâtiments en place depuis des temps immémoriaux —, mais comme si la ville n'avait pas rattrapé son retard, ne s'inquiétait pas de le rattraper, s'attardait dans une époque antérieure, le tournant de ce siècle peut-être, ou, tout aussi bien, de n'importe quel siècle.

En silence, nous gravîmes une rue toute droite bordée de petites habitations d'un étage aux allures de cavernes, constituées chacune d'une seule pièce tout juste assez grande pour accueillir son vaste lit ; et toutes stigmatisées par Mussolini vingt ans plus tôt pour leur insalubrité — la plaque caractéristique à présent rongée par la rouille et à demi effacée sur le mur extérieur piqueté. En haut de la rue, Justin héla un taxi.

Quand nous eûmes trouvé une niche dans un embouteillage, Justin me demanda : « Est-ce que j'ai raison ?

— À propos des fresques ?

— Non, de la pollinisation.

— Encore une fois, la façon même que tu as de parler

de ces choses dicte la réaction de ton interlocuteur. Comment aimer… (je notai que ce mot hardi ne lui plaisait pas, et je le répétai) autrement dit, comment tomber amoureuse d'un pareil technicien de la tenue à distance ? » C'était horripilant, voilà que je retombais encore une fois dans son mode favori.

« Il faudrait donc que ça vienne droit du cœur, c'est bien ça ? Quelqu'un qui t'apporterait des brassées de fleurs et se ferait couper en morceaux pour toi ?

— Exactement.

— Exigence somme toute modeste, opina-t-il. Une fille comme toi, Jenny, ne mérite pas moins. Et essaie de te mettre ça dans la tête. »

Il y avait là quelque chose qui n'était pas sans rappeler la façon dont Norah cherchait toujours à saper votre confiance : « Il faut abso — lu — ment que tu croies davantage en toi, disait-elle. Si seulement tu savais à quel point tu es intéressante », exhortations grâce auxquelles, en impliquant chez moi une incompétence dans le comportement, elle s'arrogeait comme toujours le meilleur rôle. Un moment, j'oubliai Justin pour ne plus penser qu'à Norah, et aux visites qu'elle me faisait parfois le soir, quand Edmund était absent, dans le but d'inspecter ma vie, passant un doigt métaphorique sur les surfaces de mon existence pour voir si elles n'étaient pas trop empoussiérées.

« C'est déjà dans ma tête, lui dis-je. Tu oublies que l'amour ne vient pas de cette partie du corps. En fait, il donne pour une bonne part l'impression de tout faire pour paraître stupide. » Ce disant, je pensais non pas à Norah, mais à Gioconda. À mes yeux, il était inconcevable qu'une femme pareille, qui était en droit de tout attendre de la vie, puisse se satisfaire du genre d'amour que lui donnait Gianni. En me racontant son histoire, elle m'avait dit de lui : « Il m'a sauvé la vie. » Et il existe des dettes de ce genre — si en l'occurrence on peut parler de dettes, dans la mesure où l'intervention de Gianni n'était pas désintéressée et où les sentiments de Gioconda à son égard ne se limitaient pas à la gratitude — qui, littéralement parlant, ne sauraient être remboursées; vous aurez beau avoir rendu des centaines de services plus importants que celui qui vous a été rendu au départ, l'obligation initiale, en raison de sa spontanéité et de sa gratuité, restera indéfiniment, monstrueusement, non acquittée. C'est ainsi que la peine qu'infligeait Gianni à Gioconda était, du moins de son point de vue à elle, le genre de destruction salutaire dont on aurait mauvaise grâce à se plaindre — on ne saurait regretter les dégâts causés par l'eau qui a servi à éteindre un incendie.

Le taxi avait traversé la Piazza Municipio et atteint la montée derrière le palais royal, un carrefour qui, dans la mesure où il rassemble château, palais, opéra et arcades, est ce que Naples a de mieux à offrir au regard de la cohérence municipale et historique des autres grandes villes : un soulagement pour le touriste, une anomalie pour l'autochtone, qui se sent trop à découvert sur cette portion de terrain à ciel ouvert et tend à l'éviter. « Est-ce qu'il y a un restaurant acceptable, dans le coin ? demanda Justin. Allez, viens, on descend.

— Tu sais bien qu'ils sont tous infects. » Nous arrêtâmes le taxi et nous frayâmes un chemin au milieu des voitures pour pénétrer dans la Galleria. Des couples grouillaient autour de nous, bras dessus, bras dessous. La main de Justin sur mon coude était sans vie, pire qu'un geste de pure forme.

Il était tôt — en fait, nous étions les premiers clients — quand nous entrâmes dans le petit établissement où nous voulions dîner. Le patron tira nos chaises, tout en s'écriant « *Buona sera, buona sé !* », comme s'il ne s'attendait guère au plaisir d'avoir des clients ; comme si nous étions de bon augure. Sans vergogne, Justin lui rendit son salut dans les mêmes termes et en imitant son accent.

« Allez, Jenny, dit-il. Même Shakespeare s'est moqué de l'accent napolitain. » Tout en versant un vin violet dans des verres épais et pas très nets, il observa : « Le problème, Jenny, il est là. C'est que nombre des choses dont nous parlons m'apparaissent d'une grande futilité. Pas seulement les sentiments, mais d'autres choses aussi. Les saisons, par exemple, même les saisons m'ennuient... Et le mot même d'amour, que tu as employé tout à l'heure avec tant d'outrecuidance... ce mot m'ennuie plus que tous les autres. En cet instant, comme dit l'autre, les femmes ne sont pas pour moi cause de délices. »

Je songeai à sa main sur mon bras et me demandai si par hasard il n'était pas complètement froid, ou efféminé.

« Pas plus que les hommes, d'ailleurs, encore que ton sourire semble laisser entendre le contraire. »

Le menu arriva, feuille de papier ramollie, minutieusement illisible avec son encre violette, et glissée dans un plastique taché. Nous le partageâmes, tous les deux penchés de part et d'autre de notre table minuscule, et Justin appuya un instant une tête complice contre la mienne.

« Il est vrai, dis-je, que ce que l'on voit autour de soi n'est guère encourageant. Attirances non partagées, unions impossibles. Encore qu'il ne s'agisse pas vraiment là d'amour.

— Eh bien, tu as tort, Jenny. Tu te trompes, continua-t-il, renonçant pour l'instant à ses citations. Tout ce que tu déplores — l'obsession aveugle, le sacrifice inégal, le châtiment, appelé et infligé —, tout cela, c'est de l'amour. Crois-moi. Inutile d'invoquer les harmonies parfaites et les idylles éternelles. Pour trouver l'amour, il faut chercher plus près de chez soi. »

Nous commandâmes notre repas. Justin rompit un morceau de pain, dont il me tendit la moitié. « Les gens qui s'aiment, parlent-ils jamais de l'amour de cette façon, comme nous en ce moment, comme s'il était susceptible de répondre à une logique ? Bien sûr que non. Les grands traités sur la pêche à la baleine ne disent pas autre chose, ratifiés qu'ils sont par tous ceux qui ne sont pas concernés. Ceux qui le sont ne sont pas signataires, et la baleine, c'est évident, sera bel et bien exterminée. Je pense que les Japonais harponneront la dernière baleine bleue en toute connaissance de cause. Bien des amoureux ont infligé une fin moins clémente à leurs partenaires, en dépit de l'arsenal des lois et des arguments destinés à les en empêcher. »

Son assiette arriva, un plat de fruits de mer caoutchouteux encalminés dans une sauce rouge.

« Tu es trop influencé par ta propre expérience, dis-je.

— Je ne vois qu'un aspect des choses, c'est ça ?

— Effectivement.

— Qu'est-ce que tu en sais, toi ? » Il sourit, sans pouvoir faire oublier l'indignité de sa réaction. Ce qu'il voulait, c'était mettre un point final à cette controverse sur l'amour. De la pointe de sa fourchette il testa le contenu de son assiette. « C'est là saine nourriture. J'en tâterai très volontiers.

— Et toi, tu essaies de me faire tâter de tes désillusions, dis-je. Mais je ne t'en tiens pas grief pour autant.

— Son visage, comme dit l'autre, s'éclaira. »

Mais quand, une fois sortis du restaurant, nous commençâmes à longer le palais en direction du front de mer, Justin voulut reprendre la discussion sur la nature de notre amitié. « Nous avons tous les deux, pour parler clairement, du mal à nous y retrouver. Tu ne crois pas ? On a été privés de quelque chose et on est comme en suspens. On peut se permettre de faire les délicats, dans la mesure où, pour le moment, nous manquons du courage nécessaire pour nous comporter autrement. »

Je me déclarai d'accord avec lui. Encore qu'il ressemblât davantage à quelqu'un qui vient d'être opéré et attend de voir si la maladie est guérie ou mortelle. L'amour n'étant pas, comme il venait de le souligner, rationnel, ne risquait-il pas d'en être à nouveau la victime, d'autant plus pris au dépourvu qu'il s'était lancé dans cette tentative de rationalisation ?

Au moment de tourner Via Santa Lucia, nous nous arrêtâmes dans la descente pour regarder passer un camion chargé d'ordures, au sommet desquelles trônaient deux gamins qui nous saluèrent d'un geste royal.

« Ah, Jenny, comment allons-nous expliquer tout ça aux autres, une fois loin d'ici ?

— Nous ne pourrons jamais. Personne ne l'a jamais fait. » Nous continuâmes à marcher, épaule contre épaule.

« J'ai grandi dans l'idée que Naples, si tant est que je m'en sois fait une idée, n'était que superstition, sentimentalisme, allégresse. Et pourtant l'autre version — celle qui privilégie le cynisme, la mélancolie, l'amoralité — tient tout autant du mythe, en plus prétentieux, c'est tout. Le genre de lieu commun qui se voudrait théorie. Ne connaître que le pire d'un endroit, ce n'est pas le connaître. Qu'est-ce que Naples, alors ? La civilisation, la curiosité totalement satisfaite, le style, l'ironie, la magnanimité… L'aptitude à saluer le monde comme un roi du haut d'un tas d'ordures. » Nous fîmes un nouvel arrêt, au bord du trottoir, et regardâmes la rue que nous venions de descendre, et Justin éclata de rire. « Le touriste qui débarque au milieu de cette pagaille, se fait piquer son appareil photo, voler par les chauffeurs de taxi, persécuter par les vieux filous qui essaient de lui fourguer des camées, comment peut-il deviner que tout ça n'est finalement, pour ainsi dire, qu'un étalage d'amabilités — les plaisanteries de surface d'une réalité qui est infiniment pire, et incontestablement meilleure ? » Soudain, il me passa le bras autour des épaules et me serra contre lui. « Eh bien, eh bien, Jenny, dit-il en voyant mes yeux pleins de larmes. Ma vieille grouse.

— Ce n'est rien, dis-je. Le plaisir, tout simplement.

— Tu appelles ça rien ? Ah, tu vois, dit-il en me relâchant, il y a bel et bien quelque chose qui te touche. Dit-il finement. Cet endroit.

— Même dans ce cas, l'impact est amorti.

— C'est que les lieux prennent davantage de temps que les gens. En la matière, le coup de foudre n'existe pas. En revanche, pour ce qui est des gens, j'y crois bel et bien — à l'attirance immédiate.

— Moi aussi.

— Avec les lieux, la marge de manœuvre est moindre. »

Ce qui permettait à notre curieuse relation de tenir, c'était quelque chose de plus que cet état de suspens dans lequel, d'après lui, nous nous trouvions tous les deux. Il nous importait, autant à l'un qu'à l'autre, d'avoir un point de référence dans cet étrange endroit, un moyen d'attester de l'effet qu'il produisait sur nous. Nous nous servions l'un de l'autre comme les épouses des militaires du magasin de l'armée : pas simplement comme une source de ravitaillement commode, mais comme un moyen de se procurer un familier totalement digne de confiance. Dans les intervalles qui séparaient nos rencontres, la ville exerçait son effet sur nous ; et, quand nous nous retrouvions, c'était comme pour mesurer, à l'aune du repère censément fixe représenté par l'autre, le chemin qu'elle nous avait fait parcourir ; pour comparer, sans en discuter, nos notes non écrites.

Je parlais rarement, par exemple, à Gioconda, de mon frère et de sa femme. Quand j'y faisais allusion, c'était en règle générale auprès de Justin. D'abord parce que Gioconda aurait tout compris instinctivement, et trop vite, sans prendre le temps de s'imprégner des circonstances. À Naples, une passion incestueuse, consommée ou non, n'avait rien que de très banal, et mon amie n'aurait jamais saisi tout à fait ce que la prise de conscience de mon état avait signifié pour moi. Alors que Justin, lui, était capable de replacer ma passion dans le cadre tweed et cretonne de l'Angleterre de l'après-guerre sans minimiser ma détresse, même dans le but de m'apporter du réconfort.

Quelque chose d'autre m'inhibait quand il s'agissait d'aborder de tels sujets avec Gioconda, et c'étaient l'étendue et la nature des drames qu'elle avait connus. Tandis que des fouilles dans le passé de Gioconda mettaient au jour des temples, des palais et des tombes, pourvus d'intérieurs décorés dignes de gestes nobles et de renoncements héroïques, ma propre archéologie ressemblait, par comparaison, à une pauvre recherche sur un site mineur — disons, un campement hittite au sommet d'une colline, ou un village de Pictes aux maisons en forme de ruche —, ne révélant qu'un tas d'ustensiles domestiques et une poignée d'armes, très abîmés pour la plupart, et sans beauté.

Gioconda, de son côté, supportait très mal que l'on considérât son passé comme une succession de drames grandioses. C'était une des rares choses qui l'indisposaient vraiment. « Non, non, tu n'imagines pas la désolation, l'indignité, le quotidien déprimant d'une vie malheureuse, la façon dont le présent s'étire quand rien ne te motive à le vouloir passé, quand on est dans un état de peur permanente. J'ai du mal à croire aujourd'hui que la guerre n'a duré que cinq ans. On ne savait absolument pas comment ça pouvait finir, si même ça finirait un jour. Il apparaît aujourd'hui que le conflit a eu un début et une fin, mais on ne pouvait pas savoir alors la forme qu'il prendrait et on n'imaginait que le pire… Et je ne te parle pas des épreuves physiques, la faim, le froid, la saleté, le temps perdu à chercher de quoi manger, à essayer d'être propre. La souffrance, et la vue de la souffrance, et la conscience de cette souffrance encore plus terrible qui reste invisible. » Elle bondissait alors de sa chaise et arpentait la pièce de long en large.

Gioconda manifestait rarement de la colère. Mais la manière dont elle évitait certains sujets — gouvernement, religion, événements internationaux —, en traitait d'autres à la légère, ne voulait pas dire qu'elle n'avait pas de sentiments forts, simplement elle savait les maîtriser ; elle suggérait même qu'il y avait en elle une violence dont elle reconnaissait l'existence et qu'elle contrôlait, et que chaque fois que celle-ci prenait le dessus, ce qui arrivait à l'occasion, elle en avait honte. Un jour où nous allions à Rome dans sa petite voiture, je me rappelle que nous avons traversé une rivière très étroite, au lit constitué pour l'essentiel de cailloux ; à la vue du panneau sur le pont, je me suis souvenue d'un épisode de la guerre et me suis exclamée : « Le Volturno ? Mais c'est tout petit ! » C'est alors que Gioconda s'est retournée vers moi — on pourrait presque dire « contre moi » —, en s'écriant : « Elles étaient toutes petites, ces rivières ! Toutes. Toujours. Tu ne comprends donc pas ? » Au bout d'un moment, elle a eu un petit rire d'excuse, m'a jeté un coup d'œil en coin et m'a dit : « Attends un peu de voir le Rubicon. » Mais pendant le reste du trajet, elle est restée sombre et sur la défensive, comme si elle s'était trop exposée et le regrettait.

Il y avait ainsi dans sa conversation des indices révélateurs de passions qui, si elle n'avait pas lutté contre elles, auraient risqué de la dominer complètement — témoin sa description des jours qu'elle avait passés à écrire au chevet de son père mourant, ou sa remarque sur les Italiens, de son point de vue « rarement inoffensifs ». Mais comme je m'étais fait une idée d'elle une bonne fois pour toutes, j'acceptais mal de la voir grandir en complexité et négligeait de tels signaux.

« Si les gens recourent à la violence, nous dit-elle un soir où Gianni nous avait emmenées au restaurant, c'est pour trouver un exutoire non à leurs sentiments mais à leurs pensées. L'exigence de compréhension devient trop forte, et on préfère frapper l'autre plutôt que de se poser des questions à son sujet. »

Je relevai le passage de « les gens » à « on ». Je n'avais jamais ressenti à proprement parler le besoin de frapper Norah ; mais il faut dire que ce n'était pas le genre de personnes au sujet desquelles on est tenu de se poser des questions.

« Dans ma jeunesse, intervint Gianni, j'ai fait un peu de boxe en amateur. Mais je ne serais jamais devenu un vrai *pugilatore*. Ma garde était trop haute. Je m'étais fait, sans doute à tort, une assez bonne idée de mon physique, et j'essayais toujours de me protéger le visage. Oui, ma garde était un peu trop haute ; et c'est ce qui m'a empêché d'être vraiment bon.

« Quand je parle de frapper, c'est sous le coup de la colère, ou au comble du ressentiment. »

D'un autre côté, Gioconda ne se laissait jamais entraîner, à l'inverse d'un Anglo-Saxon, à exprimer son indignation en termes énergiques ; il y avait là pour elle quelque chose d'artificiel, et elle refusait d'entrer dans ce jeu.

Dans les premiers jours déjà chauds du printemps de cette année-là, les éboueurs de Naples se mirent en grève : ils n'avaient pas été payés, suite à un trou dans les caisses du service concerné. Les ordures s'entassèrent sur les trottoirs poisseux, les égouts se bouchèrent, le vent balayait les détritus en tous sens dans les rues encombrées, et, un jour, en plein midi, j'aperçus un énorme rat roux aux dents proéminentes qui fouinait derrière l'hôtel Excelsior.

« *Una zoccola* », dit Gioconda quand je lui eus décrit l'animal. C'est comme ça qu'on appelle ce genre de rat en napolitain.

— En attendant, c'est une honte.

— Le mot signifie aussi "prostituée"... en fait, on raconte volontiers ici que le comble pour un chat, ce serait de se retrouver dans les bras de sa maîtresse sans se rendre compte que c'est *una zoccola.* » Gioconda pouffa de rire. « Un nid à rats, c'est ainsi que Leopardi appelait Naples. *La Topaia.*

— C'est un scandale. »

Mais pareils sujets la touchaient de trop près ; ne voulant pas avoir à les aborder de façon accidentelle, elle se contenta d'un haussement d'épaules qui résumait vingt siècles de mécontentement municipal.

« Que va-t-il se passer ? demandai-je.

— Bah, on dit que le maire, cette espèce de canaille,

va devoir payer les éboueurs de sa poche. Il est riche comme Crésus, il possède une compagnie de navigation. Je crois bien que celui qui a détourné l'argent s'en est souvenu.

— Mais Gioconda, tu te rends compte de la situation !

— Les *scogliere* en sont pleins — tu sais, ces rochers blancs qui s'entassent sur le rivage.

— Pleins de quoi ?

— De *zoccole.* »

Le maire, qui était alors en Sardaigne, reprit l'avion et paya les éboueurs sur sa fortune personnelle ; et Naples fut nettoyée à temps pour accueillir une série de gigantesques réceptions officielles, en costume d'apparat, à l'occasion d'un congrès de la chambre de commerce internationale.

À l'inverse, Gioconda s'interrogeait, de manière tout à fait inattendue, à propos de choses que, personnellement, je digérais facilement ou que j'écartais d'emblée de mon esprit. C'est ainsi qu'elle revenait de temps en temps sur la manière dont nous nous étions rencontrées, comme s'il y avait encore là matière à préoccupation. J'avais écrit au jeune homme des studios d'Ealing, lequel, depuis, m'était complètement sorti de la tête. Gioconda, elle, continuait à lui rendre hommage pour nous avoir permis de faire connaissance, disant : « Quand on y pense, hein ! » ou bien « Quel hasard, quand même ! », comme s'il y avait là un mystère à éclaircir. Elle l'appelait « Le Pharmacien », d'après un passage d'un poème de Gozzano où un profond attachement naît d'une rencontre fortuite dans une pharmacie. On avait l'impression qu'elle s'attardait sur ces influences bizarres, non explicitées, qui s'exercent sur nos existences, en se demandant si elles relevaient de coïncidences ou du surnaturel.

Gioconda disposait de revenus et d'un territoire qui lui appartenaient en propre, là où je touchais un salaire hebdomadaire et étais privée des ressources qu'aurait pu m'apporter la fréquentation prolongée d'un même lieu et des mêmes gens. Le jour où elle me dit que les droits d'auteur de son livre lui avaient permis de rembourser les taxes qui s'étaient accumulées sur son appartement, le fait d'avoir un appartement soumis à un impôt, et de pouvoir le payer de cette manière, fit d'elle à mes yeux une personne disposant de gros moyens et jouissant d'une grande liberté.

Cette indépendance générait en moi la passivité. La conviction avec laquelle elle s'exprimait était trop agréable, trop rassurante, pour que je songe à la contester : je prêtais attention à ses goûts et à ses opinions comme jamais avec quiconque jusqu'ici.

Quand elle déclara un jour, en parlant de ma famille : « Ils vont s'estomper », je fus convaincue, parce qu'elle le disait, qu'il en serait ainsi. « Même ton frère. Tu penseras de moins en moins à lui, dans la mesure où tu ne le verras plus et où tu verras d'autres gens.

— Mon amour, lui répondis-je d'un ton guindé, n'est pas soumis à conditions. »

Elle était juchée sur une chaise en train de remettre un livre en place et ne m'accorda pas un regard. « Il n'est pas chose plus soumise à conditions que l'amour. Un mot, un silence, une inflexion de la voix peuvent l'altérer de manière irrévocable. Je ne voulais pas dire que ton amour pour ton frère allait s'effacer. Mais il perdra de son importance et deviendra un repère de plus en plus lointain. »

Quand elle parlait de cette façon, je ressentais davantage que la simple vérité de ses paroles. Celles-ci me paraissaient extraordinairement naturelles, comme m'avaient paru naturels les sons de l'italien quand j'avais commencé à apprendre la langue, et j'aurais aimé avoir toujours fréquenté des gens qui pensaient et parlaient ainsi.

Il ne me venait pas à l'esprit de lui faire remarquer les contradictions de sa propre situation. Que dire de ton amour à toi, aurais-je pu lui opposer, exposé à tant de mots, de silences et d'actes susceptibles de l'altérer, et pourtant, apparemment, immuable ?

IX

Gioconda passa le mois d'avril à Capri. Pour Pâques, je la retrouvai là-bas quand je fis moi aussi la traversée, à l'occasion du week-end prolongé. Elle avait minci, ou du moins c'est ainsi qu'elle m'apparut, dans son pantalon gris et son pull rouge vif. Le col d'une chemise blanche qui s'épanouissait autour de son cou la rajeunissait en même temps qu'il la faisait paraître plus féminine.

Gianni venait de Rome pour la rejoindre et devait arriver par le dernier bateau du vendredi saint. « *Il vaporetto dei cornuti* », fit remarquer Gioconda, tandis que nous le regardions approcher depuis Naples. « Le bateau des cocus. C'est comme ça qu'en été, quand les riches s'installent ici, on appelle le dernier bateau du vendredi qui ramène les maris vers leurs épouses le temps du week-end.

— Chez nous, ce serait l'inverse. On part du principe qu'en été ce sont les maris qui ont eu des aventures en ville pendant la semaine.

— Nous connaissons ça aussi. » Gioconda plia son billet, avant de le redéplier. Elle allait accueillir Gianni sur le port, et nous attendions le funiculaire qui devait la descendre. Elle était souvent nerveuse à présent, au moment de revoir Gianni ; une fois qu'il était là, elle retrouvait son calme, un calme imperturbable. « Mais ça, ça va plus ou moins de soi. C'est l'inverse qui est significatif, humiliant, effrayant.

— Je ne suis pas de cet avis », dis-je. Sur quoi, elle éclata de rire tout en agitant son billet sous mon nez, avant de répondre : « Dans ce cas, c'est que tu ne comprends rien.

— Franchement, il me semble, dis-je, bien que je n'eusse jamais réfléchi à la question auparavant, que les femmes sont dans l'ensemble plus fidèles que ne le souhaitent les hommes.

— Tu veux dire qu'un homme traitera une femme de névrosée si elle continue à lui être fidèle alors même qu'il ne désire plus son amour ? Quand lui-même a cessé de l'aimer ? »

Ce n'était pas ce que j'avais voulu dire, et je me demandai si c'était à l'épouse de Gianni qu'elle pensait.

« Mais là encore, il garde ce qui lui importe : l'initiative. »

Une fois Gioconda descendue sur le port, j'allai m'asseoir dans un des cafés de la piazza, jouissant de ma liberté comme je l'avais fait cet après-midi de décembre devant l'hôtel Royal. Je m'attardai avec un plaisir presque physique sur la soirée qui m'attendait et dont je pouvais jouir à ma guise, sans avoir besoin d'être debout de bonne heure le lendemain pour retrouver le colonel à la voiture. Je me délectais encore de ces pensées quand celui-ci sortit du bureau de poste, vêtu d'une veste sport, et vint s'asseoir à ma table.

« On profite de l'île de Capri, à ce que je vois. » Il prononçait « Ca — pri-i », comme dans la chanson. « Vous feriez bien de dîner avec moi », dit-il au bout d'un moment. Il avait pour habitude de s'exprimer ainsi, en menaces diffuses.

J'acceptai tout, n'ayant, du moins le croyais-je, pas d'excuse pour agir autrement, et n'ayant pas pris conscience, à cet instant, que mes préférences personnelles suffisaient à justifier mes choix. J'allai donc dîner en compagnie du colonel dans un restaurant non loin de la piazza. Il parla beaucoup, férocement — et bêtement, car c'est la bêtise qui rend les gens cruels —, de Naples, des Italiens, et de l'état du monde en général, selon lui, « un vrai foutoir ». Au moment où il se rendit dans la cuisine pour se plaindre de son poisson, je laissai tomber dans son verre de vin blanc un petit somnifère que j'avais emporté avec moi dans mon sac pour être sûre de dormir longtemps pendant ce week-end de congé. Quand les fraises sauvages arrivèrent sur la table, le colonel dodelinait déjà sérieusement de la tête.

Alors que je racontais ma soirée à Gianni et Gioconda le lendemain, sur cette même piazza, j'aperçus le colonel en train de lire son journal d'un œil vague. (Il ne pouvait connaître la vraie raison de nos rires, mais il dut en saisir la teneur générale, car la semaine suivante il me retint tard au bureau tous les soirs sans nécessité particulière. À ma connaissance, il ne remit jamais les pieds à Capri, dont il parlait souvent comme étant remplie de dégénérés.)

Je remarquai que Gianni, qui s'était rejeté en arrière sur sa chaise tant il riait de plaisir en entendant mon histoire, se calma à la vue de Gioconda, la main devant la bouche, des larmes de rire plein les yeux. La révélation de la duplicité féminine, autant que le plaisir qu'y prenait Gioconda, le mettait mal à l'aise. Des semaines plus tard, quand, à propos de tout autre chose, il fut à nouveau question du colonel, Gianni alla jusqu'à dire qu'il plaignait « cet homme, avec toutes ces femmes qui le tourmentaient ».

Gianni avait loué une barque, dans laquelle il offrit de nous emmener jusqu'à une petite île, loin de la foule des vacanciers. Ce matin-là, dans les souks de la ville, nous achetâmes de quoi pique-niquer, et je fis l'emplette d'un maillot de bain, ne m'étant pas doutée qu'il ferait assez chaud pour se baigner. À califourchon sur une chaise dans une boutique toute blanche qui sentait le pain chaud de la boulangerie voisine, Gianni désigna le maillot qui m'irait le mieux, et, pour me punir du sort que j'avais réservé au colonel, fit une scène quand je fis mine d'en choisir un autre.

« Bon, ça suffit, dit-il, tandis que nous sortions du magasin. Arrête de bouder. C'est celui qui t'ira le mieux.

— Là n'est pas la question, dis-je, exaspérée par le caprice qu'il venait de faire.

— Au contraire, c'est là toute la question », rétorqua-t-il, l'air étonné.

Sur le chemin de la plage où nous devions récupérer le bateau, il donna l'impression de s'imaginer en possession de toutes les jolies femmes que nous croisions. « Des jambes pareilles… mon Dieu ! », ou encore « J'ai toujours eu un faible pour les femmes qui ont ces cheveux roux bouclés » — à chaque fois, son admiration ne tenait aucun compte des créatures qui avaient précédé ou de celles qui allaient suivre, ni ne s'en trouvait diminuée. Elle était du même ordre que le plaisir spontané et infidèle qui faisait s'exclamer Gioconda devant pratiquement toutes les fleurs qu'elle voyait, iris ou freesias, roses ou renoncules, sauvages, en pot, ou rassemblées en gerbes sur une brouette : « Ah, ma fleur préférée. »

Gianni s'attribuait le mérite de l'île, comme il l'avait fait avec Herculanum — vantant les arbres de Judée en fleur, les pics de calcaire et les escarpements dolomitiques, la mer striée d'ondulations criardes entre les pentes couvertes de chênes et de genévriers. Les touristes étrangers faisaient de leur mieux pour tout abîmer : « Les premières fois où j'y suis venu, il n'y avait qu'une voiture sur l'île, une seule, et elle appartenait à Ferrari. »

Il me raconta que Capri avait été prise par les Anglais pendant les guerres napoléoniennes, mais, Dieu merci, ils ne l'avaient pas gardée longtemps : « Sinon, tu imagines… une autre petite Malte. »

Gioconda et moi flottions dans la barque tandis que Gianni nageait au-dessous de nous, monstrueux avec son masque en caoutchouc.

« Ce grand rocher, isolé là-bas au milieu de la mer. C'est là que les Romains ont élevé un bûcher funéraire pour un partisan d'Auguste César. » Gioconda me le désigna du doigt, et je m'abritai les yeux pour mieux voir. « On l'appelle le Monacone, poursuivit-elle, censément parce qu'un moine y a vécu au temps de Tibère.

— Un moine, au temps de Tibère ?

— Je veux dire, un prêtre, un *sacerdote* — ce qu'ils

avaient à l'époque, quoi. Du moins c'est ce qu'on raconte. Gianni et moi, on est montés un jour au sommet ; au centre du rocher, il y a un trou, comme une cheminée. On peut s'y glisser et grimper, en plantant ses pieds sur les côtés.

— Ça a l'air affreux.

— Ça l'était, effectivement. Comme le reste de l'expédition : aucun endroit pour débarquer avec le bateau, juste une espèce de rebord rocheux couvert d'oursins. Et puis ce tunnel vertical, humide, noir, plein d'asticots... Au sommet, pourtant, c'était beau, une sorte de grand plateau, sauvage, couvert de buissons rabougris et de nids d'oiseaux de mer plats et circulaires. Mais cette ascension, c'était horrible. Je croyais bien à tout moment retomber en bas et me casser le cou.

— Mais pourquoi tu l'as fait ? demandai-je, tout en connaissant déjà la réponse.

— Oh, pour être agréable. Je ne me donne pas beaucoup d'exercice, en règle générale, aux yeux de quelqu'un comme Gianni. »

J'imaginais la scène d'ici : les insultes, les remontrances, Gianni hurlant : « *Su, su, idiota...* pas comme ça, tu sais ce que c'est qu'escalader ? » À ce moment-là, Gianni refit surface. S'accrochant d'une main au bateau, il cracha son tuba et secoua ses lunettes pour enlever l'eau.

« Vous deux alors... vous prélasser ici quand il y a tant de choses à voir là-dessous. C'est merveilleux, là en bas. Je ne vous comprends pas. »

Gioconda se pencha, lui prit ses lunettes qu'elle essuya

avec une serviette. Gianni faisait la planche, à côté du bateau.

« Tu vois ce rocher, Jenny ; un jour, j'ai fait grimper Gioconda au sommet. Pas une mince affaire. C'est merveilleux là-haut. Très beau, pas vrai, Gioconda ? »

Elle acquiesça.

« Toutes sortes de plantes, de fleurs, de lézards colorés. Comme une île déserte. Sans moi, elle n'aurait jamais fait l'escalade. »

Nous mangeâmes au milieu des rochers, sur une langue de sable qui, une fois le bateau échoué, nous laissait à peine la place de nous allonger dans son ombre. Gianni chanta et se plaignit tour à tour, pendant que nous déballions des cônes de papier journal remplis de fruits et de fromage. Quand nous eûmes terminé notre repas, il s'allongea au soleil à côté de Gioconda ; mais, les mains en auvent devant ses yeux, c'est moi qu'il regarda, tandis que je me redressais pour reboucher les bouteilles et rassembler nos détritus dans un sac.

« Jenny, dit-il. Tu as vraiment des yeux de chat. Ambre, non ? Ou topaze ?

— Ma belle-sœur dit qu'ils sont jaunes.

— C'est là le genre de remarque que je m'attire avec ma Maserati, dit-il en opinant du chef. Ce que l'envie ne fait pas dire aux gens ! » Il bâilla. « Ah, ces mouches ! C'est le problème, quand on est en vacances, on ne peut jamais se reposer. On ne peut jamais faire son goupillon de l'après-midi, comme disent les Anglais. »

Je regardai Gioconda, qui était allongée les yeux clos, aussi éveillée que lui. Le sable avait séché sur ses bras et ses jambes, et des grains de sel blanc s'étaient incrustés dans ses cils et ses sourcils. Des années plus tard, au Pirée, j'ai vu une Athéna, l'un des deux grands bronzes qu'on avait sortis intacts d'une tranchée destinée à recevoir un égout, couchée sur un sol en pierre, les yeux recouverts d'une pellicule d'argile séchée ; et j'ai repensé à Gioconda, reposant, immobile, cet après-midi-là, près de la plage des Sarrasins.

Tandis que je l'observais, elle ouvrit les yeux. Se tournant vers Gianni et s'appuyant sur un coude, elle lui posa une main timide sur l'estomac. « Seigneur, dit-elle, tu es train de rôtir. Tu vas attraper la maladie du bronzage. »

Il s'était montré si irascible, si imprévisible, jusque-là, autant avec l'une qu'avec l'autre, que je n'aurais pas été surprise de le voir écarter cette main d'un geste brusque, et fus donc presque gênée quand il la recouvrit au contraire tendrement de la sienne. « J'ai entendu dire que cela se soignait avec des caresses », commenta-t-il.

Les cheveux de Gioconda, qui flottaient autour d'elle quand elle se baignait, retombant comme une tache sur ses épaules ou ondoyant derrière elle comme des algues frangées, étaient maintenant retenus sur le côté en une seule grosse natte, épaisse comme un cordage.

« Superbe, la nana, avait remarqué un jeune, en nous croisant le matin dans la rue.

— Laquelle ? avait demandé son ami.

— La longue tresse », avait répondu l'autre.

« *La lunga treccia* », repris-je alors en écho, tandis que Gianni tendait le bras et faisait glisser dans sa main la lourde natte humide. « C'est ce qu'on appelait des macarons.

— Oui, dit Gianni. Le genre de cheveux dont les gens pouvaient garder des boucles en souvenir. »

Je leur racontai comment, lors d'une des excursions de ma belle-sœur dans le cercle fermé des célébrités, je m'étais rendue chez l'éditeur John Murray à Londres où l'on m'avait montré les boucles de cheveux que Byron avait prélevées sur ses maîtresses. « Il y en avait une — étiquetée par le poète "Lisbonne, 17 octobre, 8-10 du soir" —, incroyablement longue, rêche, raide, presque comme une queue de cheval.

— Cela aurait été tellement byronien, dit Gioconda, dans le vrai sens du terme, s'il avait coupé la queue d'un cheval et avait chargé son éditeur de la conserver précieusement comme souvenir de l'époque romantique.

— Il me vient une explication plus byronienne encore, intervint Gianni, mais la décence m'interdit de la mentionner. » De sa main libre, il tua une mouche des sables qui s'était posée sur son estomac, tout en faisant remarquer : « *Un salaud de moins.** Byron, dit-il, en frottant la paume de sa main dans le sable pour la nettoyer, voilà un grand homme. Je vais vous dire, un jour il a écrit à un ami : "Ma belle-mère vient d'être dangereusement malade, et maintenant, elle se porte dangereusement bien." » Il fit à nouveau glisser la lourde tresse de Gioconda dans sa main, lui laissant suffisamment de mou.

Gioconda se pencha de côté pour s'écarter de lui, tout en riant et en tirant sur la natte qu'il tenait par un bout. « Je suis au bout de mon rouleau », dit-elle.

Un matin pluvieux du début du mois de mai, Germani, notre chauffeur, nous apprit au colonel et à moi un dicton napolitain : « Pluie le 4 mai, quatre semaines de pluie. » Quand, les jours suivants, cette triste prédiction, peut-être inventée sous l'impulsion du moment afin de distraire notre attention d'une brouette ou d'une bicyclette serrée d'un peu trop près, se réalisa à la lettre, le salut quotidien du colonel à mon intention passa de son « *Buon giorno* » rendu inintelligible par sa prononciation à « Au soleil de Naples ». Jour après jour, sous un porche dégouttant d'eau de la Via Posillipo, il répétait « Au soleil de Naples », pour lui-même et pour moi, sans jamais se lasser — tant il était soulagé de voir confirmé ce qu'il avait toujours pensé, à savoir que la réputation de Naples était sans fondement, et qu'il n'était point besoin de s'interroger sur ses origines. À travers cette expression, on pouvait retracer son passé militaire, imaginer les lieux où il avait successivement servi, grognant tour à tour « Au soleil de l'Espagne », « Au soleil de l'Égypte » ou « Au soleil de la Palestine », tandis que les pluies de printemps déversaient sur lui leur déluge en guise d'absolution.

La troisième semaine de ce même mois, tandis que nous attendions, le colonel et moi, tout en regardant par-delà une mer agitée gris ardoise le cône brouillé qui s'élevait sur son fronton d'habitations couleur chamois, j'ouvrais la bouche histoire de prévenir sa remarque habituelle quand le véhicule de Justin Tulloch s'arrêta à mon niveau, suivi par la voiture de fonction.

« Juste à temps, dis-je tout en montant.

— C'est comme ça qu'on m'appelait à l'école.

— Pardon ?
— Justà Temps.
— Ce type me fait grimper aux murs.
— Et on appelait mon frère Roland Le Lent.
— Il s'appelle vraiment Roland ?
— Non, c'était simplement pour faire un parallèle. La symétrie ne se construit pas à partir de la logique. Viens, on va faire une petite balade.
— Tu sais bien que je ne peux pas. Je suis déjà en retard.
— Moins que lui », dit-il, en s'écartant du trottoir d'un coup de volant. De même que je n'avais eu aucun mal à l'imaginer en nationaliste écossais, de même je me le représentais sans difficulté en écolier anglais, les joues rouges et le pas pressé.

« Bon, je vais te dire quelque chose, Jenny, m'annonça Justin, je t'apprécie de plus en plus.
— Écoute, répliquai-je en lui touchant le genou de la main, tu ferais mieux de t'abstenir.
— Écoute, dit-il, copiant mon geste, mais laissant sa main sur mon genou. Pour l'instant, je ne demande rien. À notre gauche, ajouta-t-il sans transition, le tombeau de Virgile. » La voiture ralentit pour se mêler au flot de la circulation matinale à l'entrée du tunnel qui permettait de sortir de Naples. « Placé, comme il se doit, aux portes de Bagnoli. Ce bon vieux Virgile. Je te salue, Mantovano. » Ôtant sa main de mon genou, il la leva devant lui, éveillant ce faisant l'intérêt d'un jeune homme arrêté à côté de nous dans une Topolino cabossée. « Pour ce qui est de mon deuxième prénom... Jenny, pourquoi n'as-tu jamais manifesté la moindre curiosité à ce sujet ?

— Eh bien, dis-le-moi, tu en meurs d'envie.

— Ce P — que l'affection aurait dû te pousser à vouloir élucider depuis bien longtemps —, ce P, ma chère, est la première lettre de Périclès, un personnage auquel mon père vouait une admiration, comme on dit, sans bornes.

— J'aime bien. J'espère que ce n'est pas une plaisanterie.

— Pas du tout. Moi-même, j'aime assez.

— Je connaissais quelqu'un au Cap dont le deuxième prénom était Vercingétorix, et ce pour les mêmes raisons.

— Je suis déjà jaloux de lui.

— Inutile. Il a douze ans. »

Ce genre de conversation pouvait durer pendant toute la traversée du tunnel, puis se poursuivre de l'autre côté, le temps que nous longions des blocs de vestiaires datant de l'époque fasciste et des lotissements *dopoguerra*, jusqu'à ce que Justin me laisse devant mon bureau. Lui-même appelait cela « jacasser ». Je suppose que nous savions, l'un comme l'autre, qu'il finirait par en sortir quelque chose, que nous sentions que c'était aux circonstances, qui au départ nous avaient rapprochés, de tirer des conclusions de tout ce bavardage. Mon propre détachement, dans la mesure où il était agréablement conscient, continuait à m'intéresser ; celui dont témoignait Justin était, bien entendu, tout simplement exaspérant.

Quelque temps avant cet épisode, je commençai à avoir des week-ends libres, ce qui veut dire que je pouvais quitter le bureau à l'heure du déjeuner le samedi sans avoir à y revenir avant le lundi matin. Je fis quelques excursions, brèves et pluvieuses — à Paestum, dans les îles, à Rome. À Rome, pendant ce mois de mai, il faisait meilleur. Le plus souvent, j'y allai en train, mais à plusieurs reprises Gioconda s'y rendit en voiture pour aller retrouver Gianni, et une ou deux fois m'emmena avec elle — voyage vertigineux et klaxonnant à travers des champs de moutarde jaunes et des arbres humides de sève nouvelle ; à travers les petits nuages des oliviers, et les rangées de vigne en forme de lyre.

Ces escapades à Rome étaient un véritable soulagement. Dans le Sud, la pluie avait commencé à déteindre sur notre moral. Même ma belle-sœur, qui avait lu quelque chose là-dessus dans le *Times*, m'écrivit : « Quel dommage que tu aies un temps aussi affreux ! » À Naples, nous avions renoncé à chercher des morceaux de bleu dans le ciel ou à faire des pronostics quant à d'éventuels changements. À Bagnoli, nous passions d'un bâtiment à l'autre en nous protégeant la tête de nos imperméables, et, lors de l'une de mes expéditions en ville à la recherche de camées, je m'achetai une paire de bottes en caoutchouc sur la Via Roma, dans un magasin appelé « Au roi du caoutchouc ». Prise dans un premier temps comme un simple symptôme du sirocco, la pluie était désormais attribuée à la bombe atomique, comme si un phénomène aussi exaspérant ne pouvait qu'être l'œuvre de l'homme. À la mi-mai, les Britanniques firent obligeamment exploser une bombe à hydrogène dans le Pacifique, ce qui — même si l'événement ne se produisit qu'après plusieurs semaines de pluie — apporta de l'eau au moulin des partisans de la théorie de la *bomba atomica*.

« Pour autant que je sache, dis-je à Gianni, ils ont peut-être raison. »

Gianni prit un air peiné et m'arrêta en levant la main, à la manière d'un agent de la circulation. « *Figlia mia.* À la fin de la Première Guerre mondiale, quand j'étais encore gamin, il y a eu pas mal d'intempéries en Europe. À ton avis, pourquoi ? On disait que c'était à cause des canons sur le front de l'Ouest ; ou des perturbations de l'atmosphère dues aux gaz asphyxiants ; ou des… je ne sais plus de quelles bêtises encore. Et puis il y a eu les pluies de 44 en Italie… celles-là aussi étaient la conséquence des bombardements, si je me souviens bien. Maintenant, c'est la bombe atomique, c'est bien ça ? On ne peut que s'en féliciter, ma chère. Il se peut que tout ce que nous ayons à redouter des bombardements, des gaz ou de la bombe atomique soit une bonne averse. »

Si Rome m'apportait un soulagement, c'était surtout parce qu'elle me distrayait de la pauvreté. Comme l'avait dit Gioconda, le dénuement général de Naples vous accablait parfois d'une tristesse noire et désespérée qu'aucune des compensations offertes par la ville ne parvenait à contrebalancer. Rome, si pauvre qu'elle fût — et plus alors qu'aujourd'hui —, ne vous écrasait jamais de sa pouillerie comme Naples ; dotée de monuments bien entretenus et éclairés à profusion, de nombreux touristes, d'une classe moyenne, et portant les signes de l'opulence de l'Église et de l'État, elle était incapable de vous donner la même impression de misère impitoyable. C'est pour cela que j'aimais ces excursions dans l'aisance relative des Romains — les marques du confort et du luxe entraperçues par les fenêtres des appartements et étalées dans les vitrines tout en velours des boutiques de mode, des galeries d'art et des joailliers. J'appréciais la multiplicité des restaurants et des librairies, la rareté des mendiants ; c'était un plaisir de pouvoir s'asseoir à une terrasse de café sans voir le morceau de sucre disparaître de sa soucoupe dans la main preste d'un gamin en haillons. (Les quelques cafés napolitains avec terrasse susceptibles d'offrir le raffinement de sucres enveloppés séparément étaient hantés par ces gamins agiles à la manière dont l'étaient, à Rome, les restaurants par les chats.) Après le provincialisme indigent auquel, à Naples, la sophistication individuelle se heurtait invariablement, Rome — en dépit de sa propre forme de provincialisme, sans doute moins fondamentale — me semblait majestueusement cosmopolite.

Un dimanche matin, assise à une terrasse de café à côté d'un des kiosques des jardins Borghèse, je regardais, éprouvant toujours ce même sentiment de réconfort, et comme si je ne devais jamais me rassasier du spectacle, les maris, les épouses et leurs enfants, qui sortaient de la messe, bien propres, amidonnés et repassés, portant chemises blanches, robes roses et chapeaux croulant sous les fleurs ; accompagnés de bébés bien nourris dans des landaus hauts sur roues et de petits chiens soyeux au bout de leur laisse en cuir rouge. Il y en avait tant de ces familles confortables, réconfortantes, ennuyeuses, qu'on aurait pu s'imaginer qu'il n'y avait rien d'autre à Rome, rien de plus déprimant, ni de plus intéressant.

L'appartement de Gianni était situé tout en haut d'une vieille maison près de la Piazza del Popolo et jouissait d'une large vue aux tons fauves sur Rome. C'était un endroit superbe, qui ne laissait pourtant pas de me troubler. Les pièces étaient peintes en blanc, et certains des murs présentaient de grands pans vitrés. Il y avait des tables en teck devant de longs canapés, et des chaises en cuir à côté de téléphones suédois ; une chaîne haute-fidélité était camouflée dans le bar. On y trouvait aussi une paire de tables du dix-huitième en *scagliola*, une glace à la française presque aussi haute que la pièce dans laquelle elle était accrochée. Des murs entiers tapissés de livres, et des tableaux de Morandi et de Derain. Dans un renfoncement entre deux fenêtres, il y avait un vase grec, sur lequel Hector et Ménélas se disputaient le corps de Patrocle. Dans la chambre de Gianni, une grande toile figurait un paysage vu à travers des larmes de joie.

Je n'avais jamais eu l'occasion de voir de tels objets dans une demeure privée jusqu'ici (car mes expéditions avec Norah s'étaient interrompues juste au moment où elle entrait dans sa phase grandes collections), et ils me touchaient beaucoup. Assez curieusement, Gianni s'enorgueillissait peu de mon plaisir, lui qui s'était pourtant attribué les mérites de Capri ou d'Herculanum, se contentant de demander modestement : « Ça te plaît vraiment alors ? », ou disant : « Tu sais qu'il en a peint plusieurs versions. »

Il y avait un bureau, d'autres chambres — je ne crois pas avoir jamais vu toutes les pièces de l'appartement de Gianni. Quand je lui en fis la remarque, il me répondit : « En Italie, il faut toujours avoir quelques pièces dont on n'a pas besoin. À l'image des potentialités non encore développées d'une personnalité. »

Je n'ai jamais vu la moindre trace d'enfants, pas même

sous la forme d'une photographie. Mais un jour, sur le bureau encombré de Gianni, j'ai vu un petit tas de timbres oblitérés, comme si on les avait mis de côté pour un enfant.

La beauté de son appartement n'était pas la moins troublante des incohérences du maître des lieux. L'endroit reflétait non seulement un degré d'intelligence et de sensibilité difficile à feindre, mais même — car on en retirait essentiellement une impression de surfaces nettes, d'espace dénué de tout ornement — une certaine austérité de tempérament : qualités qu'il fallait exclure de la personnalité globale de Gianni, si l'on voulait rendre compréhensible son comportement quotidien. Contrairement aux signes brutaux de discorde chez Gioconda, les contradictions internes de Gianni créaient chez vous un trouble positif, enrichissant — à l'instar de cette lumière ample et moderne qui emplissait les pièces, suite aux opérations de chirurgie esthétique qu'il avait fait subir aux fenêtres de cette ancienne bâtisse.

Je le préférais quand il était ici, dans son cadre familier : il s'y montrait plus gentil et moins dictatorial ; et même, avec Gioconda, affectueux.

Il se comportait alors comme s'il était incapable de la laisser hors de sa vue. Si elle allait sur la terrasse ou disparaissait dans une autre pièce (et elle avait tendance à se promener dans l'appartement, sortant des livres, tripotant des plantes, comme un enfant touche-à-tout qui, dans un environnement étranger, cherche à retrouver des sensations familières), il criait son nom, et aussitôt elle répondait : « *So' qua* », ou s'encadrait dans une porte : « *Eccomi.* » Je me rappelle qu'ils m'avaient invitée à déjeuner un dimanche — c'était ce fameux dimanche des jardins Borghèse —, et Gioconda à un moment avait quitté la pièce pour aller chercher quelque chose dans son manteau ou son sac. Gianni se leva brusquement de table et lui emboîta le pas ; et dans cette longue glace qui couvrait le mur du sol au plafond je le vis la prendre dans ses bras sans un mot.

L'appartement était ouvert pour affaires à toute heure. Même le dimanche, les téléphones sonnaient, et les gens entraient et sortaient, porte-documents et press-books sous le bras. Gianni avait un secrétaire, un homme doux et paisible, plein d'humour, du nom de Bindi, qui portait des lunettes (en raison d'une infection oculaire chronique) et était affligé d'une calvitie précoce. Son regard alerte, bordé de rose, et impossible à choquer, ne laissait rien passer. Étant donné qu'il était toujours là, et toujours surchargé de travail, j'en avais d'abord conclu qu'il habitait dans l'immeuble, avant de découvrir qu'il avait une femme, une ribambelle d'enfants et un appartement à lui loin d'ici, près de la Piazza Bologna. Il était difficile d'imaginer comment il avait réussi à se créer ce second environnement.

Le soir, il y avait toujours des amis qui passaient — scénaristes, acteurs, hommes d'affaires, étrangers vivant à Rome, et beaucoup de femmes. Ces femmes du monde du cinéma me fascinaient. J'étais hypnotisée par leurs cheveux relevés (on commençait alors à travailler les coiffures en hauteur, même si l'on ne montait pas encore ces tours coniques qui surgiraient l'année suivante), ou leurs accroche-cœurs lissés et aplatis sur la joue, leurs paupières merveilleusement dessinées, et leurs poitrines en lamé argenté qui faisaient dévier, comme autant de cuirasses, toutes les remarques qui ne s'intéressaient pas exclusivement à elles. Il y avait aussi d'autres femmes, amenées par des hommes, et non moins remarquables pour leur aptitude à concentrer toute leur attention sur un nouveau foulard ou un nouveau bracelet, et leur totale absence de curiosité pour le reste du monde, pas même pour la pièce dans laquelle elles se trouvaient. Avec leurs têtes d'un blond blanc ou d'un noir aile de corbeau portées haut, et ne s'inclinant jamais dans une attitude expressive, elles me rappelaient — quand je les voyais debout sur la terrasse de Gianni ou sur son tapis d'Orient — ces colonnes qui supportent la mosquée de Cordoue, chacune dotée de son chapiteau spécifique, et fournissant, ensemble, une extravagante démonstration de la façon dont de multiples spécimens d'un même objet peuvent être utilisés à une seule fin.

Dans la mesure où j'avais été élevée dans un milieu où, à cette époque, même les couples mariés — mieux, surtout les couples mariés — affectaient d'ignorer l'élément sexuel dans leur relation, ou de le traiter comme quelque chose d'à part, sans rapport, ou presque, avec leur vie commune, j'aimais être témoin de cette association ouvertement sexuelle de l'homme et de la femme. D'un autre côté, il était frappant de constater qu'on ne demandait rien d'autre aux femmes que d'être vaines, aux hommes que d'être fiers, tout autre comportement inattendu risquant d'être mal accueilli. Leur conversation était à la mesure de leur apparence : une belle forme vide de contenu.

« Tu t'attendais à quoi ? dit Gioconda, quand je lui en

fis la remarque. Les conversations des Italiens n'ont rien d'intéressant, tout le monde le sait. Tu n'es pas à Paris, après tout. » La coterie qui entourait Gianni l'exaspérait.

Et pourtant, en un sens, la conversation de ces gens éveillait en moi une certaine nostalgie, car j'enviais l'intimité que supposaient leur langage et leur éducation, les jeux de mots, plaisanteries et allusions locales qui pouvaient naître même au sein d'un groupe comme celui-là, et auxquels je ne pourrais jamais véritablement m'associer, dussé-je vivre continuellement parmi ces gens. Ces sortes de mots de passe locaux doivent venir naturellement ou pas du tout, si l'on ne veut pas paraître trop accommodant à ses propres oreilles. L'Américain qui en Angleterre s'autorise de temps à autre un « a » typique du pays et parle de Bass à la pression, l'Anglais qui à Paris adopte la prononciation française erronée de certains mots anglais renoncent honteusement à leur identité, sans pour autant gagner en authenticité ; c'est ainsi que, pour ma part, à Naples, je ne pouvais parler de la Via Roma comme de la Via Toledo, l'ancien nom sous lequel je ne l'avais jamais connue, même si, pour tout le monde, c'était la « Tuleto ».

C'était bien entendu à ce jeu même du langage que je refusais de me prêter avec Justin, pour la bonne raison que, dans son cas, il se jouait à mes dépens.

Je n'arrivais que fort rarement à obtenir de Gianni qu'il parle favorablement des collègues, collaborateurs ou rivaux que je rencontrais chez lui, tous hommes dont les noms, au même titre que le sien, étaient associés au cinéma d'après-guerre : leur travail était « *sciocchezze* » ou

« *cafonaggine* » ; tel avait épuisé sa veine, tel était devenu mégalomane, tel autre était un parfait crétin.

« Mais enfin, Gianni, il paraît au moins cultivé.

— Oui, tant que tu ne lui parles pas littérature. » Ou bien : « Vraiment rien de spécial, déclarait-il. Comme disent les Anglais, du tout-venant. »

À Rome, je rencontrai aussi les amis de Gioconda — un jeune antiquaire, un vieux physicien, un romancier prolifique, et un journaliste qui avait presque réussi, à une ou deux reprises, à couvrir de honte le gouvernement italien suite à des révélations impitoyablement bien étayées. Je me souviens de ces immeubles modernes et complètement anonymes où nous nous rendions, elle et moi, dans le quartier de la Piazza Vescovio ou de la Via Salaria, pour nous glisser dans des ascenseurs minuscules qui montaient en brinquebalant jusqu'à ces sanctuaires où la grande prêtresse — épouse, maîtresse ou mère, toujours belle, toujours fébrile — nous introduisait, au bout d'un couloir mal éclairé, dans les ténèbres du saint des saints, tout en murmurant sa mise en garde. « X est de mauvaise humeur aujourd'hui », ou « Vous allez trouver Y un peu égaré » (ces femmes faisant invariablement référence à l'objet de leur dévotion par le seul biais du nom de famille). X ou Y, plongé dans l'obscurité, observant l'immobilité du Bouddha, supportant parfois l'intrusion sans même un bonjour, accueillait nos paroles d'ouverture avec un air d'ennui insoutenable. Pareilles aux grosses gouttes bien espacées qui précèdent un violent orage, les premières réponses, moroses et monosyllabiques, étaient suivies au bout d'un moment du déluge attendu : éreintement du gouvernement, de l'Église, de l'art moderne, de la littérature moderne, de l'Italie moderne : « Les Italiens détestent les belles choses... il n'y a qu'à voir la manière dont ils sont en train de saccager Rome », tonnait X ou Y, agrippant le bras de son horrible fauteuil moderne ou tapant du poing sur sa table en contreplaqué. Ou bien : « Ils s'inquiètent des bandits siciliens, mais les vrais bandits sont ici, à Rome, siègent au Parlement. » « Quant au Front populaire... » Recourant à des expressions démodées, ils défendaient des causes datées — ou bien était-ce nous qui, au fur et à mesure, étions de plus en plus datés, passant opportunément d'un problème à un autre, alors qu'eux étaient restés constants, et d'un altruisme ignorant la mode et l'actualité ?

Ils vous laissaient finalement une impression d'innocence : la fraîcheur de passions qui n'avaient pas encore pris la forme de slogans, de dons que l'argent ne motivait pas, de zèle sans désir d'autopromotion. Les artistes, en ce temps-là, n'avaient pas encore commencé à discourir sur leur influence, ni les journalistes sur leur art. Quand X ou Y parlait avec nostalgie de New York, Paris ou Londres, comme d'endroits où l'on était à l'abri des coteries, de la jalousie et de l'esprit de clocher, on ne pouvait que se sentir protecteur face à cette croyance émouvante en l'existence sur cette terre d'une société plus large, aux idéaux plus élevés, au sein de laquelle la nature humaine n'était représentée que par ses vertus.

Gioconda me dit un jour à leur propos : « Ils n'ont pas à se justifier, et, du même coup, ont moins de sujets de conversation que les autres. Pendant la guerre, nous avons tous eu à choisir, il ne reste plus aujourd'hui de positions hypothétiques à adopter. Dans ce pays, tout a été démontré. C'est ce qui explique que nous nous en tenions le plus souvent à des banalités — qui a le *malocchio*, qui est pingre, qui est homosexuel ; tandis qu'ailleurs les gens peuvent continuer à discuter de leurs choix éthiques, en partant du principe qu'ils ne seront jamais appelés à vivre en accord avec eux, par exemple, en sacrifiant leurs ressources, leur statut social, leurs enfants, ou leur vie. Si l'on n'aime pas trop ces amis que j'ai là, c'est parce qu'ils ont fait ce qu'il y avait à faire. Et qu'ensuite, ils ont préféré rester dans l'obscurité. »

Une autre fois, elle me dit : « Je crois que c'est pour cette raison que le cinéma a eu une telle importance en Italie après la guerre. C'était quelque chose de nouveau, de pur, un art dont les praticiens ne s'étaient pas encore déshonorés. »

Tous ces amis de Gioconda étaient des hommes. Et à les regarder se pencher pour lui parler, s'incliner sur sa main quand elle arrivait, ou l'étreindre quand elle partait, je me disais que n'importe lequel d'entre eux lui aurait mieux convenu comme amant que Gianni

X

Avec l'arrivée du mois de juin, la pluie cessa. Gianni tournait un film à Tripoli — « Tu sais, un de ces films, me dit Gioconda, dont l'action se déroule en Sibérie mais que l'on tourne en Afrique. » Il devait y passer quelques semaines et voulait que Gioconda aille le rejoindre un temps avant la grosse chaleur. Il écrivit qu'il y avait un vol pour Tripoli au départ de Naples une fois par semaine.

« Pourquoi est-ce que Gianni tient à faire un film de ce genre ? » Certains jours, je me montrais plus méchante avec elle à propos de Gianni que d'autres.

« Je suppose qu'il veut devenir riche », dit-elle, comme si sa remarque n'avait guère plus de sens que si elle avait dit : « Il fait ça pour sa santé » ou « pour s'amuser ». Gianni, apparemment, n'avait pas choisi de rester dans l'obscurité. Elle poursuivit à propos du voyage : « Ce serait pour une dizaine de jours, pas plus. » Nous étions à Naples, assises à une terrasse de café sur le front de mer, et c'était le premier beau week-end de l'été. Elle remit la lettre de Gianni dans son sac. Je voyais bien qu'elle avait envie d'y aller.

« Bien sûr qu'il faut que tu y ailles, la pressai-je, réagissant comme il se devait. Ce sera fascinant.

— Quoi donc ?

— Eh bien… les ruines romaines, et tout ça.

— On ne quitte pas l'Italie pour aller voir des ruines romaines, dit-elle en souriant. Et puis, il y aura tous ces gens… » La perspective de paraître là-bas en qualité de maîtresse de Gianni ne la réjouissait guère. Il reste qu'elle avait tout de même envie de partir. « Il va falloir que je me fasse faire une robe. »

Elle et moi prîmes à nouveau le café ensemble, le jour de son départ. Je devais apporter des documents à l'aérodrome à midi, et nous convînmes de nous retrouver là-bas. Débarquant, nerveuse et en nage, d'un taxi, Gioconda me rejoignit dans l'aile civile, dans un petit bar qui n'existe plus, et nous attendîmes que son vol soit annoncé. Elle mit un peu de parfum sur son mouchoir dont elle toucha délicatement ses oreilles, la fragrance aussitôt absorbée dans l'odeur conjuguée de l'expresso et du produit utilisé pour nettoyer les sols de mosaïque. Elle était dans un état d'agitation que je ne lui connaissais pas. Elle avait pris du retard chez le coiffeur, ses cheveux trop apprêtés étaient tirés en arrière et laqués, son front encore rose et luisant de son passage sous le casque. Elle portait, pour la première fois, un ensemble passe-partout et rationnel qui lui donnait des airs de matrone. Je fus peinée de la voir dans cette tenue qui suggérait un rejet instinctif de sa position (une épouse, je suppose, se serait parée comme une courtisane pour de telles retrouvailles). Le geste qu'elle fit pour se tamponner le front et glisser ensuite le mouchoir dans sa manche avait quelque chose de très convenable, évoquait même des manières de vieille fille.

Je fus émue par ailleurs de la voir aussi excitée qu'une enfant — quoique… aucune excitation enfantine ne saurait égaler celle de l'adulte qui part retrouver l'être aimé.

Elle me fit voir ses mains au-dessus des tasses de café. « Mes ongles… Je n'ai pas eu le temps de passer chez la manucure. »

Je la revois, très droite dans son ensemble en lin clair, tendant les mains au-dessus de la table maculée de taches.

« C'est la première chose qu'il va remarquer.

— En ce cas, il ne sera pas très observateur. » C'était puéril de ma part, mais je ne pus me résoudre à lui demander de transmettre mes amitiés à Gianni.

« Je t'enverrai une carte, Jenny. Des ruines romaines. »

Quand son vol fut annoncé et que nous nous embrassâmes, l'appréhension me gagna : l'avion pouvait s'écraser, le voyage mal tourner. J'avais l'impression d'une petite trahison, car rien dans ma relation avec Gioconda ne m'avait jamais paru jusqu'ici receler quoi que ce fût de fâcheux. Pour la durée de notre au revoir, les rôles furent inversés, et je devins sa protectrice. Je la regardai passer entre des barrières de métal bordées d'eucalyptus et traverser une étendue de béton aveuglant pour se rendre à l'avion. La tête déjà pleine de Gianni, elle ne se retourna pas pour agiter la main.

Ce jour-là marqua le début d'une vague de chaleur qui dura jusqu'au retour de Gioconda. On étouffait dès l'aube. Mon lit faisait face à une double porte qui donnait sur la terrasse, et j'étais réveillée vers cinq heures par les rayons d'une lumière brûlante qui se déversait à travers les volets. Quand je regardais dehors, la mer était aussi calme qu'un lac, le ciel d'un rouge aveuglant, et sur ce fond la masse du volcan se découpait noire et énorme. Serafina, qui arrivait au sortir d'une nuit sans sommeil, avait toujours le même geste de supplication cynique et la même remarque à faire à propos de la chaleur : « *Da morire. Un caldo da morire.* »

Des combinaisons de couleurs explosaient en une combustion spontanée, comme autant d'incendies sur les pentes du Pausilippe — plumbagos, lauriers-roses, bougainvillées entassés contre des murs vermillon : sous ce soleil, tout devenait possible. Germani avait fleuri lui aussi, comme répondant à un signal, en arborant de grandes chaussures scandaleusement blanches qui lui arrivaient au-dessus de la cheville. Il conservait à portée de main dans la voiture un tube de nettoyant à l'aide duquel, aux feux rouges, il ne cessait d'effacer furtivement au blanc les petites taches de ces pieds d'argile.

Le colonel, qui avait renoncé à son « Au soleil de Naples » au moment précis où l'expression aurait pris tout son sens, se délectait de sa nouvelle désillusion : il avait vécu sous les tropiques, dans le désert, dans la jungle, semblait-il, sans jamais connaître une chaleur pire que celle-ci. « Mais là-bas, disait-il, tandis que nous attendions à l'ombre du *portone*, ou que nous transpirions dans notre voiture surchauffée, là-bas, la vie était adaptée à ce genre de conditions, ils savaient comment y faire face. Ici, ils sont au-dessous de tout. »

Le soir, il semblait que chaque fenêtre de Naples encadrait quelque femme au teint pâle ou un trio d'enfants épuisés se penchant pour avoir un peu d'air. Le bord de mer, le parc sous le palais, la moindre rue étaient autant de refuges loin de pièces où la chaleur montait tout au long de l'interminable journée ; et la population de Naples déambulait dehors toute la nuit, sans s'étonner, comme si, de tous ses malheurs, c'était là celui pour lequel elle était le mieux préparée. Des gamins dotés de têtes napolitaines excessivement grosses et roublardes remontaient pieds nus la Via Chiaia, vêtus de slips de bain mouillés et portant, qui une canne à pêche bricolée à partir d'une tringle à rideaux, qui une bouée faite d'une chambre à air rapiécée.

Une semaine après le départ de Gioconda, une carte postale arriva de Tripoli — l'arc de Marc Aurèle en rose et jaune, avec un minaret vert chartreuse en arrière-plan. « Des ruines romaines, comme tu l'avais dit », écrivait Gioconda, avant de conclure : « Nous y sommes donc — *enfin**. » « Une chaleur à mourir, avait ajouté Gianni. *Un caldo da morire.* Félicite-toi d'être en Italie, où on sait faire face à ce genre de choses. » Le « *enfin* » ne laissa pas de m'intriguer.

Une seconde carte — Sciara Adrian Pelt vu du château — représentait un rivage plat et venté, des immeubles de bureaux et une corniche bordée de palmiers. « De retour au plus tard le 18 », suivi de la signature « *tua Gioconda* ». Au-dessous était gribouillé : « *Bacetti — tuo Giannino.* »

Gioconda vint me voir un soir, une huitaine de jours après son retour. Je rentrais du travail quand elle arriva et j'étais en train de me changer. En chemin, j'avais acheté un carton de lait au magasin de l'armée. Pour des raisons d'hygiène, ce lait était acheminé depuis une base de l'OTAN en Allemagne de l'Ouest, où son emballage paraffiné n'avait jamais envisagé l'éventualité d'un plein été napolitain : dans le taxi surchauffé, il avait entièrement fondu, inondant la voiture d'un flot de lait purifié. Après avoir calmé le chauffeur stupéfait avec quelques billets de banque, j'entrai en pataugeant dans mon appartement quelques minutes avant que Gioconda se présente à la porte.

Elle avait pris des coups de soleil, qui lui avaient rougi les joues et éclairci les cheveux. Elle portait une robe d'un blanc immaculé, le genre de robe que personne ne songerait à laver soi-même. À cause du lait, j'étais allée répondre à la porte pieds nus, et elle ne m'en parut que plus imposante et plus grande. Elle avait posé sur la console du hall une capeline en lin bleu qu'elle avait à la main.

Installée dans une chaise longue sur ma terrasse, elle parlait peu, tournait de temps à autre la tête contre les coussins pour regarder la baie, avec langueur, comme une convalescente. Des hordes de gamins se baignaient au large des rochers le long du Pausilippe, ou plongeaient de barques bondées, échangeant des cris d'extase ; tous les soirs, ils criaient et hurlaient ainsi jusqu'à la tombée de la nuit. Se retournant sur le dos, battant furieusement des pieds, ils levaient parfois les yeux jusqu'à nous et nous faisaient de grands signes, et elle agitait la main en retour ou criait : « *Ciao !* », tandis que je disposais une carafe et des verres sur une table entre nous.

Elle se pencha pour tuer un insecte sur sa jambe nue.

Sur ses épaules, au-dessus du décolleté de la robe, la peau pelait en lambeaux blancs. Cette imperfection était la bienvenue, qui rendait sa beauté humaine, vulnérable.

« Quand la nuit tombe, j'ai une bougie qui éloigne les insectes. Un truc chimique.

— Quelle bonne idée ! Où l'as-tu trouvée ?

— Au magasin de l'armée. » Je lui racontai alors ma mésaventure avec le lait.

Elle rit, et son rire sembla l'animer un peu. Elle regarda la ville et la mer. « Qu'on est bien ici.

— Et Tripoli ? » demandai-je.

Elle écarta les mains.

« Tu regrettes d'être partie ? dis-je en remplissant nos verres.

— Si je n'y étais pas allée, je m'en serais voulu pour la raison inverse. Il se serait passé autre chose, un incident quelconque, et je me serais dit que c'était peut-être ma faute, parce que je n'étais pas partie… Pour bien faire, il ne faudrait pas avoir à se poser autant de questions à propos de tout et de rien. » Elle prit son verre glacé entre ses mains et regarda la mer par-dessus. « Ah, Jenny, je te demande pardon. Je suis toujours en train de te raconter mes histoires.

— Raconte-moi l'histoire de Tripoli, si tu veux.

— Horrible. *Ciao, ciao, divertiti.* » Elle leva la main en direction des jeunes plongeurs braillards. « Horrible, il n'y a pas d'autre mot. Mon Dieu, tu te rappelles quand on s'est dit au revoir à l'aéroport et que je me suis désolée de l'état de mes ongles ? Eh bien, c'est comme ça que ça a commencé. » À ma grande surprise, elle éclata de rire à nouveau, en secouant la tête. « Une vraie catastrophe.

L'avion a fait une escale à Malte, soi-disant pour une heure, et je suis partie dans l'aéroport à la recherche d'un endroit — un salon de coiffure ou quelque chose — où on pourrait me faire ces foutus ongles. Il n'y en avait pas ; ou s'il y en avait un, je n'ai pas réussi à mettre la main dessus. Mais entre-temps, ils ont dû annoncer le vol plus tôt que prévu, et l'avion est parti sans moi.

— Oh non ! m'exclamai-je en imitant son geste qui consistait à porter la main à sa bouche.

— Et si, pourtant. Quand j'ai découvert qu'il était parti… Ah Jenny, je te le dis… Sur le moment, ça paraissait tellement plus grave que maintenant. Tu ne trouves pas que c'est exactement le genre d'idioties qui font la réputation de stupidité des femmes ? J'étais furieuse contre Gianni pour m'avoir terrorisée avec des histoires d'ongles et avoir fait de moi le style de personne à qui un truc pareil pouvait arriver. Bref, ça n'était pas si terrible, dans la mesure où, par le plus grand des hasards, il y avait un autre avion pour Tripoli moins d'une heure après. C'était un vol privé, affrété pour un congrès d'économistes, mais je m'en suis remise à eux, et ils ont très aimablement accepté de me prendre à bord. »

J'imaginai le plaisir des aimables économistes. C'était le genre de choses que seul un être innocent aurait pu faire, quelqu'un qui n'aurait pas eu d'estampille officielle.

« Je suis donc arrivée à Tripoli ; Gianni était à l'aéroport. À ce moment-là, le premier avion avait atterri sans moi, et Gianni était en train de faire une scène épouvantable aux employés de la compagnie… Il a été tellement surpris de me voir qu'on ne s'est même pas salués, et qu'on s'est contentés de rester là à se lancer des questions. Quand il a appris ce qui s'était passé… je te laisse imaginer la suite. »

En entendant ces derniers mots, première référence implicite dans sa bouche à l'opinion que j'avais de Gianni, première suggestion de complicité entre nous, j'éprouvai les scrupules de celui qui a fini par convertir son voisin à son propre point de vue — en fait, une sorte de corruption — en lui faisant abandonner quelque intime conviction. Par le biais de cette expression, Gioconda reconnaissait tacitement non seulement mes réserves au sujet de Gianni, mais aussi leur bien-fondé. Avoir ainsi obtenu gain de cause ne me procura pourtant aucune satisfaction ; j'en retirai quelque chose de plus grave, de plus crucial : un serrement de cœur devant sa capitulation.

« J'étais ceci, j'étais cela, c'était la faute du tempérament du Mezzogiorno, un manque de réflexion, une inconscience totale… On roulait dans une décapotable en direction de la ville, et les gens nous regardaient avec de grands yeux… tu vois la scène d'ici, Gianni brandissant le poing et hurlant : "Paresse mentale ! Paresse mentale * !" »

Nous avions elle et moi cessé de rire.

« Après ça, les choses ne sont jamais rentrées dans l'ordre. Il était voué à l'exaspération, et moi à la contrition. Je ne trouvais rien d'intéressant à dire, tout clochait dans mon apparence, je n'avais pas apporté les bons vêtements — comme cela paraît puéril —, tout ce que nous entreprenions tournait mal, et je me sentais responsable, même de la chaleur… Chacun de mes actes semblait mettre le comble à sa fureur. Un jour, il m'a dit : "Je crois que tu me comprendrais mieux si je te parlais chinois." Je pensais que ça ne finirait jamais. » Son profil, ainsi levé dans la lumière qui se mourait, avait un port royal, étrangement accordé à ses paroles. Mais, tout à coup, elle se tourna vers moi, les yeux lourds de chagrin. « Ah, Jenny, dit-elle en baissant la voix. Pour la première fois, j'ai été obligée de me demander, non sans frayeur, ce à quoi risquait de ressembler ma vie si je devais l'épouser. »

Elle laissa aller sa tête sur le coussin et ferma les yeux pour retenir ses larmes. « C'était en partie ma faute », ajouta-t-elle. Elle se donna une tape rapide, en guise de punition, sur la tempe et dit : « Moustique. » Avant de poursuivre, abandonnant le dernier mot à Gianni : « Peut-être qu'il a raison, après tout. Je suis en train de devenir le genre de femme qui rate l'avion et qui se répand en doléances. »

J'allumai la bougie destinée à éloigner les moustiques et la posai sur la table. Gioconda était étendue, les bras le long du corps, les yeux fermés, les membres relâchés comme ceux d'un animal. Ses pieds bronzés dépassaient du bord de la chaise longue en rotin dans de délicates sandales bleues, les ongles laqués en rose. Ces pieds bien soignés avaient l'air — tandis qu'elle gisait là, tout à sa souffrance — pathétiques, incongrus, fourbis pour des plaisirs auxquels elle avait été brutalement arrachée ; ils n'auraient pas été différents si elle avait été allongée sur une civière après un accident.

De la musique monta vers nous depuis un petit canot décoré d'une guirlande de lampions qui se dirigeait vers

Marechiaro. L'accordéoniste était coincé à l'arrière au milieu des amoureux, des cousins, des tantines qui tous se balançaient de côté et d'autre au rythme de ses bras, dans une forme de respiration collective, et chantaient les airs qu'il jouait. Sitôt une chanson finie, ils en réclamaient une autre à grands cris.

« C'est tellement bon d'être de retour chez soi », dit Gioconda. Elle se redressa. « Et si nous allions dîner à Marechiaro ? Si tant est que la voiture soit toujours là, parce que je l'ai garée en stationnement interdit — en accord, j'imagine, avec mon nouveau rôle de femelle stupide. »

Pendant que je remportais le plateau dans la cuisine, je l'entendis rentrer. À mon retour, je la trouvai assise devant la coiffeuse, en train de fixer le peigne en écaille de tortue dans son chignon et de chanter la chanson qui était montée jusqu'à nous depuis le bateau :

Ceux qui ont raison,
Reconnaissons qu'ils ont raison ;
Quant à ceux qui ont tort,
Reconnaissons qu'eux aussi ont raison…

Tandis que je la regardais, elle posa le bout des doigts sur le bord de la coiffeuse et resta à fixer son image dans la glace. Je vis dans son port de tête quelque chose que je n'avais pas remarqué jusque-là : elle se tenait maintenant bien droite, à la manière de ces femmes qui ont un long passé de souffrances, si bien que l'on devine sans trop de peine les coups qui ont plu sur elles, sous lesquels elles ont refusé de plier, et auxquels elles ont appris à résister. Cette attitude résolue, dévouée, m'attrista d'autant plus qu'elle laissait présager l'acceptation de souffrances à venir.

Ayant surpris mon reflet dans le miroir, elle bondit sur ses pieds et vint vers moi, glissant sur le carrelage comme l'aurait fait un enfant. « Extra pour les glissades, dit-elle, c'est le vernis qui fait ça. On dirait un édredon. » C'était vrai, les tomettes en forme de diamant et légèrement convexes avaient l'air d'avoir gonflé en passant au four et faisaient l'effet d'un édredon lustré aux reflets cuivrés. Quelques carreaux fendus, suite à la chute d'un objet ou à la pression d'un meuble trop lourd, ajoutaient encore à l'impression de patchwork.

Gioconda éclata de rire, et, s'appuyant d'une main sur le chambranle de la porte, passa devant moi en glissant pour gagner le hall, l'air de stoïcisme muet qu'elle arborait un instant plus tôt désormais insoupçonnable. Elle resta devant la porte d'entrée, balançant son chapeau par le bord, tandis que je rangeais mes clés dans mon sac et éteignais une ou deux lumières. « Il y a un gros risque à dire : "Que deviendrais-je sans toi ?", mais je te le dis quand même, Jenny. » Quand j'ouvris la porte, elle donna un coup sec de son chapeau comme pour imposer silence aux battements de la musique qui venait du night-club sur la colline. « Si, comme le dit Gianni, il est indigne pour un ami de raconter ses ennuis, alors je suis l'amie la plus indigne que tu aies jamais eue. »

À nouveau, ce manque de congruence entre les mots et les attitudes, tandis qu'elle franchissait le seuil de mon appartement d'un pas léger, se proclamant avec fierté « *l'amica più indegna che tu abbia mai avuto* ».

« Je ne fais rien pour toi. J'aimerais bien pourtant, lui dis-je en claquant la porte derrière nous. Mais pourquoi parler de risque ?

— Le mauvais œil, voyons. C'est le genre de chose que l'on dit avant de… » Alors que nous nous enfoncions dans le tunnel obscur, elle mima l'exorcisme.

« Et le mauvais œil…, demandai-je à la forme blanche qui me précédait dans le couloir, ça existe pour toi ? »

Elle pencha la tête comme si elle réfléchissait sérieusement à la question, puis nous nous retrouvâmes dans l'obscurité avant que j'appuie sur le bouton suivant. « Tu sais ce qu'a dit Croce à ce sujet ?

— Bien sûr que non.

— Que ça n'existe pas. Et que c'est bien là le plus terrible. »

Quand Gianni rentra de Tripoli, Gioconda donna une soirée. J'avais eu l'occasion de rencontrer ses quelques amis : la famille qui vivait près de Sorrente, les jumelles bien en chair, et deux ou trois couples, plutôt jeunes, plutôt discrets, qui passaient laisser un message ou emprunter un livre. On ne pouvait pas dire qu'elle avait une vie solitaire ; pourtant, elle manquait d'une compagnie régulière, en dehors de celle de Gianni.

Un jour, en parlant de Gioconda à Justin, j'avais fait allusion à cette absence, dans sa vie, d'attachements intimes, accusant Gianni de la priver du temps et de l'énergie dont elle aurait eu besoin pour se créer des relations qui l'auraient libérée de lui. « Elle devrait rencontrer d'autres gens, avais-je dit.

— Je veux bien, avait-il répondu, qu'il soit le butor du

siècle, comme tu le dis... un mufle de première. Mais réfléchis un peu à la vie que peut avoir ici une femme comme elle, si du moins elle est telle que tu la décris. » Justin employait sans arrêt des expressions comme « si elle est vraiment comme tu le dis » ou « à t'entendre », pour me faire comprendre que je faisais montre de trop d'enthousiasme à l'égard de Gioconda, que j'étais victime d'un béguin de collégienne. « Une ville comme celle-ci... qui n'a jusqu'ici jamais su ce que c'était qu'une classe moyenne, et maintenant qu'elle existe enfin cette classe moyenne, les gens qui la composent sont précisément ceux qui tiennent à préserver le mythe de leur non-existence et à perpétuer le gouffre qui sépare les riches des pauvres. À supposer qu'elle ait quelque besoin de la société de ses semblables... ton amie pour se faire des relations aura un grand choix de bigots, de fascistes, de provinciaux, de réactionnaires de tout poil ; de jeunes gens corpulents se faisant appeler *marchese* et exposant en juillet sur la tablette de leur cheminée la carte de vœux reçue à Noël et signée "Umberto". Elle écoutera des matrones disserter pendant des heures sur l'argenterie et les cantonnières, et le soir sortira pour aller jouer au bridge et entendre parler du scandale local provoqué par quelque mécréant partisan du divorce... Si toi et moi sommes à l'abri dans cette ville de ces gens tatillons à la bouche toujours pleine de noms de personnalités en vue qui sévissent chez nous, imagine un peu à quoi doivent ressembler ici les milieux de chasseurs de scalps. Le fait est que vivre de manière permanente dans une ville comme celle-ci peut être une entreprise passablement solitaire. Et tu es probablement ce qui est arrivé de mieux à la Gioconda depuis des années. »

Justin aimait se montrer sceptique à l'égard de Gioconda, et, au bout d'un certain temps, je cessai de lui parler de mon amie, car je sentais que mon admiration ne faisait que susciter son hostilité. De temps à autre, quand Justin et moi discutions de nos blessures de guerre, comparions nos états de service respectifs, je me disais qu'il pouvait peut-être partager au moins cela — les horreurs de la guerre — avec Gioconda, et j'étais tentée de les faire se rencontrer, un peu à la manière dont d'anciens combattants se retrouvent à l'occasion d'un dîner du souvenir. J'avais fini par prendre un certain plaisir à les fréquenter séparément. Il était cependant curieux qu'ils ne se soient jamais vus, même par hasard. À plusieurs reprises, Gioconda m'avait demandé d'amener Justin pour le dîner ou le thé, ou pour nous accompagner dans une de nos promenades en voiture, mais, au début, ces invitations avaient toujours coïncidé avec des déplacements ou des rendez-vous de Justin ; par la suite, je n'avais même plus pris la peine de les lui transmettre, tant je sentais qu'il avait des préjugés contre elle.

Dans d'autres domaines, également, Justin avait pour habitude d'opposer la raison à mes enthousiasmes, un peu à la manière de Serafina. Alors même qu'il me pressait de conserver mon naturel, il soulignait invariablement les faiblesses de mes jugements spontanés, ce qui lui donnait à lui le sentiment d'être sensé, réfléchi. Moi aussi, j'aspirais à être gouvernée par la raison — dans une mesure raisonnable —, mais je refusais de servir de faire-valoir à l'esprit rationnel d'un autre. Qui aimerait être utilisé comme une sorte de pierre à briquet d'où jailliraient, comme autant d'étincelles, des appels à la raison ?

« Il faut absolument que tu l'amènes », me dit Gioconda, quand elle me parla de la soirée qu'elle s'apprêtait à donner, et, bien entendu, j'acquiesçai. Je demandai effectivement à Justin s'il voulait venir, mais il s'envolait à destination de Rome ce même jour pour participer à un congrès international sur les pêcheries. « Le sort s'acharne contre nous », observa Gioconda quand je lui dis ce qu'il en était. Mais elle poursuivit : « C'est peut-être mieux comme ça. Tu aurais tort de consacrer tout ton temps à une seule personne. Il faut en rencontrer d'autres. »

Gioconda suspendit des lampions à la pergola à un bout de sa terrasse, et, à l'autre, installa un groupe de musiciens — deux garçons et une très jolie fille aux cheveux noirs — dont elle avait loué les services pour la soirée. À l'intérieur, elle ne toucha pratiquement pas à son bureau, mais le *salotto* avait été aménagé de manière à accueillir une longue table sur laquelle était servi le souper — un « souper royal », comme je l'écrivis sans vergogne aucune à Norah, avec d'innombrables plats de riz, de langouste, de poulet, de crevettes et de poulpes, d'aubergines et de courgettes, et surtout de desserts : *zuppa inglese* dans un plat blanc, petits gâteaux en pâte d'amande verte ou rose ; glaces en forme de fruits livrées dans l'après-midi par Caflisch dans un bac de neige carbonique, chacune avec sa couleur, vive ou délicate, et ses fleurs de givre qui se dissolvaient en luisances vernissées dès que le plateau était posé sur la table.

Les femmes étaient toutes à cette image — des fruits

lisses et frais —, ce soir-là. Les robes, alors, étaient amples et se portaient au-dessous du genou, mais on avait une impression globale de silhouettes aux traits légers et de couleurs claires. Je me souviens de cheveux brillants tirés en arrière ou retombant sur des peaux aux couleurs de l'été, d'épaules et de poignets minces, de jambes fines et bronzées ; et de la chatte, tapie comme un rongeur sous un canapé, observant la scène d'un air farouche. Quant aux hommes, ils étaient tous bien de leur personne et sûrs d'eux, comme savent l'être les Italiens, chacun d'eux intéressant à ses propres yeux. Aucun n'était de l'âge de Gianni, cependant il n'y en avait aucun de vraiment jeune. Plusieurs couples — la majorité peut-être — étaient mariés ; mais l'atmosphère était au flirt.

Gioconda, quelque peu fébrile, se joignit à nous vêtue d'une robe couleur coquelicot, un étroit ruban cramoisi passé dans les rouleaux de ses cheveux. La nuit d'été, la maison, la musique désuète, tout contribuait à cette impression d'intemporalité propre à ce qui se passait à Naples — le sentiment que la scène aurait pu se dérouler n'importe quelle année, à n'importe quelle époque, et que seule la saison comptait.

Il me reste un souvenir en particulier de cette soirée. Tard, nous sortîmes danser sur la terrasse. Celle-ci avait été débarrassée de ses meubles habituels, mais on avait installé sur les côtés quelques tables basses et des sièges en rotin. L'orchestre, qui jusque-là avait joué des « airs » — de vieilles chansons, pour la plupart napolitaines — comme musique de fond pendant que nous bavardions et mangions, changea de caractère. Il s'avéra que la jolie fille à la guitare était allée au Brésil, et en avait rapporté de la musique sur laquelle danser. Et bientôt, sur la terrasse de Gioconda, les couples se mirent à tournoyer et à se séparer, avant de se réunir, de se jeter en avant ou de reculer, dans des pas d'une vitalité si bien dosée, d'une hésitation si pressante que ce rythme débridé prenait à certains moments des allures presque formelles, comme s'il procédait d'un rituel établi depuis longtemps et souvent répété.

C'est surtout l'épisode suivant qui m'est resté en mémoire. La plupart des femmes avaient ôté leurs sandales, les envoyant valser sur le côté de la terrasse, et dansaient sur leurs pieds nus et bronzés, attitude qui, au même titre que les accents sauvages de la musique, contrastait violemment avec les lèvres lisses et les robes élégantes, les sourcils bien dessinés et les coiffures impeccables. Tandis que nous dansions, un verre fut balayé d'une des tables basses par le tourbillon d'une robe ou d'un châle et se brisa sur le sol, les fragments s'éparpillant un peu partout, sans qu'on puisse les distinguer des tesselles colorées. Personne ne s'arrêta. Personne ne prit même la peine de regarder par terre. Les danseurs continuaient à virevolter sous les lampions, et les pieds nus à s'agiter au milieu des éclats de verre. Ce n'est que quand les musiciens s'arrêtèrent que Tosca apparut munie d'une balayette pour enlever les morceaux. Je ne crois pas que quiconque ait été blessé; pourtant l'incident, accompagné de cette sensation, tout inconnue qu'elle me fût, du verre mordant dans la chair, est l'élément dominant dans mon esprit quand j'évoque cette soirée, dont le souvenir reste teinté d'horreur.

XI

Ma dernière rencontre fortuite avec Justin eut lieu un samedi après-midi, par une chaude journée de juillet. Je remontais la Via Duomo, et Justin venait dans l'autre sens, à pied, mais il fit demi-tour pour marcher avec moi. Je me rendais chez Gioconda.

« Je sors d'un musée. Celui qui est juste là. » Il me prit le bras, mais le relâcha en raison de la chaleur. « Armes et porcelaines, tout à fait le magasin de porcelaine dans lequel on a mis un éléphant. Mortel, pour tout dire… tout ce qui avait de la valeur a été perdu pendant la guerre ou est parti ailleurs. Le *palazzo* lui-même est une reconstruction. » En passant, il abattit son poing sur la paroi de pierre rouille, comme pour révéler son essentiel manque de solidité.

Nous montâmes à pas lents la rue écrasée de chaleur ; lui n'était pas pressé, parce qu'il ne savait trop quoi faire de lui-même, était d'une humeur morose, et plutôt content de m'avoir rencontrée, tandis que je lambinais, hésitant à l'emmener avec moi chez Gioconda. Nous passâmes devant tous ces petits magasins de robes de mariée, leurs vitrines pleines de mannequins arborant des visages d'après-guerre à la gaieté appuyée, des corps sanglés dans du satin brillant bon marché, et pourvus d'ailes en tulle raide, flanqués de harnachements pour demoiselles d'honneur et de gigantesques capelines pour belles-mères.

Les magasins enchantèrent Justin. « C'est un piège. Tu m'as délibérément attiré ici. » Il se mit à chanter .

Pourquoi suis-je toujours la demoiselle d'honneur,
Et jamais la mariée rougissante ?
Ding dong, c'est pour les autres que sonnent les cloches,
Et jamais pour moi...

Pour la plus grande joie des passants. « Jenny, ma mignonne, dit-il, allons t'acheter une robe et te marier. Mais avec qui ?

— Écoute..., dis-je.

— Ah, toujours à m'ordonner d'écouter ou de regarder. C'est l'influence de l'italien, ça — "*Guarda*", "*senti*" — en admettant que tu t'adresses à moi familièrement, ce qui resterait à prouver.

— Écoute. Tiens, regarde. Viens avec moi. Je tourne ici, dans San Biagio.

— Ah, tu vas chez ton amie. » Il avisa une autre devanture. « Ces boutiques... on se croirait devant une photographie de Man Ray. »

Maintenant que c'était lui qui hésitait, j'insistai. « Allez, viens.

— D'accord », dit-il, et nous nous engageâmes dans San Biagio dei Librai. « Mais j'aurais préféré qu'elle reste une légende. »

Comme cela devait arriver, la rencontre se passa très mal ; je tenais trop à ce qu'ils s'entendent, à ce qu'ils se montrent à leur avantage, et ce par pur amour-propre. Mais Gioconda était dans un de ses jours négligés : cheveux pas coiffés qui lui retombaient sur la figure, robe à rayures peu seyante, sandales aux brides cassées. Elle fumait sans arrêt, plissant les yeux pour se protéger de la fumée en une grimace diabolique que je ne lui avais jamais vue. Justin, lui, était insipide, indifférent, parlait par monosyllabes — l'image même du scepticisme confirmé. J'avais envie de les aiguillonner, de lui dire à elle : « Allez, sois belle, sois originale, comme je t'ai décrite », de lui souffler à lui : « Sois spirituel, sois charmant », mais ils manifestaient une fadeur désobligeante. L'appartement ne m'était jamais apparu aussi décrépit, et, tandis que Justin parcourait du regard les tapis et les coussins élimés, s'arrêtait sur l'aquarelle de Procida en 1902, tout perdit momentanément couleur et caractère, même les marguerites de Gaetano. Quand nous sortîmes enfin du *palazzo* pour prendre la direction du Gesù Nuovo, la rue elle-même me sembla affreusement sordide.

« Mon Dieu, dit Justin en jetant un coup d'œil dans une cour immonde.

— Tout n'est pas le résultat de la négligence, lui dis-je. La guerre y est pour quelque chose, encore aujourd'hui. Les bombardements.

— Mais Naples, toujours et partout, a l'air de sortir d'un bombardement », dit-il en souriant.

Nous poursuivîmes notre chemin, sans un mot, comme

lors de ce soir d'hiver où nous étions allés ensemble à San Gregorio Armeno ; et je me dis que l'intervalle écoulé depuis n'avait pratiquement rien fait pour renforcer notre intimité. C'était comme si nous nous connaissions depuis l'enfance et que nous n'ayons plus rien à nous révéler. Emportés par la foule du début de soirée, ou marchant à contre-courant, nous atteignîmes une petite place, non loin de l'église de Sant'Angelo a Nilo, où il y avait, en face de la statue du Nil, un kiosque qui vendait des boissons fraîches. Le kiosque, comme des milliers de ses semblables à Naples, était décoré de guirlandes de citrons et d'oranges énormes, surmontées des frises effilées de leurs feuilles. Sur le comptoir, des tranches de noix de coco flottaient dans des saladiers pleins d'eau, et par terre, tout autour, se trouvaient des amphores en terre cuite, de forme classique, certaines sans inscriptions, d'autres gravées de motifs rouges ou noirs — amphores qui, par le passé, servaient à transporter la miraculeuse *acqua ferrata* et qui aujourd'hui ne contenaient plus qu'une eau banale destinée aux boissons pressées à partir des fruits suspendus au-dessus d'elles.

« Jenny. » Justin me saisit la main et me fit traverser devant une voiture de sport. « Je t'offre un jus de fruits. » Nous nous accoudâmes au comptoir. « Pourquoi toutes ces amphores, je me le demande ? Pourquoi pas un grand bac ou un tonneau ? » Il posa la question à la fille potelée qui pressait les citrons et qui lui répondit qu'il n'y avait pas mieux pour garder l'eau fraîche.

« On les appelle *'e mmummarelle,* dit-elle.

— Tu te rends compte, me dit Justin. Réfléchis un peu, Jenny, à l'origine d'un mot pareil. »

La fille était tout en rose, joues et tablier, et m'apparut immaculée après le style négligé de Gioconda ; son bras, quand il se levait avec légèreté avant de s'abaisser puissamment pour écraser le fruit sur la petite machine dont elle se servait, avait lui-même tout d'une pièce d'outillage fascinante, un mouvement régulier, précis, parfaitement synchronisé : quelque chose qui aurait pu décrocher une médaille dans un concours de design.

« Une femme comme ça », dit Justin.

Je détournai les yeux de la fille pour le regarder.

Il posa son verre. « Je dis bien… une femme comme ça. Superbe, phénoménale.

— Pardon ?

— Ton amie. Gioconda. »

Qu'il est donc agaçant, quand on a arrangé les choses d'une certaine manière et réussi à les faire concorder, de tomber sur un ou deux éléments qui refusent de se plier à votre volonté ! Je me rappelle, par exemple, que Gianni et Justin se rencontrèrent bel et bien — ils se virent une fois, quelques minutes, huit ou quinze jours plus tard, alors que Justin et moi étions passés un soir voir Gioconda.

Gianni arriva au moment où nous prenions congé. Je ne l'avais pas revu depuis la soirée chez Gioconda. Il était bronzé et avait belle allure — ou plutôt, avait l'air en forme, athlétique, plein de ressort. Il était aussi de bonne humeur — je me souviens d'avoir craint qu'il n'exhibât son anglais ridicule devant Justin ou ne sortît une plaisanterie douteuse sur les kilts ou les escarcelles en peau. À l'inverse, je redoutais l'opinion de Justin sur son compte, une fois de plus comme si j'étais responsable. Mais tout se passa très bien — au contraire de ce qui s'était produit lors de cet après-midi pénible où j'avais présenté Justin à Gioconda. Ils se montrèrent courtois l'un envers l'autre et échangèrent même quelques réflexions maritimes en relation avec les parties de pêche de Gianni au large des côtes libyennes. Il s'avéra, par ailleurs, que Justin avait passé quelques semaines pendant la guerre dans une partie de l'Afrique que Gianni avait bien connue.

« Il y avait trois Blancs à l'époque où j'y étais, déclara Gianni. Seulement trois. Un Allemand, un Danois et moi. On communiquait en swahili. »

Quel menteur ! pensai-je.

Justin, tout en riant, sortit quelques sons gutturaux de sa gorge, avant d'ajouter en anglais : « C'est tout ce dont je me souviens... tout ce que j'ai jamais su, en fait. » Gianni enchaîna avec ce qui, à voir son attitude, devait être un petit discours d'hommage ou de bienvenue. Et, devant cette performance aussi authentique qu'inattendue, j'éprouvai le même étonnement réticent que celui dont j'avais déjà été frappée en découvrant l'appartement de Gianni à Rome.

Les choses en restèrent là. Ils se serrèrent la main et se séparèrent. C'est uniquement le fait qu'ils se soient rencontrés qui surprend, quand l'événement resurgit dans mon souvenir. C'est une de ces petites dépendances de la mémoire qui exigent d'emblée que l'on se maîtrise. Car on s'irrite, de façon tout à fait déraisonnable, de l'existence d'un tel fait, de l'obligation où il vous met de vous interroger, du même coup, sur ce qui a été oublié par ailleurs. Il gâche tout et devrait pouvoir être oblitéré. N'y a-t-il pas eu un disciple de Pythagore qui fut mis à mort pour avoir découvert une faille inexplicable dans la théorie mathématique de l'harmonie universelle ?

Le rapport — celui sur lequel je travaillais pendant tout ce temps — constitue un autre élément manquant, non pas parce qu'il m'affecte d'une quelconque manière, mais parce qu'il n'est pas suffisamment intéressant pour mériter qu'on en parle. Les changements de saison que j'ai décrits, les humeurs et les incidents qui assombrissaient ou éclairaient notre vie à tous les quatre n'occupaient qu'une fraction infime des nombreuses heures et des nombreux jours que je consacrais à mon travail sur ce rapport — des heures et des jours durant lesquels j'étais occupée, avec d'autres, à faire passer des feuilles, des liasses et de lourdes piles de documents d'une langue étrangère à une autre, une forme d'anglais qui, à sa manière, l'était encore plus. Et pourtant, alors que je sais exactement où, sur la Via Calabritto, j'ai acheté un chemisier en soie rose qu'il m'arrivait de porter pour aller travailler ou que je peux me rappeler sans effort la mélodie psalmodiée par le petit garçon de mon *portiere* quand il m'apportait mon courrier, pas une seule phrase de ce rapport ne me revient, pas un seul fragment des sections, sous-sections et appendices auxquels, aidée de dictionnaires techniques maintenus ouverts grâce à des presse-papiers et environnée de pages annotées envahissant chaises et appuis de fenêtres, je consacrais l'essentiel de mon énergie et de mes journées.

On essayait de nous convaincre de l'importance de

notre travail. Un bon moyen pour nous en faire douter. Mais c'était surtout le niveau de sa présentation — dans le contexte le plus étroit, le plus belliqueux qui soit — qui rebutait notre confiance ; au même titre que le pathétique de nos supérieurs, leur autosatisfaction à vouloir défendre le monde de périls où l'avaient précisément plongé des mentalités comme la leur. Privés de toute référence humaine, ils réduisaient les affaires les plus urgentes à l'ennui pur et simple : ils auraient pu nous tuer, mais restaient incapables d'engager notre intérêt.

Cet été-là, la ville ne joua pas le rôle de distraction quotidienne qu'elle avait joué au début, car j'en étais venue à accepter qu'elle continue à vivre en dehors de moi, à la manière dont, au cours d'un rêve effrayant, on se console, sans se réveiller, avec la conscience que l'on garde de la réalité et la certitude que l'on a d'y revenir. C'est ainsi qu'au bureau j'arrivais à être plus conforme à ce que l'on attendait de moi ; ne parlant plus désormais de la ville ou de la vie que j'y menais, si ce n'est pour me plaindre de temps en temps, histoire de me joindre au concert, de la malhonnêteté d'un chauffeur de taxi ou d'une teinturerie calamiteuse ; offrant un verre au club des officiers en l'honneur de l'anniversaire de la reine, ou aidant à décorer le couloir à l'occasion du 4 juillet. Dans le but de prouver sa bonne foi, on pouvait aller jusqu'à s'indigner d'une panne de téléphone ou d'une page manquante dans une chemise de statistiques. Les manifestations extérieures de l'insatisfaction étaient notre seul ciment.

Quand notre mission était arrivée à Naples, on nous

parlait sans cesse de la nécessité de s'ajuster à la région — le mot « ajustement » répété à l'envi comme si nous n'étions rien de plus que des radios à ondes courtes susceptibles, avec un peu de bricolage, de recevoir des programmes étrangers. On attendait de nous que l'on résiste courageusement, ou, pour le moins, qu'on évite la dépression. Il n'avait pas été envisagé un seul instant qu'on puisse finir par aimer l'endroit.

C'est à Bagnoli que je découvris l'inertie des militaires. Dans la mesure où il était dans les habitudes de ces guerriers de stigmatiser comme futiles les plaisirs intellectuels, on se disait qu'un certain dynamisme devait animer chez eux la conduite de vies peu tournées vers celle de l'esprit. Il n'empêche que je les voyais, ces hommes d'action, rassemblés autour de milk-shakes au restaurant américain de Santa Lucia, quand je partais pour Spaccanapoli, ou que je les retrouvais avachis, l'air sombre, au bar du même restaurant, à mon retour d'une excursion dans les îles. S'il arrivait aux filles aux tons pastel de prendre un bus pour Amalfi ou Ravello, ou à Germani d'accompagner ses enfants dans le cratère du Vésuve (ce qu'il dénommait « une excursion »), les timides explorateurs, eux, s'aventuraient rarement loin de la base. Ils parlaient nourriture ou régime amaigrissant ; certains prenaient des photos ; d'autres suivaient les cours de la Bourse. Leurs clubs, le magasin de l'armée, et un appartement dans un immeuble ultramoderne à proximité des premiers : tel était pour eux, dans l'idéal, le cadre d'une vie d'aventures ; passifs, peu curieux, geignards, ils attendaient l'ordre qui leur redonnerait un peu d'âme.

Il y avait des exceptions, qui, si elles étaient discrètes,

faisaient l'objet de persiflages, et, si elles étaient accusées, celui d'un dossier.

Même les employés et les coursiers recrutés localement préféraient, je crois, avoir affaire au tout-venant de l'établissement, plutôt qu'aux quelques excentriques qui en perturbaient la belle ordonnance. Quand l'été arriva, j'avais renoncé à les appeler par leurs vrais noms, Gennaro, Carlo ou Luigi, et leur donnais, comme tout le monde, du Gerry, du Louie ou du Charley, en leur offrant des cartouches de Lucky Strike, achetées tout exprès à notre magasin.

« Tu dois t'occuper de choses top secret dans ce bureau », me dit un jour Gioconda, et Gianni de renchérir : « Dieu sait ce qu'elle trafique, là-bas. Elle ne dit jamais un mot de son travail.

— Si seulement vous saviez, leur répondis-je. Si seulement vous saviez à quel point c'est ennuyeux. » À nouveau, ce contraste entre leur vie et la mienne. Des gens comme eux, qui avaient tout loisir d'utiliser leur intelligence à longueur de journée, étaient incapables de concevoir ce que pouvait être un travail comme le mien. « Vous seriez bien incapables de l'imaginer. »

Gianni gémit : « Dieu tout-puissant, quand je pense à ce que je faisais à ton âge. »

Et Gioconda ajouta : « Le comprendra-t-elle un jour ? »

De tout le Mezzogiorno, seul le fameux rapport ne reconnut pas l'été cette année-là. Quand juillet arriva à son terme, toutes les autres activités se ralentirent et se transformèrent. Ceux qui étaient en mesure de quitter la ville le firent, si bien que les rues chaudes, sales et desséchées n'étaient plus occupées que par les pauvres.

Ceux-ci investirent la ville, envahissant par familles entières ou petits bataillons la Via Caracciolo ou la Piazza dei Martiri, endroits où, l'hiver, ils ne se montraient que rarement, sinon sous forme d'éclaireurs isolés. Le long du bord de mer, le moindre point d'accès pollué regorgeait de baigneurs, et des hordes d'enfants pratiquement nus couraient et se chamaillaient autour des murs du château de Lucullus.

Le cœur de la ville devint un intérieur, un sombre noyau d'inconfort. Le progrès, en arrachant les vignes et les potagers, n'avait servi qu'à enfermer davantage ce labyrinthe surpeuplé dans le béton et le bitume, à le rendre encore plus inapte à supporter la touffeur de son été. On parlait encore d'une section de Spaccanapoli, sans ironie aucune, comme des « jardins de San Gennaro », même si rues et maisons s'entassaient les unes sur les autres, comme à la suite d'un tremblement de terre.

Ils avaient malgré tout leurs saisons, les trottoirs de Naples, ces dalles carrées de la Via Tribunali ou de San Biagio dei Librai. En hiver, les *nespole* y mûrissaient, boules pâles qui évoquaient des abricots encore durs ; en été, des figues, vertes ou violettes ; plus tard, il y aurait des noix, et des figues de Barbarie. Dans des cartons ou des paniers, étalés sur des journaux ou à même le sol, les fruits voisinaient avec des piles de vêtements et de sous-vêtements d'occasion, corsages élimés ou corsets décolorés, et de toutes les autres marchandises douteuses qui fleurissaient là en permanence.

Non loin de chez Gioconda, en été, un homme en fauteuil roulant vendait des poissons rouges qu'il présentait dans une baignoire d'enfant en plastique bleu.

Et, de temps à autre, près de la Porta Capuana, il m'arrivait de croiser un vendeur de moineaux, à cinquante lires la pièce, accroupi sur les marches de Santa Caterina, et sollicitant avec véhémence l'attention des passants pour le contenu voletant de sa cage en osier.

Gioconda était souvent absente, passant les jours de semaine dans les îles, au moment où la foule était moindre. Elle prit des dispositions pour aller voir sa sœur à Nice, puis reporta son voyage. « Je me sens incapable d'entreprendre une telle expédition à cette époque de l'année. Je préfère attendre après Ferragosto. À Nice, c'est pareil, tout bonnement épouvantable — des foules à ne pas croire. Luciana elle-même m'a écrit que je ferais mieux d'attendre. » La vérité était qu'elle n'avait aucune envie de s'éloigner de Gianni et qu'elle détestait partir de chez elle. Quand je lui demandai ce qu'elle ferait pendant l'été si elle avait la liberté de choisir, elle rit. « Peut-être que, quand nous serons vieux, Gianni et moi, nous irons visiter Assise ou Viareggio — *come le coppie cafoni.* »

D'abord à Zurich pour affaires, puis à Venise, Gianni avait ensuite passé quinze jours à Portofino avec ses enfants. Sur le chemin du retour, il avait eu un accident — rien de grave, même s'il avait été blessé à la tête et au genou, mais la voiture avait dû être remorquée jusqu'à un garage à Gênes et serait hors d'usage pour les deux mois à venir.

« Ça doit être une épave, en ce cas ! m'exclamai-je quand Gioconda me raconta l'histoire.

— Pas du tout. C'est le mois d'août, tout le problème

est là. Personne ne travaille, pas moyen de faire réparer quoi que ce soit. »

Quelques jours plus tard, Gianni arrivait à Naples dans une voiture de location et rejoignait Gioconda à Capri.

Justin devait s'envoler pour Gibraltar à la fin de l'été, d'où il passerait en Espagne, avant d'aller peut-être voir ses parents. Il serait de retour à l'automne, disait-il, pour achever son travail avec l'aquarium. Je me demandai si, une fois parti, il reviendrait si vite, voire s'il reviendrait tout court.

J'étais plutôt contente de les entendre parler de leurs projets, de les imaginer tous partant dans différentes directions. Je ne m'en sentais que plus stable, installée, en paix, chez moi ; dans un endroit qui, pour la première fois, n'était pas qu'une transition vers un nouveau décor ou une préparation pour une expérience plus large, un endroit que je n'avais aucune envie ni aucune raison de quitter. Je n'étais pas affectée par ces vacances de la mi-août, avec leurs alternances de catastrophe et de libération ; ni par l'éternelle répétition de « Avant Ferragosto », « Après Ferragosto »...

Seul le rapport continuait à augmenter, accumulant, semblait-il, plus de pages que nous n'en produisions, et transporté en piles vacillantes afin d'être ronéotypé en un nombre incalculable d'exemplaires, tous estampillés TOP SECRET. Quand nous en avions terminé avec les déplacements, le dragage, le mouillage des navires, il restait encore les problèmes de ravitaillement en carburant, de réapprovisionnement et de logistique, et une fois ceux-ci réglés, on pouvait toujours se rabattre sur les questions de sécurité, car la sécurité, il n'y en avait jamais assez.

Le colonel, qui avait réussi à mettre la main sur un petit bateau à voile et une petite amie suédoise, était d'une grande amabilité ces temps-ci, et se laissa même aller un jour à faire l'éloge de mon application au travail, observant que je semblais enfin m'être ajustée à Naples.

Juste avant Ferragosto, je tombai malade. Ce matin-là, Serafina monta jusqu'à la rue à ma place et dit au colonel d'aller à Bagnoli sans moi. Comme Justin se trouvait là avec sa voiture, elle leur transmit le message à tous les deux. Pendant son trajet solitaire, le colonel dut se faire la réflexion que ma maladie coïncidait étrangement avec l'arrivée des congés, car il me téléphona du bureau pour me dire qu'il renvoyait Germani avec la voiture, afin que celui-ci m'emmène chez le médecin. Ce qui signifiait qu'il me fallait m'habiller et faire la route en lacet qui menait à l'hôpital militaire américain dans la colline derrière Naples, mais je me sentais suffisamment malade pour être heureuse d'obtempérer. Un jeune officier prit ma température et livra son diagnostic : grippe asiatique.

« Qui est votre supérieur hiérarchique ? »

J'avais appris à reconnaître le colonel dans cette appellation. Le médecin l'appela de son cabinet et lui dit que je devais garder le lit jusqu'après les congés. Le colonel ayant lui-même semé les germes de la suspicion, je fus aussi reconnaissante à ce jeune homme que si j'avais cherché à simuler la maladie et qu'il m'avait encouragée dans mon crime. Jusqu'à Germani qui, en m'aidant à monter dans la voiture, m'assura que je n'avais vraiment pas bonne mine, comme s'il persistait quelque doute quant à la validité de mon cas.

Dans la descente depuis la Via Manzoni vers le Pausilippe, il nous fut donné d'admirer la vue sur tout le golfe de Naples. Cette partie haute de la ville, dernier niveau de son arène, est désormais une banlieue de grands immeubles modernes aux tons pastel, tous identiques ; une administration hypocrite, cherchant à minimiser sa culpabilité en impliquant des tiers dans l'affaire, a donné des noms de poètes aux avenues qui découpent ces cubes bariolés (« Comme toutes les Piazza Mussolini, disait volontiers Gioconda, qui se sont trouvées du jour au lendemain rebaptisées Piazza Matteotti, et peuvent tout aussi vite retrouver leur nom de départ ; pratique, jusqu'au nombre de lettres qui est le même »). Mais, à l'époque, ce quartier était encore un coin de campagne qui donnait d'un côté sur Naples, et de l'autre, par-delà Pouzzoles, sur le cap Misène.

Ce jour-là, une clarté violente, colorée par la chaleur, accusait les lignes sèches de toutes les éminences et déclivités de la ville. Bidonvilles, champs, églises, montagnes, mer se déployaient en ceinture autour du volcan, comme sur le plan d'un site extravagant qui n'aurait d'existence qu'en imagination. La voiture allait de plus en plus lentement, Germani penché en avant sur son siège et moi sur le mien, comme si nous nous attendions à voir ce moment atteindre un paroxysme, et le paysage être saisi de vastes convulsions.

Nous débouchâmes sur le bord de mer à Mergellina, dans des rues déjà décorées pour la fête de Piedigrotta de guirlandes d'ampoules colorées qui pendaient mollement, aussi éloignées les unes des autres que des perles mal enfilées, et plutôt mélancoliques sous le soleil de midi. Des dizaines de cafés saisonniers avaient fleuri tout autour du petit port, et des étals ornés de coquillages vendaient des huîtres, des moules et ces fruits de mer moussus et informes appelés *carnummola.* Rouges et violets, semés de bouchons de liège, les filets étaient étendus sur le trottoir et la chaussée, et, partout, les enfants couraient dans tous les sens, sans donner aucun signe d'allégeance, sinon à la ville elle-même.

Une fois rentrée, je reçus un coup de téléphone de Justin. Je lui fis part de la nouvelle. « Je suis horriblement malade. On me dit que c'est la grippe asiatique. » Je lui racontai que j'étais allée à l'hôpital. « Je suis vraiment mal fichue, tu sais.

— Veux-tu que je vienne ? Je peux faire quelque chose ?

— Merci, non, absolument rien. Je vais aller dormir. Mais je ne pourrai pas venir demain. » Nous avions rendez-vous pour aller à un concert dans l'amphithéâtre de Pompéi.

« Oh, le concert... c'est sans importance. Je trouverai des gens à qui donner les billets. Je suis simplement désolé que tu sois si patraque.

— Ne sois pas ridicule. Vas-y sans moi... Emmène quelqu'un d'autre.

— Qui, par exemple ?

— Eh bien... je ne sais pas, moi... il doit bien y avoir quelqu'un. Une collègue de travail.

— Elles sont toutes mariées. Ou vieilles filles.

— Quelqu'un de Bagnoli, alors. » Je me faisais l'effet

d'une mère en train de pousser un enfant solitaire à sortir.

« Ton amie… dit-il. Et si je demandais à ton amie ?

— Mon… ? Ah oui, bien sûr. Bonne idée.

— Je plaisantais.

— Mais non, appelle-la. C'est exactement ce qu'il te faut.

— Tu le crois vraiment ? Ce qu'il me faut ? Mais Don Giovanni ne va-t-il pas chercher à me planter son stylet dans le dos ?

— C'est probable. Mais sois brave.

— Sanguinaire, intrépide, résolu. Voilà ce que je serai. » Il y eut un instant de silence, puis il s'esclaffa.

« Qu'est-ce qui te fait rire ?

— La simple idée du coup de poignard. Tu crois que "simple" dans "simple idée" a le sens de "seul", ou que le terme implique que l'idée nous est révélée dans toute sa nudité, dans son plus simple appareil pour ainsi dire ?

— Allez, au revoir, dis-je.

— Écoute, je passerai ce soir. Pour voir comment tu vas. Disons, vers sept heures.

— Tu essaies de rétablir l'équilibre ?

— Non. Je rétablis l'idée dans ses vêtements. »

Justin vint me voir ce soir-là, et resta environ une heure. Il prépara un pichet de jus d'orange, et nous nous installâmes au salon pour le boire dans une semi-obscurité, car il faisait encore trop chaud pour ouvrir les persiennes. Nous ne fîmes ni l'un ni l'autre la moindre allusion à Gioconda — ni à ce moment-là, ni par la suite.

Quelques jours plus tard, je reçus la visite de Gioconda. C'était après le long week-end de congé. La ville, comme elle me le dit, était encore déserte ; tandis que la mer, comme je pouvais le voir, débordait de vie. Je m'étais levée pour la recevoir, et elle me supplia de retourner au lit.

« Il fait trop chaud, lui dis-je. Il a fallu que je relève les persiennes. Je ne peux pas rester allongée toute la journée dans l'obscurité.

— Je suppose que si on était en Amérique on aurait l'air conditionné.

— En Afrique, on avait des ventilateurs de plafond. » C'était la première fois que nous parlions du temps toutes les deux. Quand je tournai la tête vers elle pour le lui dire, ce fut pour constater qu'elle me regardait avec de grands yeux. « Qu'y a-t-il ?

— Tu as l'air tellement malade. Tu m'as dit que ce n'était que la grippe.

— Oui, c'est bien le cas. Il y a une épidémie en ce moment. Ça ira mieux dans quelques jours.

— Dans quelques jours, je serai partie, à Nice. Tout est arrangé… Prends bien soin de toi pendant mon absence.

— Alors, tu pars pour de bon ?

— Oui. Il le faut. Il est grand temps. Mais je serai bientôt de retour… dans trois semaines environ. »

Je me posai des questions à propos de Gianni : irait-il la voir là-bas ? Était-il venu à Naples pendant les vacances ? Pour une fois, elle n'avait fait aucune allusion à lui. Quand elle se leva pour partir, je posai ma main sur son bras et lui dit : « Quelle différence avec la dernière fois, quand tu es allée à Tripoli ! » Mais ce rappel lui fut pénible, car elle recouvrit ma main de la sienne sans sourire, et je regrettai ma remarque. Elle se pencha pour m'embrasser, mais je lui dis : « Non, non, ne t'approche pas, et elle se redressa aussitôt. Je ne voudrais pas que tu attrapes quelque chose. »

Quand elle fut partie, je me rendis compte que j'avais plus ou moins attendu la visite de Justin, lequel passait parfois à cette heure de la journée, et je fus heureuse qu'il ne soit pas venu — parce que, pour tout dire, et de manière tout à fait illogique, je lui en voulais de l'impression que Gioconda lui avait faite. Mais quand il finit par arriver, assez tard et pressé, je me pris à regretter, non sans perversité, de ne pas les avoir vus ensemble, dans la mesure où les conditions ne seraient plus les mêmes lors d'une prochaine occasion, plus tard, une fois l'été fini.

Quand on découvrit que j'avais une hépatite, même le colonel vint me voir. Ce fut la seule fois où il pénétra dans mon appartement ; Serafina se montra très fière de sa venue et fut complètement subjuguée par sa moustache et les nombreuses décorations épinglées sur son uniforme d'été. Je ne me souviens pas de ce que je lui ai dit, j'étais alors trop malade et à cent lieues de m'intéresser à son existence, sans parler de sa présence ; mais je me rappelle fort bien qu'il me pressa de ne pas m'inquiéter à propos du rapport, dont il se doutait qu'il devait grandement me préoccuper.

De son côté, Serafina l'impressionna favorablement, si bien qu'on ne m'obligea pas à aller à l'hôpital, comme tout le monde semblait le souhaiter, et que je fus autorisée à rester chez moi pendant les semaines confuses qui suivirent.

Après Ferragosto, je n'allais toujours pas mieux, et Germani me reconduisit à l'hôpital ; j'en revins avec un diagnostic confirmé d'hépatite sévère. Il n'y avait personne à qui je puisse communiquer la nouvelle en dehors du colonel : le matin même, Justin s'était envolé pour l'Espagne dans un avion de la marine américaine. J'envoyai toutefois un mot calme à Norah pour lui dire que j'avais la jaunisse ; elle me répondit, hystérique, que je devais faire très attention, et qu'il s'agissait là d'une affection très répandue en Italie. Elle et Edmund avaient essayé de m'appeler, mais le système téléphonique de Naples leur avait opposé des énigmes insolubles.

En fait, le téléphone sonna fort rarement au cours de ces semaines, en dehors de demandes émanant du bureau. Même au pire de la maladie, je pensais souvent à Bagnoli, au magasin de l'armée, au rapport et au colonel, et je me félicitais d'être libérée de tout cela, d'être chez moi, quitte à être fiévreuse, nauséeuse, et maintenant jaune comme un coing. Quand on est malade, on ne peut être autre chose que soi-même, alors que, dans un bureau, on est obligé de donner une fausse image de soi, du moins quand on est un subordonné. Que je puisse préférer une maladie grave à un travail de bureau ne laissa pas de m'étonner, même à l'époque. Le plus souvent, toutefois, mes pensées étaient loin d'être cohérentes, et j'eus même à une ou deux reprises des accès de délire.

De ce fouillis où se confondaient mes jours et mes

nuits, deux choses me sont restées. La première est la fête de Piedigrotta, dont les chansons envahissaient mon appartement, en provenance de Mergellina et de tous les postes de radio du Pausilippe. La nuit durant, les feux d'artifice et les projecteurs des célébrations inondaient mes murs d'éclats rouges et verts, recréant — du mauvais côté — un volcan en activité à l'autre bout du port ; et, pendant la journée, des épreuves réunissaient des concurrents étrangers (car aucun Napolitain digne de ce nom n'aurait seulement envisagé une dépense d'énergie aussi futile, si bien que c'était toujours un Danois ou un Néo-Zélandais qui gagnait) pour des courses à la nage jusqu'à Capri, et des régates autour d'une série de bouées. La fête et la phase active de ma maladie eurent la même durée officielle : elles connurent en même temps leur paroxysme et leur déclin.

Le second élément à avoir dominé cette période est un parfum ineffaçable, exotique, entêtant, qui, venant de je ne sais où, avait fini par imprégner mon appartement. Même une fois complètement rétablie, je restai consciente de cette odeur douceâtre, sans jamais parvenir à en découvrir l'origine, ni la manière dont elle s'était infiltrée dans mon esprit, peut-être, ou mon imagination, plutôt que dans mes narines. Peut-être était-ce là le vestige de tubéreuses apportées un jour par Justin, ou alors la trace laissée par le parfum — avec un nom du genre Péché, Scandale ou Femme — dont se servait toujours Gioconda.

XII

Gioconda partie, Justin en Espagne, je n'avais plus de visites. Les quelques connaissances qui auraient pu venir me voir étaient dans les îles ou à la montagne. Tous les matins, Serafina entrait avec sa clé, et c'était là le seul événement qui venait interrompre la monotonie de journées uniformes que je passais au lit, puis, quand la maladie commença à reculer, sur la terrasse. Le fait même de me sentir moins malade, la jouissance exclusive de ces grandes pièces silencieuses, l'absence de toute contrainte bureaucratique m'apportèrent un plaisir d'un genre nouveau, un plaisir qui était loin d'être négatif, même s'il devait beaucoup au manque ; qui, en me faisant regarder en moi-même au lieu de me projeter dans l'avenir, signifiait, j'imagine, la fin pas même de la jeunesse, mais de l'enfance.

Sous mes fenêtres, il se passait toujours quelque chose. Tôt le matin, il y avait des bateaux, sur une mer impossible à distinguer à cette heure du ciel embrasé ; un seul long bateau, ou deux, ou une petite flottille, qui remontaient leurs filets ou leurs casiers à langoustes. Aucun son ne parvenait jamais jusqu'à la terre depuis ces bateaux, en dehors des bruits de la mer — clapotis étouffés accompagnant le travail des pêcheurs ou la rencontre de la vague et de la coque. Si les hommes se parlaient, c'était trop bas pour que leurs voix atteignent le rivage. Ils étaient à l'image de leurs embarcations, usés par les intempéries, voués à une unique tâche, dénués de pittoresque. Dans leurs gestes parfaitement maîtrisés, on devinait cette détermination et cette retenue qui suggèrent non pas un métier mais toute une existence.

Ils étaient là en permanence. Tout au long de la journée, quand l'eau près des rochers était envahie de baigneurs, de radeaux et de voiliers, il y avait à la périphérie l'un de ces bateaux, coin gris ou brun fiché dans ce kaléidoscope, intrus dans ce cadre insouciant. Le soir, on les voyait se balancer sur les remous d'un bateau de plaisance ou dans le sillage du grand ferry blanc à destination d'Ischia. La nuit, quelle que fût l'heure où on les cherchait du regard, ils étaient là, avec leurs lampes à acétylène, et l'on apercevait les deux silhouettes solitaires : l'une debout à la poupe, maniant les rames, l'autre agenouillée à la proue, penchée dans un cercle de lumière verte.

Au début de ma convalescence, j'étais incapable de rien faire sinon regarder dehors. Passer d'une pièce à l'autre m'épuisait, quelques pages d'un magazine ou d'un livre me tiraient des larmes de fatigue. Il m'arrivait de dormir jusqu'à midi et de trouver à mon réveil un plateau sur la table de chevet, et Serafina déjà partie. Mais rien ne venait gâcher mon plaisir tout neuf : tout ce temps était à moi, et rien qu'à moi.

Un matin, il plut. Je me réveillai tard et trouvai la chambre encore plongée dans l'obscurité, et les cris des baigneurs suspendus. Le golfe était grisâtre sous la pluie qui tombait régulièrement, discrètement, sans tonnerre. Il n'y avait pas de vent, mais pour la première fois depuis des mois on sentait l'air circuler dans la pièce. Je m'emparai d'une chaise et allai m'asseoir près des portes de la terrasse, immensément soulagée : je ne m'étais pas aperçue jusque-là à quel point la pluie m'avait manqué. Collines, immeubles, bateaux, tout avait l'air rafraîchi et reconnaissant. Jusqu'à la mer qui semblait avoir soif.

J'accueillis Serafina avec ces mots : « La pluie ! », comme s'il s'agissait d'un événement capital pour nous deux. Elle me reprit aussitôt, une simple averse : « *Sghizzichea.* » Et tout en faisant la vaisselle du petit déjeuner, elle chanta à pleins poumons une chanson tragique : « Comme il pleut. *Gesù*, comme il pleut ! »

Le lendemain, il faisait beau à nouveau, et les baigneurs étaient de retour. Mais l'on sentait que la saison venait de basculer. Nous avions atteint la fin de l'été, et un changement s'était produit. Je commençai à moins dormir et à m'intéresser davantage à la nourriture. Germani me remmena deux ou trois fois à l'hôpital pour des analyses de sang au cours desquelles on m'injecta dans les veines un colorant destiné à mettre en évidence le recul de la maladie. Je reçus une lettre de mon frère, et une carte de vœux de prompt rétablissement signée de tout le personnel du bureau — les employés recrutés sur place ayant consciencieusement inscrit leurs noms au bas de la page, nom de famille en premier, les uns au-dessous des autres, bien proprement, comme sur une pétition. Notre magasin, en prévision des conditions climatiques de la région, avait dû faire de gros stocks de cartes de prompt rétablissement, car je finis par en recevoir un nombre impressionnant, toutes différentes.

Le premier samedi qui suivit la pluie, tout le monde était dehors, histoire de profiter des derniers jours de beau temps. Certains étaient là dès le lever du soleil, agglutinés sur les rochers comme des fans qui se seraient levés à l'aube pour être les premiers à l'ouverture d'une location. C'était un jour de septembre, d'une parfaite maturité, sans une tache. J'étais allongée sur mon lit en robe de chambre, occupée à lire. Serafina m'avait dit au revoir et était déjà à la porte. Je l'entendis parler à quelqu'un au moment où elle sortait, et une voix d'homme dire, d'un ton impatient : « Ça ira, ça ira. Allez, vous pouvez partir. » Un « non » résonna à plusieurs reprises, avant que la porte se referme violemment. Et la même voix, la voix d'homme, appela : « Jenny. »

Bizarrement, je crus d'abord que c'était mon frère qui se présentait là, de manière aussi inattendue, ou même Justin, et j'eus du mal à me pénétrer du fait que c'était Gianni. Je n'avais guère pensé à lui ces derniers temps, et il me fallut plusieurs secondes pour me faire à l'idée. Mais, pas de doute : c'était bien Gianni qui se tenait sur le seuil de ma chambre, une gerbe de fleurs enveloppée de papier sous le bras.

Lui-même avait l'air stupéfait, comme si c'était moi qui l'avais pris par surprise. Il était remarquablement bien habillé — costume clair, chemise bleue —, presque une gravure de mode. C'est alors que, devant son air étrange et cette apparition soudaine, je m'aperçus qu'il y avait quelque chose d'anormal. Avant même cette brusque prise de conscience, j'avais déjà demandé : « Qu'est-ce qu'il y a, il est arrivé quelque chose ? » On dit que le saisissement rend muet, mais il arrive que les mots qui témoignent de votre compréhension sortent avant que le cerveau ait eu le temps d'en construire le sens. Je me rappelle m'être dit, histoire de me rassurer : Les fleurs, c'est normal ; s'il était arrivé une catastrophe, un accident, un décès, il ne se serait pas arrêté en chemin pour m'acheter des fleurs.

Il me regardait toujours du même air, perplexe et alarmé. Je me redressai contre les oreillers pendant qu'il traversait la pièce et s'approchait du lit. Il lâcha soudain son bouquet, ou, plus exactement, il écarta le bras comme si les fleurs n'avaient pas été là, et elles tombèrent par terre dans un grand bruit de papier froissé. Au même instant, je posai mon livre ouvert sur les draps. Nous avions ainsi chacun déposé notre arme au moment où il s'assit au bord de mon lit — sans me saluer ni me prendre la main, mais tremblant de la tête aux pieds, comme un animal domestique témoin d'une scène sauvage.

Le fait qu'il se trouvait dans une chambre de malade, face à une convalescente, sembla se faire vaguement jour en lui et calmer un peu l'agitation dans laquelle le mettait ce qu'il avait à me dire. « Tu n'es pas au courant, dit-il.

— Gianni, mon Dieu, mais que se passe-t-il ?

— Elle est partie. Gioconda est partie en Espagne.

— En Espagne ?

— Gioconda m'a quitté. » Mais, en disant cela, il ne

donnait toujours pas l'impression de s'être libéré de ce qu'il avait à m'apprendre. Il avait des informations qui m'étaient destinées, à moi personnellement, c'était une évidence. Il hésita à nouveau, avant de dire : « Elle est avec l'Écossais. »

C'était bizarre, sa façon de l'appeler « *Lo Scozzese* », ce nom comique dont il avait baptisé Justin, et qui était maintenant prononcé dans un contexte dépourvu de drôlerie. La nouvelle me causa un choc à la fois physique et mental. Je la sentis, telle une décharge électrique, me pénétrer les oreilles, la poitrine, les doigts, circuler dans tout mon corps.

« Tu comprends ce que je te dis, Jenny ? » L'impulsion qui l'avait poussé à me révéler la nouvelle avec ménagement prit la forme, devant mon silence, d'un besoin de me faire comprendre la gravité de la situation et d'obtenir de ma part une réaction comparable à la sienne. « Avec ton ami. »

Il me revint que Justin m'avait dit : « Ton amie. Ton amie, Gioconda. » Pour se pénétrer de la chose, peut-être ; pour s'accuser — ou l'accuser, elle. Je ressentis à nouveau cette surprise mêlée d'effroi qui m'avait assaillie quand j'avais appris que j'étais atteinte d'une maladie grave, reconnue, et non d'une affection passagère que mon corps absorberait et oublierait en l'espace de quelques heures ou de quelques jours. Je sentis la nouvelle, comme je l'ai dit, me parcourir le corps et tout bouleverser sur son passage.

Gianni resta un moment penché en avant, les coudes sur les genoux, les mains sur les yeux. Je crus qu'il pleurait, mais ses yeux, quand il les releva, étaient secs, comme s'il avait simplement voulu se concentrer sur une affaire compliquée. Il avait un air épouvantable, et son visage blême exprimait le plus grand désarroi ; on ne pouvait pas vraiment dire qu'il ressemblait soudain à un vieillard, mais on voyait sans peine comment il serait plus tard, les pleins transformés en plis, les yeux plus fixes. Dans le même temps, pourtant, il était transformé, en mieux, avait l'air plus humain.

Je n'avais toujours pas prononcé un mot. J'entendais sa respiration, lourde, régulière, comme celle d'un malade sous anesthésie.

« C'est Tosca qui me l'a appris. Mais il y avait aussi une lettre qui m'attendait. Depuis dix jours.

— Qu'est-ce que tu veux dire ? Qui t'attendait où ?

— À San Biagio. Elle m'a téléphoné, Gioconda, il y a trois semaines, pour me dire qu'elle n'allait finalement pas à Nice. Elle m'a demandé de venir à Naples.

— Et tu ne l'as pas fait.

— Non ! » hurla-t-il. Puis il se maîtrisa, posa les mains sur ses genoux pour faire cesser leur tremblement, pour se calmer. « Je ne suis arrivé que ce matin. Je viens directement de San Biagio. Je pensais qu'elle y serait encore. »

Ainsi donc, il était bel et bien arrivé une catastrophe. Les fleurs étaient destinées à Gioconda.

« Tu étais resté sans lui donner de nouvelles ? » Il acquiesça de la tête. « Tu voulais la punir, dis-je, le punissant à mon tour.

— On s'était disputés. » Il avait dit cela d'un ton tragique qui aurait pu laisser croire que leur relation avait toujours été sans nuage. « À propos de ma vie à Rome. D'une autre femme. » Il y eut un silence, jusqu'à ce qu'il reprenne : « Et pendant tout ce temps, sa lettre était là, sur la console du hall. » Que cette lettre fût restée là, comme une bombe qui n'aurait pas explosé, mettait le comble à son incompréhension. Je savais ce qu'il ressentait : moi aussi, j'avais maintenant l'impression d'avoir bêtement passé une convalescence tranquille dans l'ignorance de cette nouvelle. « Tu peux la lire. Elle ne dit rien... rien de plus, j'entends. Elle parle de toi. Elle dit qu'elle n'a pas eu le courage de t'écrire — mais j'ai cru d'abord que tu serais peut-être au courant. Par lui. »

Je pris le mot de Gioconda et le lut. À l'heure qu'il est, tout aussi bien ils sont mariés, songeai-je, en le lui rendant.

Gianni replia la lettre avant de la mettre dans son portefeuille, soigneusement, comme s'il s'agissait d'une pièce à conviction. Il remit son portefeuille dans la poche de son pantalon, étendant la jambe pour ce faire, son pied frôlant le cône de papier dans lequel se trouvaient les fleurs. « Je souffre le martyre », me dit-il, une déclaration d'une naïveté aussi criante qu'un sous-titre de film muet. Il se leva, l'air égaré, et fit le tour du lit. Quand il revint, il se planta à côté de moi et se mit la main sur la poitrine : « Un coup. Exactement comme le disent les gens... ça m'a fait un coup. C'est tout à fait ça. Comme si j'avais été frappé, violemment. »

Il se détourna une fois encore et se dirigea vers les portes de la terrasse, silhouette violette découpée contre la lumière. J'entendis le bruit des sanglots qui le secouaient.

C'était terrible, cette humiliation de Gianni — elle me

rappelait le jour où je l'avais vu supplier Gioconda et se faire repousser ; une humiliation aggravée cette fois-ci par le contraste avec son habituelle facilité à verser des larmes. Je restai allongée là à l'écouter, avec une conscience si douloureuse de son chagrin que le moindre détail qui accrochait mon œil — le pli d'un drap, la fente d'un carreau sur le sol, la tache à peine visible autour du bouton de la porte — retenait mon attention et devenait significatif, comme si mes perceptions essayaient de me distraire au nom de l'instinct de conservation, à la manière dont on offrirait des babioles à un enfant pour le divertir de son désespoir.

Je sortis mes jambes hors du lit pour aller le rejoindre, mais au moment où je me mettais sur mes pieds, il se retourna brusquement et fut de nouveau à mon côté.

La soudaine présence de Gianni, l'effort que j'avais fait pour me lever me firent perdre l'équilibre. Pieds nus sur la petite descente de lit, je vacillai légèrement et fis un pas de côté. Il tendit la main pour m'empêcher de tomber, me saisissant le bras juste au-dessus du coude, et l'enveloppant complètement de ses doigts à travers le coton de la robe de chambre.

Le contact suffit à me rappeler à sa présence — je veux dire, en tant qu'individu, et non simplement en tant que destinataire de la nouvelle —, car il me dévisagea d'un œil changé, qui laissait entendre qu'il me reconnaissait mais ne pouvait cacher sa surprise.

« Tu es si maigre, Jenny. » Sa main sur mon bras, sans rien modifier de sa pression, confirma son commentaire, et sa voix changea. « Dieu tout-puissant, que tu es maigre ! »

J'aurais du mal, aujourd'hui, à faire comprendre combien, et pourquoi, cette sollicitude involontaire de Gianni était touchante. C'était comme la pluie : je n'avais pas compris, jusqu'à ce qu'elle tombe, à quel point j'en avais été privée, à quel point la vie avait manqué de cet élément parfaitement ordinaire. Des larmes — de faiblesse, de solitude, d'apitoiement sur moi-même — me montèrent aux yeux. Mais ce qui la rendait plus émouvante encore, cette digression de Gianni, c'était la sollicitude spontanée qu'elle manifestait. Le seul fait qu'il m'ait saisi le bras et remarqué son extrême maigreur nous rendit un moment au sentiment d'exister en dehors de Gioconda et de son départ, à l'impression d'être capables de sensations communes autres que la souffrance. Loin de mettre les choses en perspective, comme on le dit d'ordinaire, une catastrophe bouleverse tous les repères : et ce qui venait de se passer entre nous était inextricablement lié à un chaos de ce genre, qui ne faisait que souligner ce détail qu'était ma maigreur, lui donner, en fait, l'acuité de la fente sur le carreau ou de la tache autour du bouton de la porte.

Gianni n'avait toujours pas lâché mon bras, et j'étais toujours debout, les mollets appuyés contre le métal froid du cadre du lit. Nous gardions le silence. Les cris qui montaient de la mer, et qui, tout ce temps, étaient passés inaperçus, se firent tout à coup rauques et pressants, comme si quelqu'un en avait sans réfléchir augmenté le volume. « Si maigre, Jenny », répéta Gianni, comme pour meubler le silence, tandis que notre expérience entrait dans un nouveau registre.

Sans relâcher la pression de ses doigts — comme si

mon bras devait lui transmettre un message —, Gianni m'étreignit, et je me laissai aller contre lui. Son visage, mouillé des larmes versées pour Gioconda, s'abaissa vers le mien. Et quand enfin nous nous allongeâmes côte à côte, sa main, qui m'avait lâchée, alla tâtonner par habitude vers ma nuque, à la recherche du peigne en écaille de tortue qu'il avait si souvent défait.

J'étais assise avec Gianni devant mes fenêtres, dans l'obscurité, moi dans un fauteuil profond, les jambes ramenées sous moi, lui sur un tabouret à mon côté. Ma main, par-dessus le bras du siège, reposait, légère, dans la sienne ; réconfortée, sereine, sans attente.

« Elle ne restera pas avec lui.

— C'est mon avis, dit Gianni. Dis-moi qu'elle va revenir. Car je ne peux pas en supporter davantage pour l'instant.

— Elle reviendra », répondis-je docilement. Comme il le faisait remarquer, il était nécessaire de lui faire franchir le cap de cette journée. « Pour lui, ce doit être…

— Une grande passion.

— Oui. Pour elle, ça ne peut être que du… » J'allais prononcer le mot « désespoir » ; mais à nouveau, je laissai ma phrase en suspens. Cette fois-ci, Gianni ne fournit pas le mot manquant.

« Peut-être qu'elle l'a déjà quitté.

— Peut-être.

— Pauvre type, lança Gianni, avant d'ajouter : Quel salaud ! » Il alluma une cigarette et jeta l'allumette dans la mer par-dessus la terrasse. Quand il eut fini sa cigarette, il fit de même avec son mégot.

« Gianni, finis-je par dire. Si Gioconda revient, inutile de lui faire des reproches. » C'était à mon tour, maintenant, de lui exposer certaines choses.

Gianni effleura mon épaule de la tête. « Tu es gentille.

— Peut-être même pourrais-tu te comporter différemment avec elle.

— Ce que tu veux dire, c'est que l'épisode pourrait me servir de leçon, commenta Gianni, mais sans sourire.

— Cela pourrait te rendre plus amène.

— Peut-être, admit Gianni, l'air peu convaincu. Le problème, c'est que je ne pense pas que ça durerait bien longtemps. Ça marcherait pendant un moment, et puis tout redeviendrait comme avant. Je ne crois pas pouvoir changer.

— Ce ne serait pas changer, mais devenir davantage toi-même.

— Ce serait peut-être pire, tout compte fait. »

Nous parlions de lui, comme nous aurions pu le faire en son absence, derrière son dos.

« Et puis, je n'ai pas envie de devenir un de ces hommes comme tu en vois partout — tu sais, ces hommes qui se sont acheté une conduite, qui sont rentrés dans le rang. »

Pendant un moment, nous regardâmes les lumières danser sur l'eau, s'égrener sur le flanc du Vésuve, la courbe lumineuse de la ville s'effiler au loin avant de plonger dans l'obscurité. Gianni gémit, en pensant, j'imagine, que Gioconda pourrait ne pas revenir, et que, à supposer qu'elle revienne, lui pourrait ne jamais la revoir. « Laisse-moi rester ici cette nuit. » Puis il ajouta, d'un air ingénu : « Il ne serait pas bon que je reste seul. »

Je repensai à ce que Gioconda m'avait dit un jour :

« Bien sûr que je ne le supporterais pas si, à la fin de la journée, c'était toi qui devais coucher avec lui. »

J'avais mis les fleurs de Gianni dans un grand vase en verre que j'avais posé sur une table près des fenêtres : des dizaines de gueules-de-loup immenses, sauvages et veloutées, violettes, orange et rouges. Elles étaient restées tout l'après-midi sur le sol de la chambre.

« Elles vont se redresser, déclarai-je. Les fleurs. Demain, elles seront très bien. » Je commençai à redouter demain et ce qu'aujourd'hui signifierait alors. Le fait de trouver Gianni là.

« Ce sont les fleurs préférées de Gioconda », dit Gianni.

C'est ainsi que, le samedi suivant, Gianni revint à Naples, mais sans passer par San Biagio dei Librai.

XIII

Aujourd'hui, j'ai fait une sortie de quelques kilomètres au-dessus de Séville, pour aller voir les ruines d'Itálica. Tu te rappelles, Jenny, que j'avais ri à l'idée de quitter l'Italie pour visiter des ruines romaines, eh bien, je me suis retrouvée en train de marcher sur un sentier caillouteux, au milieu d'une herbe haute et sèche, aussi reconnaissante devant ce spectacle familier que le premier légionnaire venu. Civis romanus sum, *telle semble bien être ma devise. Dans la mesure où les murs sont tous écroulés et où le site se trouve sur une colline, l'ensemble est ouvert, balayé par le vent : on a peine à imaginer dans ces conditions que les pavements en mosaïque ont pu être un jour enfermés dans des maisons ou que l'horizon a jamais été barré par autre chose que les quelques cyprès qui se dressent là aujourd'hui. À la grille d'entrée, là où l'on achète son billet, il y a, gravé dans la pierre, un poème dont je me suis dit qu'il t'aurait plu, des vers d'un poète espagnol, mais tout ce que je me rappelle c'est une allusion aux mauvaises herbes qui poussent sur les ruines comme une insulte publique. Le site, avec sa sévérité, avec tout cet air, toute cette lumière, fait paraître Herculanum, par comparaison, comme un endroit de nature à vous rendre claustrophobe, petite enclave dense et décadente, trop agréable, trop repliée sur elle-même. Trop typique du pays.*

Quoi d'autre ? Je suis allée dans une grande cathédrale, ici à Séville, me suis promenée dans des rues charmantes sous des tonnelles feuillues, ai visité l'Alcázar. Les avenues sont bordées d'orangers, les parcs encore pleins de fleurs. Tout m'apparaît pourtant aussi funèbre que si les scènes étaient tendues de noir. Une fois, je me suis arrêtée en bordure d'un jardin pour regarder de plus près une inscription sur une jolie maison, dans l'idée que c'était peut-être un poème. Mais non, il s'agissait du quartier général de la Phalange. En Espagne, il en va partout ainsi : on ne sait jamais si l'on va rencontrer la poésie ou l'horreur, ou un mélange des deux. Il y a toujours quelque chose de sinistre pour me rappeler comment est la vie, comment je suis, moi.

Ce que j'aimerais… c'est rentrer à la maison. Au lieu de quoi, demain je pars pour Madrid, puis de là, pour Nice, pour enfin aller voir Luciana. Je serai de retour à Naples avant la fin de l'année. Si d'ici là tu peux te résoudre à considérer cet épisode pour ce qu'il est — un creux de vague dans la vie, dans ma vie — peut-être alors pourrons-nous nous revoir… Je passe la soirée assise en compagnie des palmiers en pots de l'immense patio à verrière de l'hôtel, et j'ai froid en dépit du chauffage, en dépit d'un grand verre de whisky espagnol. Il y a deux ou trois personnes dans un coin éloigné, qui chuchotent comme si elles étaient encore à l'intérieur de la cathédrale, et l'ambiance serait d'une totale sobriété sans la présence d'une pauvre fille, apparemment folle, superbement habillée, qui parle toute seule, assise à l'écart, et se lève de temps à autre pour faire le tour des tables vides où elle enlève les fleurs de leurs petits vases, comme si elle répétait le rôle d'Ophélie. Elle est blonde et très jolie, même si elle est émaciée, et le pire, c'est le sérieux avec lequel les serveurs répondent à ses questions absurdes, conspirant contre elle de concert avec son infirmité. Que pourraient-ils faire d'autre ? Mais cela seul suffirait à vous rendre fou.

Quand je ne pourrai plus supporter ce spectacle, j'irai dîner — dans un immense restaurant qui donne sur le patio, et où, à cette époque de l'année, seules une ou deux tables sont occupées, même si toutes sont dressées —, puis je monterai. Ma chambre est d'un luxe solennel : bois sombre, porte à deux battants aux cuivres bien astiqués, linge d'une grande délicatesse. Le confort n'est pas pris à la légère ici. Tout est merveilleusement daté, et pourtant merveilleusement gardé en parfait état, comme une de ces vieilles automobiles qu'on n'a jamais cherché à transformer et qui marche encore à la perfection — tu vois ce que je veux dire, quand on soulève le capot, le moteur est immaculé, les bouchons et les robinets brillent de tout l'éclat de leur cuivre... Pour tout dire, cet hôtel semble attendre, voire mériter, mieux que des clients humains, comme s'il avait été créé à l'intention de créatures d'un ordre supérieur. J'ai le sentiment qu'il doit nous considérer, nous autres pauvres mortels en proie à la folie et à la confusion, qui défilons sur ses sols de marbre, comme un affront public, à l'image des mauvaises herbes d'Itálica.

Encore une fois... j'aimerais rentrer à la maison, retrouver un univers familier, qui me rendrait plus familière à moi-même. Aujourd'hui, le coiffeur m'a dit que mes cheveux étaient « muy castigado *», en raison des dégâts de l'été ; me voilà, moi aussi, bien punie des dégâts de l'été, et j'aimerais pouvoir partir pour Naples, et non pour Nice...*

Des années plus tard, je suis arrivée un soir de printemps à Séville, accompagnée, et me suis retrouvée assise sous la verrière du patio dont parlait Gioconda dans sa lettre, au milieu des fougères et des palmiers. Sous l'œil sombre d'un serveur et de deux ou trois clients à l'air glacial, nous avons formé, à partir de biscuits apéritifs qui représentaicnt des lettres de l'alphabet, des mots en usage dans l'amour que nous avons étalés sur notre petite table. Nous avions réussi à composer deux ou trois expressions obscènes avant que la venue du serveur nous oblige à nous rétracter en les mangeant. En regardant dans la rue avant l'aube, depuis la fenêtre de notre chambre, nous avons vu un groupe de chauffeurs de taxi autour d'un feu de bois allumé sur le trottoir, l'un d'entre eux lisant aux autres un journal tendu à bout de bras. Le lendemain matin, on nous apprit que le pape était mort.

Quand, pour la première fois, nous avons déambulé dans la ville, nous l'avons trouvée noyée dans des voiles de deuil, drapée, enrubannée, close et dépeuplée : adaptation grotesque de l'image qu'en avait eue Gioconda dans son chagrin quand elle arpentait ces mêmes rues, comme si la ville répondait, dans une vision de cauchemar, à l'idée personnelle qu'on s'en faisait.

Ce que je conservai de la lecture de la lettre de Gioconda fut le sentiment que Justin avait complètement disparu de nos vies. Gioconda ne demandait rien d'autre que de reprendre son existence comme s'il n'y était jamais entré ; tout comme je souhaitais moi-même poursuivre la mienne, en abandonnant cet homme derrière moi. Sa fuite précipitée avait libéré Gioconda d'une dévotion peu naturelle, et m'avait libérée moi de l'image idéalisée que je me faisais d'elle. Si je poursuivais mon raisonnement, même Gianni pouvait trouver dans sa douleur matière à se reprendre en main. Seul Justin restait en dehors de ce partage des dépouilles. Il paraissait à peine réel, simple figurant qui n'avait d'existence que parce qu'il avait servi à élargir l'expérience de Gioconda et la mienne, et contribué à notre légende. Une impression que lui-même avait aidé à renforcer en raison des barrières — dans les domaines du langage, du comportement, de la conduite amoureuse — qu'il avait dressées ; pour finir par en être la victime, à l'instar de ces villes lourdement fortifiées qui appellent leur propre chute en suggérant qu'il y a à l'intérieur des murs un trésor qui mérite l'assaut.

On pouvait dire, avec le recul, qu'il s'était trop facilement laissé percer à jour, bien plus que Gianni, qui ne cessait de s'exposer et de se trahir, et dont, pourtant, il restait toujours quelque chose à découvrir.

Repliant la lettre de Gioconda et la rangeant soigneusement, avec autant de soin que Gianni la sienne, dans son enveloppe, je prononçai tout haut le nom qui à aucun moment n'y figurait : Justin Tulloch. Ce qui ne changea rien, ne fit rien pour le ramener à la vie, sauf à laisser, sans écho, le sentiment d'inachèvement.

Justin, si j'espérais t'exorciser en prononçant ton nom ce jour-là, pour la dernière fois, j'échouai dans mon entreprise. Car aucun nom ne m'a jamais hantée comme le tien. Pourquoi, alors qu'une seule demande correctement adressée aurait fourni la réponse, t'avoir cherché depuis et n'avoir jamais réussi à te trouver ? Que ce soit dans les annuaires téléphoniques, minces ou volumineux, de Bruxelles, de Chicago, ou de ceux d'innombrables villes entre les deux, et une fois de Hollywood, où je gardai le volume aux pages molles en équilibre sur mes genoux et le feuilletai tandis qu'une voix dans le combiné n'arrêtait pas de parler d'élan créateur. Justin Tulloch — Tulloch, Justin ; Tulloch, Justin P. ; Tulloch, J. P. — c'est ton nom qui, un jour, finit par venir me trouver, moi.

Cet été — je veux dire, l'été de l'année qui vient de s'écouler —, mon mari, qui est avocat, avait une affaire à régler à Pinner. Pinner était autrefois une jolie bourgade, et non, comme elle l'est devenue depuis, une banlieue de Londres. C'était un samedi de la fin du mois d'août, et le temps, après des semaines d'une pluie glaciale, s'était soudain remis au beau : chaud, ensoleillé et sec. Pendant que l'affaire se réglait, je me promenai dans la ville. La rue principale (c'est du moins, je suppose, ce qu'elle était) descendait en pente sur une courte distance et s'enorgueillissait — l'expression est ici tout à fait inappropriée — d'un certain nombre de salons de thé. Celui dans lequel j'entrai, comme tous les salons de thé de notre enfance, alliait la détrempe brun grisâtre à un vernis plus foncé. Le soleil avait beau darder ses rayons, aucun ne pouvait percer ses fenêtres à petits carreaux gris foncé, creusés de fossettes vitreuses comme par d'innombrables empreintes de doigts, ni illuminer la dame à l'air pincé — spécimen parmi des milliers d'autres — qui, avec un geste d'institutrice plaçant ses élèves, me désigna de son menu enroulé un siège vide au fond de la salle basse à l'atmosphère confinée.

Il régnait dans l'établissement une chaleur estivale et animale. Dans les salons de thé, en Angleterre, on se voit souvent obligé de partager une table. Le thé et les petits gâteaux pour les trois autres femmes assises à ma table — il n'y avait pas un seul homme dans cet endroit surpeuplé — venaient d'arriver sur un plateau en bois. Celle qui menait le trio distribuait à ses amies tasses et soucoupes, fourchettes et assiettes, avec des gestes contraints. Elle portait une robe en coton sans manches, à fleurs roses, et ses bras blancs de femme d'âge mûr, privés de soleil, étaient trop voyants, tout à la fois vulnérables et touchants ; elle-même en semblait consciente, occupée qu'elle était à les tendre et à les replier de manière répétée.

La serveuse prit ma commande, et je ramassai par terre, au pied de ma chaise, un exemplaire abandonné du journal du jour. En reculant un peu contre le mur moutarde, je fus en mesure de l'ouvrir sur mes genoux.

Dame fleurie posa la main sur la théière fleurie. « Je fais la mère de famille ? »

Des tasses, toutes dépareillées, se tendirent. « Sans ordre de préséance. »

Je tournai quelques pages du journal, dans la complète intimité de ces quelques centimètres qui figuraient le droit inviolable que j'avais sur cette table. Nous n'échangeâmes ni un regard ni un mot ; elles bavardaient sans la moindre affectation, comme si je n'avais pas été là. J'admirai leur aptitude à se comporter ainsi.

« J'ai appris qu'ils allaient à Venise pour leur voyage de noces.

— Mais seulement pour huit jours. »

Quand mon thé arriva, je réussis à replier le journal, les coudes plaqués au corps, et à le coincer entre la table et moi. Il se retrouva placé de telle sorte que le bas d'une page était visible. Je me versai une tasse de thé et me servis d'une part de gâteau jaune qui avait tout d'un petit fragment sorti du mur dans mon dos; je tombai alors sur un article qui commençait juste au-dessous de la pliure de la page. C'était une dépêche en provenance d'une île des Caraïbes.

UN HYDRAVION PERDU CORPS ET BIENS

Les recherches pour retrouver un bimoteur amphibie qui aurait dû arriver ici jeudi soir ont été abandonnées. On pense que l'appareil, qui ramenait une expédition scientifique d'une île voisine, a eu une panne de moteur dans la dernière partie de son parcours... En dehors des trois membres de l'équipage, l'avion transportait deux passagers non identifiés et un scientifique britannique, le professeur J. B. Tulloch de l'université d'Édimbourg... Le professeur Tulloch laisse une veuve, Mrs Lorna Staines Tulloch, résidante d'Elgin Crescent, à Édimbourg, ainsi que deux jeunes fils.

« Une autre tasse, quelqu'un ?

— Pas pour moi. Avec cette chaleur.

— Il faut lui changer son pansement tous les jours, comme je vous le disais. Ma foi, a-t-elle affirmé, je m'y suis faite maintenant, on se fait à tout, mais je peux vous assurer qu'au début j'en avais l'estomac retourné. »

La tasse dans une main, un morceau de gâteau embroché sur la fourchette dans l'autre, j'ai incliné la tête sur ton nom, Justin, enfin, dans ce salon de thé de Pinner, tout près des toupets d'un blond grisonnant de mes bavardes de voisines. Mon estomac s'est retourné lui aussi, je peux te le dire, mais on se fait à tout. Au pincement d'une jalousie posthume tout à fait déraisonnable, au choc représenté par ta nouvelle vie arrivée à son terme avant même que j'en apprenne l'existence ; et à ce nom que j'avais cherché partout sans le trouver. L'initiale du second prénom, dont tu étais si fier, était erronée, il y a toujours un petit détail qui cloche. Nous avions rendez-vous à Pinner, ton nom et moi. Inutile désormais d'essayer de le trouver, les recherches ont été abandonnées.

Gianni se redressa sur un coude. Le pli blanc du drap se tendit et se plaqua autour de ses épaules, comme la robe dans une sculpture du Bernin. « Alors, quelles sont les nouvelles ?

— Il y en a plusieurs, dis-je. Mais comment sais-tu que j'ai des nouvelles ?

— Parce que tu ne m'as pas demandé si moi j'en avais.

— Je t'en parlerai quand on aura mangé quelque chose. »

À la suite de la maladie, j'étais devenue boulimique, comme si tous mes organes avaient un besoin criant d'être réapprovisionnés. Dès que Serafina partait en début d'après-midi après avoir fait la vaisselle du déjeuner, je filais dans la cuisine et ouvrais des boîtes de conserve, versais de la soupe dans une casserole, débitais en tranches du pain et du fromage. La veille au soir, j'avais dévoré la plus grosse partie d'un poulet rôti et nettoyé une boîte d'Indian Pudding achetée à notre magasin. Je demeurai un peu plus longtemps aux côtés de Gianni, mais n'avais qu'une chose en tête : manger.

Il me suivit dans la cuisine, restant sur le seuil et fourrant ses bras dans sa chemise. « Qu'est-ce qu'il y a comme perte dans une tomate ! » fit-il remarquer, comme s'il n'avait jamais vu jusque-là quelqu'un en découper une. Il posa la main sur ma nuque et la fit remonter sous mes cheveux. « Le jaune s'atténue.

— Je l'espère bien. Je commençais à penser que j'allais rester jaune toute ma vie.

— Ta maladie… elle donne à la situation un caractère plus macabre que jamais.

— Je ne crois pas être encore contagieuse.

— Grands dieux, gémit Gianni, je n'y ai même jamais pensé. Ce n'est pas ça que j'avais en tête, quoique… C'est comme… C'est un peu…

— De la nécrophilie.

— Eh bien… il y aurait un peu de ça, oui… Tes orteils, même tes orteils sont jaunes, Jenny. »

D'une main, je disposai des tranches de jambon sur une grande assiette, tandis que de l'autre j'en roulais une, que je m'enfournai dans la bouche. Gianni me regarda entasser sur un plateau du pain, de la mozzarella, et des fruits dans un saladier plein d'eau. « Doucement, dit-il. Je n'ai pas faim à ce point.

— Moi, si. » Je pris deux serviettes dans un tiroir et les fourrai dans la poche de ma robe de chambre.

« Il manque un verre, dit Gianni, tandis que je soulevais le plateau.

— Je n'ai pas droit au vin. » Je n'avais jamais été vraiment malade auparavant, et me plaisais à citer ces interdits. « Ni au vinaigre », ajoutai-je, mais il en aurait fallu davantage pour pousser Gianni à porter un plateau.

Nous nous installâmes sur la terrasse. C'était un autre de ces après-midi doux et tranquilles, et je regardai la ville, les montagnes, la mer, les falaises élancées de Sorrente, au loin, écarquillant les yeux pour tout embrasser. Impressions, sensations, expériences criaient, elles aussi, famine et demandaient à être réapprovisionnées : j'avais les yeux aussi grands que le ventre.

« C'est vrai que tu as meilleure mine », dit Gianni. Il posa la bouteille d'eau minérale à l'ombre à côté de sa chaise. « Maintenant, raconte. Elle t'a écrit. » J'acquiesçai de la tête, la bouche pleine. « Moi, je n'ai pas eu de nouvelles. Tu me montreras la lettre ?

— Je pourrais. Mais ce n'est pas nécessaire. » Je tenais tout spécialement à la garder pour moi, cette ultime communication entre Gioconda et moi.

« Elle parle de moi ?

— Pas de manière explicite.

— Gianni n'a pas besoin d'être explicité, fit-il remarquer, pour masquer sa déception.

— Elle était seule quand elle a écrit. À l'heure qu'il est, elle doit être à Nice avec sa sœur. »

Gianni arracha un grappillon de raisin. Je regardai les grains trembler entre ses doigts, aussi délicatement que s'ils étaient encore sur le pied de vigne. « C'est fini, si je comprends bien ? » Au bout d'une minute, il se leva et alla s'appuyer sur la balustrade, me tournant le dos, mangeant son raisin, et jetant les pépins dans la mer. Pour finir, il jeta la tige et revint s'asseoir à mon côté. Il prit ma main qu'il pressa sur son visage, avant de la laisser retomber.

« Gianni, dis-je, je vais être explicite. Va la chercher. »

Il posa son pied nu sur la balustrade. « Ça pourrait si facilement mal tourner, vois-tu.

— C'est ce qu'elle attend. Non pas qu'elle le dise, ajoutai-je quand il leva les yeux vers moi.

— Tu vois bien ! » Mais je sentais qu'il le ferait. Quand il poursuivit : « Il va falloir que j'aille récupérer la voiture », je repensai à Gioconda, qui s'était acheté une nouvelle robe pour partir à Tripoli, et tentai de chasser ce souvenir. « Elle doit rester là-bas combien de temps ?

— Jusqu'aux environs de Noël. »

Gianni se renversa sur son fauteuil en rotin, le pied passé sous la main courante de la balustrade. « Tu avais d'autres nouvelles à m'annoncer, finit-il par dire. Tu as parlé de plusieurs choses.

— Oui. On me demande d'aller en Amérique. »

Nous échangeâmes un long regard. « *O Dio.* »

« Il faudrait que j'y sois en novembre. Pour présenter le rapport de cette commission mixte dont je fais partie ici, le soumettre, pour autant que ça veuille dire quelque chose. » Je me vis gravissant les marches du Lincoln Memorial, le seul bâtiment de Washington dont je savais à quoi il ressemblait, un énorme manuscrit dans mes mains tendues — une sorte de présentation de la Vierge. « Au cas où il y aurait des changements de dernière minute, ce genre de chose. Il faudrait que je rempile pour au moins un an.

— La dernière minute semble quelque peu extensible, observa Gianni. Et le salaire ?

— Pas fameux. Mais mon voyage est payé, et je peux prendre le bateau.

— Tu crois que tu seras suffisamment remise ?

— À ce moment-là, oui.

— Tu connais quelqu'un là-bas ?

— Non. Mais je ne connaissais personne ici non plus.

— Et regarde-toi, maintenant. » Gianni sourit, détaillant du regard mes jambes nues, puis mon épaule qui sortait de la robe de chambre.

J'eus un petit rire. « Je ne sais pas pourquoi je pleure, dis-je. Le contrecoup de la maladie, j'imagine. »

Gianni rapprocha sa chaise de la mienne, tendant la main pour déplacer la bouteille d'eau minérale. « C'est terrifiant, ce qui t'est arrivé, dit-il. C'est pour ça que tu pleures. » Il prit à nouveau ma main droite dans la sienne, et je m'essuyai les yeux avec la gauche.

Nous restâmes assis sans bouger, main dans la main. « On doit avoir l'air de Darby et Joan. Encore que je ne me les sois jamais représentés assis devant la baie de Naples.

— *Ma chi sono ?*

— Mon Dieu, ne me demande pas… bon, c'est un vieux couple bien comme il faut, confortablement assis au coin du feu.

— Eh bien, puisque je suis censé être le vieux John confortablement…

— C'est Joan, pas…

— … laisse-moi, pour ton confort, te confier mon idée. Je vais téléphoner, maintenant, aux compagnies de navigation, pour te trouver un bateau qui convienne. Je n'irai pas rejoindre Gioconda avant de t'avoir vue proprement embarquée, quoi qu'il puisse arriver. Je te mettrai moi-même sur le bateau. » Il me lâcha la main et se leva. « Pas un mot, s'il te plaît. Laisse-moi d'abord téléphoner, et après on en parlera. Ce sera mieux comme ça, ça nous donne davantage de temps.

— Je n'ai pas besoin de plus de temps, dis-je.

— Je voulais dire... excuse-moi... davantage de temps à Gioconda et à moi. »

Il rentra, mais revint aussitôt. « Où est-ce que je trouve du papier et un crayon ?

— Dans le... » Je me souvins de la lettre de Gioconda dans le tiroir de la table de chevet. « Sur le bureau du salon. »

Je l'entendis au téléphone, utilisant le langage précis, exercé, que les Italiens ont mis au point pour régler les détails pratiques. Je voyais son reflet dans la porte vitrée grande ouverte : allongé sur mon lit défait, il faisait des gestes ironiques traduisant exaspération ou perplexité de sa main libre, dont il couvrit bientôt l'appareil. « Quelle classe ?

— Première ! lui criai-je en retour. On me paie le voyage en première classe.

— Ah, le contribuable a bon dos. » On aurait cru entendre Justin. Il se redressa sur le lit et se mit à griffonner sur le morceau de papier. Je l'entendais répéter des dates, les rejeter, en demander d'autres, énumérer les ports et les prix. Il finit par raccrocher et venir me rejoindre sur la terrasse.

« Bon, dit-il, en s'asseyant et en lissant le papier sur son genou. Départ de Gênes, disons, début novembre. Les autres partent trop tôt ou trop tard. » Il me livra une liste exhaustive, signalant chaque fois les impossibilités.

« Mais, Gianni, c'est absurde d'aller jusqu'à Gênes,

pour prendre un bateau, alors qu'on peut partir de Naples.

— Je t'emmènerai, dit-il. J'ai réfléchi à la question. Je t'emmènerai à Gênes, puis je continuerai sur Nice. » Il attendit que je réponde, avant de poursuivre. « C'est un peu bizarre — et même extrêmement bizarre —, mais tout est bizarre dans cette histoire, depuis le début. À moins que ça ne te paraisse *trop* bizarre. »

Je secouai la tête. Je repensai à Justin en train de dire : « C'est ça, l'amour. Il faut me croire, Jenny. » Ce dont j'étais le plus consciente, c'était de ce luxe qu'il y avait à voir quelqu'un s'occuper de tout à ma place. « Mais Gênes, tout de même, dis-je à nouveau. Alors que je suis ici, à Naples.

— C'est bien mieux comme ça. Écoute… partir d'ici, après tout ce qui t'est arrivé… ce sera moins dur si nous faisons comme je dis. Ah, Jenny, est-ce que tu as jamais vu un bateau sur le point de partir de Naples pour l'Amérique ? Les gens d'ici… tellement sentimentaux qu'ils pleurent en prenant un train pour la ville voisine, tu imagines ? Grands dieux, toutes ces malles vertes bon marché… Toi, tu supporterais peut-être le spectacle, moi pas. » Les habituelles larmes embuèrent ses yeux. « Non, crois-moi. Gênes, c'est la meilleure solution. À moins que tu ne veuilles partir d'Angleterre. » Je secouai à nouveau la tête. « Et ta famille ? Ils ne s'intéressent pas à ce que tu fais de ta vie ? Ils ne s'inquiètent pas pour toi ?

— Ils s'inquiètent pour eux-mêmes. C'est leur spécialité, tu vois ; c'est ce qu'ils font le mieux.

— Ce n'est pas vraiment quelque chose que l'on peut

faire bien, dit Gianni. L'autre possibilité serait... tu pourrais rester ici. Ils te trouveraient sûrement quelque chose, un autre travail.

— Gianni, dis-je, je vais te parler un peu de ma famille. » Il pensait que nous en avions fini avec ce sujet, et son visage prit une expression indicatrice d'un ennui imminent. « Et tu comprendras pourquoi je ne veux pas rester ici. » Je m'arrêtai, arrivée à une sorte de carrefour mental où convergeaient plusieurs routes. « À une époque, j'ai entrepris de combler le manque dont souffrait le mariage de mon frère. Sa femme n'était pas consciente de m'encourager dans cette tentative, mais c'était quelque chose dont, avec un minimum de réflexion, elle aurait pu se rendre compte. Même après l'avoir découvert, j'aurais pu rester, en me recentrant un peu par rapport à eux, en continuant, un peu différemment, dans la même voie, n'eût été son intention de se servir encore de moi — comme d'une sorte de faire-valoir de sa magnanimité. Il fallait que je devienne pour elle un objet de pardon et de compréhension jusqu'à la fin de mes jours. Encore une fois, elle n'était pas consciente de son attitude ni de ses attentes ; mais elle aurait dû l'être. » Gianni fit la grimace, comme si c'était là demander la lune. « Si je te parle de ça, c'est pour que tu saches pourquoi je refuse de rester et d'attendre le retour de Gioconda. Parce que ce qui s'est passé là-bas, vois-tu, s'est en partie répété ici. À cette différence près que j'aime Gioconda, et que je ne supporterais pas que ce qui reste de notre amitié devienne une démonstration mutuelle de magnanimité. Il est trop tôt pour que nous nous revoyions. D'une manière ou d'une autre. »

Gianni sourit. « Je suis qui dans l'histoire, l'une ou l'autre ? » Mais il hocha la tête. Pour lui, c'était une évidence, et je crois que la seule chose qui le surprenait, c'était que quelqu'un ait pu gaspiller sa salive à vouloir l'expliquer. « L'Amérique, reprit-il au bout d'un moment. Voilà un pays fascinant », comme s'il n'avait jamais rien eu à dire contre. Il parla du voyage à Gênes, de mon bail, de mes bagages. Il rentra pour téléphoner à Bindi, son secrétaire, et revint quand il eut terminé. Si nous prenions le train, il pouvait s'arranger pour que la voiture l'attende à notre arrivée à Gênes. Nous pourrions faire un arrêt à Florence en chemin, puisqu'il devait s'y rendre pour son travail et que je ne connaissais pas la ville.

Je me demandai ce que Bindi pensait de tout cela. Il avait sans doute classé l'épisode parmi d'autres incidents du même acabit. Il était tout à fait possible que, fort de son expérience, il fût en mesure d'en prévoir le développement et la conclusion, qu'il sût déjà ce que nous, nous n'apprendrions qu'après coup. Prisonniers des événements, il nous fallait aller jusqu'à leur terme avant d'en connaître l'issue.

Quand je commençai à rassembler la vaisselle sur le plateau, Gianni me tapota l'épaule et dit : « Alors, tu dois bien reconnaître que le vieux John n'a pas que de mauvaises idées.

— Je l'aime bien, le vieux John », dis-je en riant, avant d'engloutir le dernier morceau de pain, que je n'avais pas quitté des yeux pendant tout ce temps.

XIV

Quand on prend le train à Naples pour partir vers le nord, on passe, sur deux ou trois kilomètres, entre des rangées de peupliers reliés par de grands écrans de plantes grimpantes. Les espaces entre les arbres sont fermés par les larges pans un peu affaissés des feuilles, de l'épaisseur d'un mur, et interrompus seulement là où le train passe au milieu, comme à travers une succession de rideaux écartés. Les arbres sont si hauts, la végétation si dense, qu'on a l'impression qu'ils sont là depuis des siècles. Chaque fois que j'étais allée à Rome, c'était toujours avec la même impatience que je les attendais après l'arrêt à Pouzzoles ; et, au retour, c'étaient eux qui constituaient les véritables abords de Naples. Ce jour-là, je les désignai à l'attention de Gianni, tandis que nous étions assis l'un en face de l'autre dans un nouveau train express. Les peupliers perdaient leurs feuilles couleur citron, qui tournoyaient dans le vent de ce jour gris de novembre, et la grande structure laissait filtrer la lumière comme un tissu élimé.

« J'avais oublié qu'ils seraient déjà dénudés.

— Ils sont presque plus beaux comme ça. On dirait

une toile d'araignée, une anatomie. On voit comment tout ça tient debout. »

Mais j'aimais moins le spectacle, ces guirlandes qui se détachaient des arbres, les cordons des tiges de la vigne vierge mis à nu, et regrettais les fantastiques barrières de verdure.

« Ce train…, dit Gianni, tandis que nous tanguions et oscillions. Il veut tellement bien faire que j'ai peur de le voir tomber en panne. » Mais le train était censé nous emmener à Florence en un temps record ; et c'est ce qu'il fit. Gianni devait retrouver un confrère, et nous devions y passer la nuit, avant de poursuivre notre voyage jusqu'à Gênes. Je m'étais totalement abandonnée à ses soins, depuis le début, acceptant toutes ses propositions, heureuse qu'il veuille bien m'en faire. Comme Gioconda l'avait dit de lui : « Il a pensé à tout. » C'était même Gianni qui avait eu l'idée que Serafina se charge du colonel, lequel restait à Naples pour, bien évidemment, garder la forteresse.

Lors de notre dernière soirée à Naples, Gianni, qui était venu me chercher depuis Rome, m'avait trouvée, à son arrivée, en train de coller des étiquettes sur mes bagages ; il en avait pris une, qu'il avait fait semblant de me coller sur le front.

« C'est exactement comme ça que je me sens », avais-je réagi.

Maintenant, dans le train, je lui dis : « Je n'aurais pas fait tout ça, si tu n'avais pas été là. » Devant son air inquiet, je précisai : « Ce que je veux dire, c'est que tu t'es occupé de tout. Tu as pensé à tout.

— Ah bon… mais c'est que les femmes sont nulles

quand il s'agit de planifier un voyage. » Je repensai à Gioconda ratant son avion à Malte, et je savais qu'il y pensait aussi. « *Paresse mentale** », dit-il.

Au début du voyage, il ne cessa de parler, pour atténuer l'impression d'un adieu définitif. Au bout de quelques kilomètres, quand nous eûmes dépassé les grands peupliers, il se laissa aller en arrière, apparemment content de lui, et de moi, à la manière dont un médecin, occupé à soigner votre blessure, essaie de vous distraire jusqu'au moment où il va pouvoir vous surprendre en disant : « Voilà, c'est fini », et vous montrer la plaie refermée ou l'épine qu'il vient de vous enlever. Ainsi Gianni essayait-il de distraire mon attention de la ville qui ne devait plus jamais, à l'avenir, me sortir de l'esprit.

Le chagrin se refusait à naître en moi : j'étais indolente, comme repue. Il y avait pour l'instant trop de choses à ingérer, trop d'éléments à assimiler dans un futur qui se profilait déjà et affectait sérieusement le présent. À partir d'indices trop rares, il me fallait imaginer un autre environnement. Sur une carte, la ville de Washington était une énigme. Il avait été autrement plus facile de se voir, même en se trompant, à Naples, avant de quitter l'Angleterre. « H » Street est plus difficile à évoquer en imagination que San Biagio dei Librai.

« Il me revient, dis-je, que je connais bel et bien quelqu'un à Washington. Ma belle-sœur a un cousin qui est en poste là-bas — un diplomate mineur.

— Tous les diplomates sont mineurs », rétorqua Gianni.

Je m'emparai d'un journal qu'il avait acheté à la gare. La manchette annonçait que les Russes venaient d'envoyer une chienne dans l'espace. « Grands dieux, Gianni, tu as vu la nouvelle ?

— Oui, je voulais t'en parler. Bergman divorce enfin de Rossellini. »

Je regardais le paysage du Sud défiler derrière notre fenêtre, mais son atmosphère était trop évanescente désormais, minée par ce futur qui ne cessait d'envahir mes pensées — le Nouveau Monde, son ingéniosité, ses formes géométriques. Je me représentais la carte de l'Amérique du Nord, cherchant à en faire un pays, découpant des États les uns après les autres. Le train passa en trombe au pied d'une colline caillouteuse, et de l'autre côté nous entraperçûmes des ruines, un château, des murs blancs et la mer.

Je me levai pour regarder. « Une citadelle écroulée sur la côte. Un cap aux oliviers chenus dans l'océan.

— Qu'est-ce que c'est ?

— Du Tennyson. » Je songeai que j'allais apprécier de retrouver ma langue.

« La poésie va te manquer. C'est une denrée rare en Amérique. » Gianni me caressa le bras, tout en levant les yeux vers moi, avant de regarder par la fenêtre. « Ça ne ressemblera pas à ça, là-bas.

— Mais j'ai tant de raisons d'y aller. »

Il hocha la tête. « Sans compter celles dont tu ne sais rien encore. »

À Rome, notre seul arrêt, une femme entre deux âges monta dans notre compartiment. Courtaude, robuste, vieille fille, et mourant d'envie de bavarder. Il ne lui fallut pas longtemps pour se pencher en avant et se tenir prête, avec force impatience, à prendre part à tout échange que Gianni et moi pourrions avoir, ses yeux furtifs nous sollicitant à tour de rôle dans l'espoir de nous voir briser notre silence — car, après les civilités d'usage, nous étions restés muets. Quand nous traversions une gare à grande vitesse, elle nous disait d'une voix encourageante : « Orte » ou « Orvieto » ; sur quoi, je lui souriais, la remerciais, moins encline que jamais à entamer la conversation. Quelque part aux environs de Chiusi, la déception que nous lui causions atteignit son comble, et elle nous quitta pour rejoindre un autre compartiment — après que Gianni eut descendu sa valise du porte-bagages, et que nous lui eûmes, pour ainsi dire, souhaité meilleure chance pour la suite à grand renfort de sourires et d'adieux.

Gianni reposa les pieds sur la banquette en face de lui, le long des plis de ma robe. « Cette femme était une vraie poudrière. Une seule étincelle, et c'était l'explosion.

— Nous avons tellement vécu à l'écart du monde tous les deux. Nous avons perdu l'habitude des sorties, du contact avec les autres. » Tout ce qui s'était passé entre Gianni et moi, jusqu'à ce matin-là, avait eu pour cadre les quelques mètres carrés de mon appartement. Même la perspective illimitée offerte par ces pièces qui ouvraient sur la vie de la baie avait contribué à nous séparer du monde, comme si nous nous étions trouvés dans une loge à l'opéra.

Je fis part de cette réflexion à Gianni, qui tomba d'accord. « L'Italie, c'est un peu ça — on est sans arrêt à regarder quelque chose, à étudier le paysage. Il faut dire c'est un des derniers endroits où il reste encore un paysage à étudier. »

Nous retombâmes dans le silence jusqu'à ce que, comme pour confirmer ses dires, il lève une main en direction de la fenêtre. « Maintenant, si tu regardes bien... non, là, juste là, continue dans la même direction, voilà... tu vois la cathédrale de Florence. On est pratiquement arrivés. »

Par une froide et lumineuse journée de novembre, Gianni et moi étions en train de déjeuner au restaurant de notre hôtel à Florence. Gianni faisait tourner le moulin à poivre au-dessus de ses *fettuccine* comme s'il était en train de tordre le cou à quelqu'un. Il s'était rendu ce matin-là pour son travail dans une villa non loin de San Casciano, et en était revenu complètement remonté. Malgré tout, ces temps-ci, son humeur bagarreuse s'évacuait assez vite ; on aurait pu croire qu'il ne lui permettait plus qu'une apparition pour la forme de temps à autre, histoire de prouver qu'elle n'avait pas été feinte auparavant, ou qu'il ne reniait pas ses comportements antérieurs. C'est ainsi qu'au bout d'un moment, il me parla très raisonnablement de son travail de la matinée, sans rien dramatiser, de la villa qu'il avait vue et du superbe panorama qu'elle offrait sur le Val di Pesa. La passe difficile qu'il venait de traverser l'avait obligé, finalement, à mettre les choses en perspective, et je sentais que, d'une manière un peu folle, j'avais eu sur lui une bonne influence.

Gianni fumait, le coude appuyé sur la table. « C'est dans cette salle que j'ai rencontré ma femme pour la première fois. Elle était assise là-bas, contre ce mur. »

Je regardai dans la direction indiquée et vis une blonde

sur une banquette, en compagnie d'un garçon aux cheveux coupés en brosse. C'était la première fois que Gianni me parlait de sa femme.

« Je n'arrivais pas à en détacher les yeux. Elle était avec deux hommes, son frère et un ami. Elle m'a dit par la suite qu'elle aussi m'avait remarqué… mais je pense que c'était juste pour se montrer polie. »

Comme ils sont tortueux, ces chemins de l'amour, serpentant autour de nous, nous piégeant dans leurs entrelacs, se faufilant sur la moquette rouge d'un restaurant, grimpant même aux murs.

Parce que son mariage était indissoluble, j'avais pris l'habitude d'imaginer que Gianni avait toujours été marié et le serait toujours, et je n'avais jamais pensé qu'à une époque Gioconda et lui aient pu être sans attaches ; libres, autrement dit, s'ils s'étaient rencontrés, de se marier ensemble.

« Gianni, comment sont-ils, tes enfants ?

— Magnifiques. »

C'est la seule déclaration totalement assurée que je l'aie jamais entendu prononcer. Elle le mettait à part de nous autres, Gioconda, Justin et moi. De manière parfaitement irrationnelle, elle nous faisait honte.

« Je ne sais pourquoi, dis-je, le fait que tu aies des enfants devrait nous faire honte, mais c'est le cas. Pourquoi faut-il que ça fasse une telle différence ? Avoir un enfant, somme toute, ce n'est rien, ce n'est pas un acte vertueux, parfois même tout le contraire. C'est à la portée de n'importe qui. »

Gianni hocha la tête. « Dans mon cas, fit-il remarquer,

je peux vraiment dire, comme le font les Anglais, que ce fut aussi facile que de prendre une bûche. »

C'était là une autre portion de terrain qu'avait traversée Gioconda : ces configurations étrangères de l'existence de Gianni, qui l'avaient fait souffrir, et auxquelles elle n'avait pas réussi à se résigner.

Nos pensées suivaient le même cours, car, au bout d'un moment, Gianni me dit : « Tu sais qu'un jour j'ai rencontré le père de Gioconda. » Il avait prononcé le « tu sais » du ton de celui qui est parfaitement conscient que vous êtes à cent lieues de savoir. « Rome, poursuivit-il, automne 45. Piazza Campitelli. J'étais tombé sur des amis qui allaient au restaurant et m'ont demandé de me joindre à eux. Ils devaient dîner avec cet homme… et j'ai failli refuser, n'ayant pas trop d'atomes crochus avec les professeurs d'histoire. Pour tout dire, c'était l'histoire elle-même qui, à ce moment-là, n'avait pas mes faveurs. Mais c'était quelqu'un de connu alors, à cause de la guerre, tu comprends… et je ne savais pas trop quoi faire. Alors, j'y suis allé. »

Le père de Gioconda était devenu pour moi une figure tellement légendaire que c'était rassurant d'avoir en face de soi quelqu'un qui l'avait rencontré en chair et en os.

« Je dois bien admettre, dit Gianni, reconnaissant par ces mots qui était son vrai rival, qu'il était passablement impressionnant. Une énorme crinière blanche, un visage bronzé tout plissé à force de s'inquiéter de choses qui le méritaient. Une maîtrise extraordinaire de la langue, que l'on trouve chez certains Napolitains, des mots isolés constituant à eux seuls des récits entiers, des expressions déployées comme de la couleur sur une toile… » Il s'interrompit. « Il y avait une chose, pourtant. » Il attendit que je lui demande quoi, puis poursuivit. « Il avait une batterie — ça a l'air sans importance comme ça —, toute une batterie de médicaments, des petits cylindres en verre qu'il a disposés à côté de son assiette et qu'il a ouverts l'un après l'autre avec une lime en métal qu'il avait avec lui dans ce but précis. Il en faisait un véritable rituel, et on se sentait forcé de regarder ; c'était un passage obligé. Comme je l'ai dit, il était vraiment remarquable. J'ai beaucoup aimé ce qu'il disait, et la façon dont il se comportait. Mais je n'ai pas pu m'empêcher de penser que… quelqu'un qui fait ça en public, tous ces flacons… il y avait forcément quelque chose qui clochait.

— Gioconda sait que tu l'as rencontré ?

— C'est comme ça que je l'ai rencontrée, elle. On m'avait prévenu qu'elle ne répondait pas aux lettres, qu'elle n'avait pas le téléphone ni rien. Alors, je lui ai écrit en lui précisant que j'avais connu son père — j'ai un peu exagéré, parce qu'on ne s'est jamais vus que cette unique fois. Quand elle m'a répondu, je suis allé la voir, et je lui ai dit ce qu'il en était. Naturellement, ajouta Gianni en baissant la voix, je ne lui ai rien dit de toute cette histoire de médicaments. » Il s'arrêta à nouveau, frappé par le fait qu'il ait pu un jour épargner quelque chose à Gioconda. « À ce moment, après être tombé très malade, il était mort, si bien que les médicaments prenaient une autre signification, ils étaient sacro-saints.

— Elle ne me l'a jamais dit… que tu avais rencontré son père. »

Gianni fit une grimace. « C'était une de ces choses... tu sais bien, qui la tracassaient. Bien sûr, avec le recul, ça paraît bizarre, mais elle y accordait trop d'importance, elle était toujours à se poser des questions, jusqu'à ce que je l'oblige à laisser tomber le sujet. C'est le Sud, affirma Gianni, comme si Gioconda n'était pour nous rien de plus qu'un spécimen représentatif d'une particularité régionale. Ces gens raffolent de ce genre de choses. »

« Jenny, ma chérie, dit-il, m'effleurant la main sur la nappe. Ça fait si longtemps. » Ce qu'il voulait signifier par là, ce n'était pas l'éloignement de ces événements dans le temps, mais le lien qu'ils avaient créé.

Le réceptionniste de l'hôtel s'occupait de nous obtenir des billets pour le train de Gênes qui partait de bonne heure le lendemain matin. On déjeunait dans le train, lequel arrivait à Gênes l'après-midi, et mon bateau partait le soir même. Un programme aussi serré m'inquiétait.

« Et s'il arrivait quelque chose ?

— Que veux-tu qu'il arrive ? » Gianni me regarda d'un air surpris, comme s'il n'avait jamais rien connu qui ait pu le faire douter de la progression ordonnée des événements ou de la réussite d'une entreprise planifiée.

Nous étions à nouveau dans le train, Gianni et moi, attendant de quitter Florence. Cette fois-ci, c'était moi qui avais les pieds sur la banquette d'en face, et sur les genoux de Gianni, qui s'efforçait de les réchauffer entre ses mains. Le train était resté en gare toute la nuit, la nuit la plus froide de l'année. Le chauffage ne marchait qu'une fois la locomotive en route, et celle-ci n'avait pas encore démarré. Nous étions recroquevillés chacun dans notre coin, moi, débarrassée de mes chaussures glacées, mes mains gantées enfoncées dans mes manches, Gianni, son écharpe bleue remontée sur les oreilles. De temps à autre, l'un d'entre nous abaissait la main devant les bouches froides du chauffage situées sous les sièges, dans l'espoir d'intercepter un premier frémissement de chaleur. Gianni ne disait rien, les yeux sur le quai, ses mains pétrissant lentement mes doigts de pied gelés.

Il finit par ôter son écharpe, qu'il enroula autour de mes pieds. Je secouai la tête en signe de refus, et il me rassura d'une grimace, comme si nous redoutions que le seul fait de parler n'accentue encore l'impression de froid. Le geste qu'il fit pour dénouer l'écharpe qu'il avait autour du cou me remit en mémoire Gioconda et le jour où, en entrant dans la cour de San Biagio, je l'avais trouvée agenouillée à côté de sa chatte, qui gisait là, assommée, après avoir sauté d'une fenêtre à l'étage en voulant attraper un papillon. J'avais vu Gioconda retirer son cardigan pour en couvrir l'animal, lui faisant un oreiller d'une des manches repliées. Cet instinct de pélican — car il faisait bon ce jour-là, et l'animal n'avait nul besoin d'être couvert — qui pousse à se défaire de quelque chose de manière à porter secours dans l'urgence à une autre créature est si fort qu'il en devient une manifestation primitive, plutôt qu'un raffinement, de compassion humaine. Peut-être est-ce là la raison pour laquelle saint Martin n'offrit que la moitié de son manteau au mendiant.

Sur le quai par ailleurs désert, quelques garçons faisaient les idiots et se bagarraient pour se tenir chaud ;

Gianni, en les regardant, remarqua tristement : « Quand les Italiens se mettent à être bêtes, ils font mieux que n'importe qui. »

Nous étions à nouveau repliés sur nous-mêmes, séparés pour la dernière fois de notre environnement. Nous aurions pu tout aussi bien être les seuls passagers de ce train glacé, qui s'ébranla enfin et, avec force gémissements métalliques, se mit à souffler sa chaleur lourde sur nous et sur l'épaisse garniture des sièges, avant de quitter la gare en cahotant pour se diriger vers Pise, son premier arrêt. Nous traversâmes lentement les faubourgs de Florence, avant de passer au milieu de champs plats si tristement dénudés de toute parure estivale qu'ils donnaient l'impression d'avoir été nettoyés de leurs décombres après une catastrophe.

Un contrôleur vint vérifier nos billets, un garçon nous apporta du café chaud et nous promit un déjeuner pour plus tard. Un homme plus âgé, vêtu d'une veste blanche, passa la tête dans la porte et nous demanda si nous avions besoin de quelque chose.

« On se croirait dans une cellule de condamné à mort, fit observer Gianni. Ils ne vont pas tarder à nous envoyer le prêtre. » Il reposa mes pieds par terre et me laissa enfiler mes chaussures. Il se pencha vers moi et m'embrassa. « Tu te souviens, dit-il, quand je t'ai embrassée à Herculanum, cette toute première fois ?

— C'était abominable. » Je fus surprise de le voir paraître à ce moment plus fidèle à Gioconda qu'il ne l'était alors.

« Tu m'as regardé comme si je venais de sortir la pire des banalités.

— Oui. Je suis restée furieuse tout l'après-midi. » On aurait cru un homme et une femme en train de découvrir les origines de leur amour l'un pour l'autre, d'en remonter le cours.

« Je me demande quel effet ça te fera, quand tu y repenseras plus tard, dit Gianni, faisant allusion à notre relation et indiquant du geste le compartiment.

— Le même, j'imagine.

— Un effet dont je n'ai pas la moindre idée.

— Eh bien, le sentiment d'avoir été l'objet d'une grande courtoisie. D'un acte de sauvetage.

— Un sauvetage qui a été réciproque, dit-il, avant toutefois d'ajouter : Le sauvetage, c'est ma spécialité. »

Un peu plus tard, il me demanda : « Tu es sûre que tu ne vas pas m'en vouloir, de tout ça ? Parce qu'une femme comme toi... normalement ne ferait ça... préférerait le faire par amour.

— On pourrait dire en effet que je l'ai fait par amour. » J'entendais par là, par amour pour eux : lui et Gioconda.

« Non, ça ne tient pas, ça. C'est trop tiré par les cheveux. Et ça ne serait même pas souhaitable. Je n'ai pas une telle noblesse de pensée, crois-moi, mais je ne suis pas non plus, en l'occurrence, totalement méprisable. Je voulais simplement savoir si toute cette histoire ne risquait pas de t'apparaître plus tard comme un autre renoncement.

— Elle le devrait, sans doute. Au lieu de quoi, j'ai l'impression d'avoir choisi librement.

— Pas simplement une affaire d'étiquette que je t'ai apposée là ? » Il posa la main sur mon front comme pour voir si j'avais de la fièvre.

« Ça, c'était pour le voyage. La destination finale, c'est moi qui l'ai choisie.

— Une destination où je ne peux pas me rendre avec toi. »

Nous savions l'un et l'autre que ce n'était pas vrai, qu'en fait c'était pire : venir avec moi, il le pouvait, mais ne le voulait pas.

Pendant toute la matinée, nous remontâmes la côte italienne, longeant des collines et des promontoires, des hauteurs couronnées de chapelles et de châteaux, des pentes couvertes de vergers et de vignobles. Des fermes en pierre et des villas aux murs rosés montaient à l'assaut de champs automnaux en terrasse ou se détachaient contre des forêts couleur de rouille. La mer, quand elle apparaissait sur notre gauche, était étale, brillante, bordée par un fouillis sans vie de stations balnéaires et de plages fermées.

« Ce que j'aime dans le paysage italien, m'informa Gianni, c'est que l'on n'y trouve pas cette insistance ridicule sur les grands espaces. Ce genre de chose peut passer ailleurs. Mais ici, on pourrait presque dire que l'on a affaire à un paysage d'intérieur. C'est la nature avec de belles manières — non, c'est trop insipide. Disons plutôt que c'est comme si la nature était capable de pensée et de joie. »

Nous ne fîmes ni l'un ni l'autre allusion au volcan.

Au-dessus du plateau du déjeuner, nous aperçûmes les Alpes apuanes. « Gianni, regarde. Il y a déjà de la neige là-haut.

— Ce n'est pas de la neige. Ce sont les cicatrices laissées par les carrières. On ne va pas tarder à traverser les villes où ils descendent le marbre — Pietrasanta, Forte dei Marmi. Là-haut, c'est fascinant : les hommes qui travaillent dans les carrières ont une existence qui n'a rien à voir avec la nôtre. Comme s'ils travaillaient sur les montagnes de la lune. » Il se trouvait que Gianni avait un jour tourné un documentaire, un épisode réel quelque peu romancé retraçant le séjour de Michel-Ange dans les carrières de Carrare. « Il y a construit une route, Michel-Ange. On a recréé les conditions de l'époque, comme ils disent, mais quelle prétention ! Si seulement on en était capable. On faisait taper les hommes sur le premier rocher qui se présentait, uniquement pour le tournage, tu vois, et on les faisait transpirer ou grelotter pour donner une idée de la saison. Ils nous ont pris pour des cinglés, les ouvriers des carrières... J'ai beaucoup appris là-haut. La montagne se venge des hommes, les tue de toutes sortes de manières : chutes, accidents, maladies pulmonaires. Les lieux sont comme ça, comme les gens, ils n'aiment pas être exploités et trouvent toujours le moyen de se venger. Quand les ouvriers essayent d'extraire le marbre en gros blocs, il réagit en se fendant ; s'ils le veulent en plaques plus petites, il se casse au mauvais endroit. Les hommes parlent de la pierre comme si elle était vivante. Comme si elle avait une volonté et un destin propres. C'est beau, le marbre ; par ici, il est le plus souvent blanc, plus au nord, vert, et rose dans la région de Vérone. »

C'était là la manifestation la plus heureuse du patriotisme de Gianni, ce plaisir qu'il prenait à parler des pierres colorées de son pays.

À Sestri Levante, le contrôleur vint nous voir pour la dernière fois.

« Qu'est-ce que c'était, cette histoire de frontière ? demandai-je à Gianni quand nous fûmes seuls à nouveau.

— Il voulait s'assurer que nous descendions bien à Gênes. Il y a un wagon qui continue, tu comprends, celui où nous nous trouvons. Il ne s'arrête pas à Vintimille, mais passe en France.

— En France… pour aller où ?

— Oh… Monte-Carlo, je suppose. Nice. Cannes. »

Gioconda sembla soudain toute proche, avec ce train qui continuait sur Nice, ces mêmes filets à bagages, ces mêmes sièges en peluche râpeuse destinés à se retrouver pratiquement à sa porte le soir même. Je me dis que Gianni avait dû s'imaginer restant dans ce train et la rejoignant au plus vite. Sans moi, il aurait gagné un temps appréciable.

« Rapallo, dit Gianni. Nous y serons bientôt. »

Tandis que j'approchais de Gênes, prête à quitter l'Italie, et que je passais entre la mer et ces collines (entourées maintenant d'une aura de prestige social, semées des villas des riches : collines imprégnées d'une mélancolie géographique solennelle inconnue à Naples, comme si le paysage lui-même ressentait le manque de son propre passé), je n'étais pas en proie à l'appréhension mais à une conscience aiguë des lieux. Si ces derniers connaissaient l'esprit de vengeance, comme l'avait dit Gianni, ils étaient également plus magnanimes que n'importe quel bienfaiteur humain, car ils pourvoyaient à nos besoins toute notre vie, n'exigeant de nous rien d'autre que le plaisir que nous aurions à nous souvenir d'eux.

Sentir qu'un lieu vous manquait, avait dit un jour Gioconda, c'était une façon de continuer à l'aimer ; pourtant, dans mon cas, il s'agissait plutôt de la conviction qu'il existait enfin un lieu susceptible de me manquer. Arrivée en Amérique, je viendrais de cet endroit. Une partie de moi-même, désormais, en viendrait toujours. Comme le colorant que l'on m'avait injecté dans les veines, ce pays teintait mon essence, éclairait mes réactions à tout le reste. Ici, littéralement parlant, j'étais revenue à moi.

Inimaginables pour ma famille, même si elle en avait été informée, étaient les circonstances de ma présence dans ce train, chaque fait et geste, chaque objet sans aucun lien avec l'idée qu'ils avaient de mon passé. Que l'éventualité d'une explication fût proprement inconcevable mesurait bien la distance qui me séparait d'eux désormais. Ils étaient à l'image de quelqu'un qui, interrompu au beau milieu d'une histoire, n'arriverait plus, même s'il devait la reprendre, à faire valoir son point de vue, l'élan, le suspense, l'avantage acquis à jamais perdus.

En pensant à ce passé tout neuf qui m'était échu — et qui, pour l'instant, était encore le présent, même si l'imagination se projetait en avant pour l'isoler de la perspective du départ —, je l'opposais à ce qui, jusqu'ici, m'avait tenu lieu de passé : cet autre passé, celui de l'exil, de l'Afrique et de l'Angleterre, d'Edmund et de Norah. J'eus l'impression d'être tombée sur de vieilles lettres à l'adresse rédigée dans une écriture oubliée et pourtant étrangement familière, une enveloppe sur laquelle la main va peut-être trembler, mais qui doit être ouverte pour en identifier l'expéditeur. Ainsi me faudrait-il finir par remonter jusqu'à ces origines de mon être — plus tard, quand les recherches se feraient à l'intérieur d'un périmètre plus circonscrit. Remords, blessures, oublis jetteraient leurs passerelles tardives sur des cours asséchés ou détournés. Justin avait été la dernière du genre, une transition.

Au moment précis de l'arrivée, également point de départ, Justin réintégrait donc le champ de mon expérience et à nouveau m'interpellait.

« Ce n'est pas si loin d'ici, dit Gianni. La frontière. À deux petites heures de Gênes, pas plus. »

Et, de la sorte, chacun de nous songeant à un tiers, nous arrivâmes à destination.

Gianni et moi arpentions le pont d'un bateau. Des enfants couraient autour de nous, il y avait des femmes en manteau de fourrure, un jeune homme avec un bouquet de roses rouges, un steward portant un panier de fruits recouvert de Cellophane. Le bateau lui-même, pareillement enfermé dans une poche d'air tiède, sentait la cuisine, la peinture, le désodorisant, tout sauf la mer. À l'intérieur, il y avait des banquettes et des fauteuils, ainsi qu'un bar gigantesque. On avait l'impression que c'était un fragment de terre ferme qui s'apprêtait à appareiller, et non un navire.

« Gianni, tu aurais pu continuer le voyage jusqu'en France dès ce soir. »

Il secoua la tête. « C'est aussi bien de passer la nuit ici. À quoi bon se tuer pour gagner quelques heures ? »

Il y avait, dans sa manière de le dire, une gaucherie touchante et inhabituelle — tant il manquait de pratique dans l'art de déguiser ses bonnes actions — qui m'émut autant que la délicatesse dont il témoignait en ne passant pas immédiatement, comme il aurait sans doute eu envie de le faire, de moi à Gioconda, mais en ménageant un intervalle d'une nuit. C'était un acte d'observance quasi formel : le genre d'hommage que l'on peut rendre aux morts.

Je lui pris le bras tout en marchant. « Après ça, tout est possible.

— Tout l'était aussi *avant*; mais tu ne le savais pas. »

Je me représentai, en l'espace de quelques secondes, son départ le lendemain de bonne heure sur la route sinueuse, les montagnes dévalant jusqu'à la mer, puis les panneaux de signalisation soudain rédigés en français, tandis que son sentiment de solitude dans la voiture se détachait peu à peu de moi, et qu'il se tendait tout entier vers ses retrouvailles imminentes avec Gioconda. Et son arrivée. Elle était tellement dans la continuité de ce que j'avais connu d'eux que j'avais du mal à croire que je n'y aurais aucune part, moi qui étais là, sur ce pont, coupée de leur joie, les imaginant déjà en train de se promener le lendemain le long du bord de mer, tendrement enlacés. Cet avenir-là leur appartenait tellement en propre que je ne pouvais même pas demander à Gianni s'il révélerait jamais notre histoire.

À intervalles réguliers, une voix venait vibrer à nos oreilles, comme une sonnerie de réveil. « *La nave é in partenza* », puis en anglais : « *The sheep is living*[1]. » Pris dans

1. « Le mouton est en vie », pour *The ship is leaving* (Le bateau va partir), déformation phonétique due à la prononciation italienne de l'anglais. (*N.d.T.*)

les remous d'un remorqueur, le bateau oscilla doucement, donnant une idée de sa puissance comme un animal en captivité.

« Il faut que tu y ailles », lui dis-je.

Nous nous accoudâmes à la rambarde. Un mètre ou deux d'eau sale, puis les madriers noircis d'une jetée. Un couple à côté de nous se détourna discrètement en nous voyant en larmes.

« Ils nous prennent pour des amoureux, dit Gianni. Ils croient que c'est aussi simple que ça.

— Gianni, mon chéri, pars, je t'en prie.

— C'est affreux, dit-il, comme s'il s'était attendu à autre chose. Il n'y a donc rien d'autre que cela ?

— Je t'en supplie, va-t'en. Vite. »

Il prit mon visage entre ses mains et m'embrassa sur les deux joues, comme un parent ou un héros que l'on décore. « Ma chère, mon adorable Jenny. Sois courageuse. Sois heureuse. N'oublie jamais. » Je sentis la pression distincte de chacun de ses doigts, la texture de sa peau et de ses vêtements. Puis ce fut le vide.

À nouveau appuyée sur la rambarde, je le vis émerger de la passerelle couverte et s'éloigner le long de la jetée. Le soir tombait, mais il avait mis ses lunettes de soleil pour cacher ses larmes, si bien que les gens se retournaient sur lui, pensant peut-être que c'était quelqu'un de connu, un artiste, ou un acteur, qui à cette occasion voulait préserver son anonymat et partir sans être reconnu.

XV

On transportait, on emportait tout un bric-à-brac : l'armature sculptée d'un fauteuil, sans assise ; une glace réduite à son seul encadrement, dans laquelle se découpait la tête de celui qui la tenait, privée de son reflet ; le squelette en métal d'une table de jardin, incliné entre deux hommes titubant sous le poids ; des tasses à café sur des disques en chrome portés par des garçons vêtus de vestes blanches tachées. Comme un exode. Tout le monde avait entre les mains quelque chose de la ville.

Devant l'immeuble, un vieil homme portait sur son épaule le fût d'une colonne dorique. Quand je descendis du taxi, je m'aperçus qu'il s'agissait en fait d'un rouleau de plastique ondulé de couleur claire, de celui que l'on utilise pour couvrir une terrasse ou un abri pour voiture.

Une grosse fille en bigoudis passa la tête par la fenêtre du concierge. « Est-ce que… (elle tendit la main derrière elle pour baisser son transistor), est-ce qu'elle vous attendait ?

— J'ai écrit de Rome au début de la semaine. Le téléphone ne répond pas. »

Rome l'impressionna. « De Rome, dites donc ! Ben… elle bouge pas mal, ces temps-ci. C'est toujours comme ça, à cette période de l'année.

— Je peux monter ?

— Vous pouvez toujours essayer. Peut-être qu'il y a quelqu'un. »

Elle resta à me suivre des yeux quand j'entrai dans la cour. Me voyant hésiter, elle crut que je ne retrouvai pas mon chemin. « À gauche ! » cria-t-elle. Puis « *Coraggio* ». Un homme sortit de l'auto-école pour voir ce qui se passait et s'attarda, curieux de découvrir la suite.

On avait installé l'électricité dans l'escalier — il y avait en bas un interrupteur encrassé, et le long du mur un cordon torsadé qui pendait ici et là. Mais la lumière ne marchait pas. Si bien que, finalement, c'était comme avant, et l'on montait les marches dans l'obscurité.

Une voix me parvint d'en haut, tendre et désespérée : « Laisse-moi rêver que tu m'aimes encore… »

Nul besoin de sonner, car la porte à deux battants était ouverte, et une femme que je n'avais jamais vue était en train d'astiquer les poignées et la serrure, ainsi que le heurtoir en cuivre. Elle était trapue, avait le front bas et portait une blouse à fleurs foncées.

« Et laisse-moi mourir dans mon rêve », le mot « rêve » s'évanouissant alors qu'elle appliquait son chiffon, du bout du doigt, sur la sonnette, la faisant tressauter le temps de quelques coups étranglés. En me voyant, elle se redressa, le chiffon dans une main et une boîte d'un produit qui sentait fort dans l'autre. « Signora ? »

Je voyais derrière elle dans le hall la table où, sur un napperon de brocart plissé, se trouvaient des lettres, dont la mienne, posée là comme, des années plus tôt, celle de Gioconda.

« Vous l'attendez pour bientôt ? » demandai-je, sans désigner nommément Gioconda. Car elle aurait pu se marier entre-temps ; et puis, j'aurais trouvé bizarre de prononcer à nouveau son nom, après tout ce temps.

« Elle est dans l'île, dit la femme.

— Tosca est ici ?

— Mais, chère madame, Tosca est morte, la pauvre. »

Dans sa bouche, tout prenait la forme d'une déclaration solennelle, comme si elle n'avait jamais eu à prononcer la moindre banalité.

« Il y a longtemps que je ne suis pas venue.

— Oui, Tosca est morte… voyons, il y a bien cinq ou six ans. La pauvre ! »

À l'intérieur, un chat au poil clair traversait nonchalamment le hall, au milieu d'ombres mouchetées. Les flancs longs et lourds et la large tête me firent imaginer d'abord que ce pouvait être Iocasta, mais quand l'animal tourna vers moi un masque à demi enténébré par une longue tache noire, la révélation eut quelque chose de terrifiant et d'absurde.

« Est-ce qu'elle doit revenir ? » Ce n'était plus de Tosca qu'il s'agissait.

« Dans quelques jours. » La femme écarta les mains, chiffon d'un côté, produit de l'autre. « À cette période de l'année (c'était la fin de l'hiver, le début du printemps), elle est souvent partie.

— Comment puis-je… vous savez où elle réside ? »

Elle l'ignorait, ce qui semblait également constituer une réponse. Le chat sortit sur le palier et me regarda avec sa tête effrayante. Sentant que je ne voulais pas de lui, il se frotta de toute sa longueur, sans le moindre humour, contre ma jambe.

« Si vous allez dans l'île, vous la trouverez sur la piazza, assise au café. »

Pour ma part, je ne m'aviserais jamais de faire une telle déclaration sans la nuancer d'une manière ou d'une autre. Mais loin d'affaiblir le caractère oraculaire de ses paroles, elle le renforça, quand, au bout d'un moment, elle les répéta. « Vous la trouverez au café. »

Je lui glissai quelques pièces, plus par admiration que par gratitude, ce qui provoqua chez elle une authentique indignation. « Non, non, il n'en est pas question », dit-elle, en les cachant dans la poche de sa blouse, comme si leur vue blessait son regard.

Parce qu'il me fallait maintenant aller plus loin que je ne pensais, je ne pris pas la peine de m'arrêter pour faire un compte-rendu de mes découvertes devant la délégation rassemblée dans la cour — ce qui n'était pas très aimable de ma part ; mais c'est de cette manière que j'appris que Gioconda était toujours célibataire. Tandis que je passais sous le porche pour sortir dans la rue, une fenêtre s'ouvrit au rez-de-chaussée dans la cour derrière moi, et la voix de la sibylle descendit des hauteurs : « C'est une étrangère.

— Oui, de Rome.

— Elle cherche la signorina. »

Il me fallut prendre le dernier ferry, qui se trouva être l'*aliscafo* — un de ces engins qui ont tout d'un vaisseau spatial, et que l'on voit maintenant fendre un peu partout les eaux de la Méditerranée. En fait, la traversée fut en tout point différente de celles que j'avais connues par le passé, car elle semblait s'obstiner à systématiquement mettre en échec et à pénaliser toutes mes tentatives pour réveiller le souvenir. L'*aliscafo* ne partait pas du port, mais du môle de Mergellina, à l'autre bout de la ville ; on ne prenait plus un café à bord, en attendant tranquillement que le bateau appareille, mais il fallait faire le pied de grue au bout du môle dans la froidure du crépuscule jusqu'à ce que l'engin vienne se ranger le long du quai, au milieu des grondements et des tourbillons, puis se précipiter à bord avant de repartir aussitôt. J'avais compté sur la lente transition du trajet en bateau, deux heures environ, pour accomplir le travail de plusieurs années et laisser à mes pensées le loisir de se préparer à nos retrouvailles ; maintenant que j'allais être propulsée à grande vitesse sur les eaux du port en une fraction seulement du temps escompté, il devenait possible de rendre ce changement responsable de mon manque de préparation.

Je ne commandais pas davantage à mes pensées qu'aux événements. C'était Tosca qui ne cessait de me revenir à l'esprit tandis que j'attendais à l'extrémité du môle avec une poignée d'autres voyageurs. Je me souvenais du récit que m'avait fait Gioconda, et qu'elle tenait de sa mère, de l'arrivée de Tosca chez eux — une fille de la campagne, pieds nus, toutes ses possessions dans un balluchon en équilibre sur la tête. Je me rappelais aussi m'être dit qu'il faudrait du temps pour connaître cette Tosca, cette femme presque revêche, pratiquement muette, et d'ascendance partagée entre le Nord et le Sud ; et, aujourd'hui, de ce temps pour la connaître il n'y en avait plus, ou alors, on avait l'éternité. Avait-elle détesté Gianni, m'avait-elle détestée, moi ? Avait-elle une vie à elle, faite de crises et de chagrins, qui se déroulait en secret parallèlement à la nôtre ?

J'avais l'impression de m'être retrouvée, en me rendant chez Gioconda, sur les lieux d'un accident, et le sentiment que j'aurais pu tout aussi bien y apprendre la mort de l'occupante des lieux. Le fait qu'elle fût, elle plutôt que Tosca, toujours en vie relevait du simple hasard.

Le principe de notre bateau — qui consistait à devancer les éléments plutôt qu'à s'adapter à eux — devint clair d'emblée, gagnant de vitesse pensées et sensations, et vous amenant à vous sentir propulsé involontairement en direction de l'île, comme si cet étrange vaisseau était la manifestation visible de forces incontrôlables. Avec sa frénésie de vitesse, il se jouait de la fixité des deux points entre lesquels nous nous déplacions : la ville qui s'élevait derrière nous, et, devant, l'île plongée dans l'obscurité.

Au début, nous longeâmes la côte à l'abri du Pausilippe, mais trop vite pour pouvoir distinguer les maisons, car tout désormais n'était que maisons, le cap lui-même ne formant plus qu'une unique demeure, et le reste se trouvant réduit à une multitude de fenêtres. Les lieux familiers défilaient dans un grondement ininterrompu, vidés de toute signification par notre vitesse et notre bruit. La réalité bouillonnait alentour sans produire de sens, comme dans l'instant qui précède un évanouissement.

Des quelques autres passagers, je ne voyais qu'un homme d'affaires en train de faire des mots croisés sur une table atteinte de tangage, un jeune couple chic en pantalon et col roulé, et une femme d'un certain âge à la chevelure aussi fauve que son manteau de léopard, qui nous soufflait la fumée impitoyable de sa cigarette au visage, tout en levant un poignet sur lequel les breloques de son bracelet s'entrechoquaient comme si elle était sous le coup d'une violente émotion. Aucun habitant de Capri rentrant chez lui n'aurait pris ce coûteux moyen de transport, alors qu'il y avait l'habituel *vaporetto*, qui partait plus tôt : nous étions, sans aucun doute possible, sur le vaisseau des Pucci, des Gucci et des Ferragamo.

L'atmosphère était devenue franchement fébrile. Le bateau générait la panique, dans la mesure où l'on était incapable de penser à autre chose qu'à une catastrophe imminente. Il me vint à l'esprit que Gioconda risquait de me paraître terriblement âgée, d'être malade, grosse, amaigrie — bref de porter les stigmates imprévisibles des années écoulées. Je songeai, par exemple, qu'elle s'était peut-être coupé les cheveux : une idée horrible, comme si des cheveux rasés suggéraient le couvent ou la prison, qui me causa le même frisson d'horreur que celui que m'avait procuré à San Biagio la vue de la tête du chat avec sa grande tache noire. Pendant un moment, je m'exerçai à ces impressions, cherchant à les exorciser, à les désamorcer en les imaginant à l'avance. Mais c'était peine perdue, la scène serait inimaginable, comme tout le reste : comme Tosca, comme l'*aliscafo*, comme la torture mutuelle que s'infligent les rues et les voitures, comme l'immense cheminée d'un gratte-ciel tout neuf qui, tel un mât enrubanné trônant au milieu de la ville, donne des dimensions de celle-ci une idée absurde.

Incapable de penser clairement, je me demandai si elle se souviendrait de moi. Semblable à un élément qui mine la confiance d'un acteur, et interfère avec le bon déroulement de la représentation, une question se posait : pourquoi étais-je venue ?

Car il n'était plus possible à présent de garder à ce voyage son estampille officielle de redécouverte du passé. Tous ces moments éphémères tendaient vers un tout à venir, un temps achevé : il s'écoulerait beaucoup de temps avant qu'ils puissent être intégrés à un passé prévisible. « ENVOLEZ-VOUS POUR LA TURQUIE », disait la publicité d'Alitalia dans le journal de l'homme d'affaires. Je regrettais maintenant d'être venue, sans pour autant songer à faire demi-tour. Dans les affaires d'importance, la formule « il vaut mieux s'abstenir » ne s'applique guère — l'abstention étant seulement un vide que quelque chose d'autre doit venir remplir. L'inévitable est partout.

(Cinq ans après mon départ pour l'Amérique, et quelques années avant ce trajet sur l'*aliscafo*, parut un film réalisé par Gianni, sur un scénario de Gioconda. C'était l'histoire d'un homme qui a réussi si souvent et avec un tel succès à détourner le cours de son existence que, parvenu à la quarantaine, il n'est plus fait que d'affluents à la source incertaine et au courant paresseux. Enfant, il échappe, en développant une maladie mineure, au pensionnat qui a mis son frère à mal ; jeune homme, en s'achetant une charge privilégiée, il reste à couvert quand ses contemporains partent se faire massacrer sur le front russe. Par la suite, ce schéma devient moins pensé, plus obsessionnel, et se répète dans un mariage commode, le refus d'exploiter un talent plaisant mais sans grande envergure, et dans diverses adaptations à des causes populaires. À la fin du film, l'homme est en train de se construire une maison dans un pays où il s'ennuie, mais où il pourra finir son existence sans payer d'impôts.

Le film a pour titre *Des raisons de se féliciter*, et je l'ai vu un après-midi dans un cinéma d'Upper Broadway, en même temps qu'un film suédois sur la schizophrénie. À sa sortie, la critique le compara défavorablement à la collaboration antérieure qui avait donné *Del Tempo Felice*, mais cette réception ambiguë était le prélude à une réputation à venir assez particulière : le film connut une deuxième vie dans des salles d'art et d'essai, et passa bientôt pour un exemple remarquable — d'une technique ou d'une autre — aux yeux des mêmes experts qui l'avaient initialement critiqué. On me dit que c'est le processus normal en pareil cas, et qu'en fait les choses n'auraient pu se passer autrement.)

J'aurais aimé que Gioconda puisse être prévenue. En l'occurrence, mon arrivée ressemblait à notre première rencontre, en ce sens qu'elle ne s'y attendait absolument pas. Que nos retrouvailles aient lieu en public — car je ne doutais pas de la trouver au café — devait nécessairement restreindre nos éventuelles démonstrations d'affection, peut-être les réduire à un échange de platitudes : « Tu n'as pas changé », ou : « Il me semble que c'était hier. »

Mais non, il ne semble pas que c'était hier. Au contraire, j'ai l'impression qu'après avoir survécu à pareil changement, au rythme accéléré des transformations, la continuité — si toutefois elle existe encore — dépassant la vitesse de la connaissance, nous avons été réincarnées des siècles plus tard et non que nous avons vécu au milieu de toutes ces dispersions et révocations, de toute cette caducité. Cette époque, notre vie à Naples, a pour moi maintenant les couleurs de l'Histoire. Elle ne semble pas relever de la vie moderne. Mais elle ne le semblait pas non plus alors, elle était plus proche de la vie tout court que de la vie moderne, plus vitale, plus vraie. Les vestiges ne sont pas moins obsolètes pour être doués d'une grande vitalité, à l'image de cette vigne qu'on a laissée intacte sur le Vomero, au milieu des lugubres immeubles d'habitation, et qui témoigne non pas tant de ce qu'il était dans le passé mais de ce qui lui est arrivé depuis.

Je me souviens de ce que Gianni nous avait dit à propos de la grande éruption et me demande si nous allons continuer à bavarder et plaisanter, à manger et prendre des bains, jusqu'à ce que l'on nous retrouve pétrifiés, nos mains de pierre levées devant nos visages : vaine tentative pour échapper à l'inévitable.

Le moteur perdant de sa puissance, nous réintégrons le monde des éléments. Il fait nuit, le bateau entre sagement dans le port, et le voyage commence à s'effacer, continuant à vous élancer un peu, comme un mal de dent. Lumières, couleurs, quelques personnes aux visages clairs troués de grands yeux, debout sur la digue, mouvements silencieux de leurs pieds battant la semelle. Le bâtiment se soumet à quelques opérations mineures — amarrage à l'aide d'une corde comme pour le premier bateau venu, arrimage d'une passerelle sur le côté. La femme léopard abaisse sa cigarette dans un cendrier en métal ; elle est juste devant moi dans la file qui s'apprête à débarquer, sa tête fauve enveloppée dans un foulard moucheté, et rejetée en arrière en raison de la façon dont elle agrippe son vanity-case : les deux mains crispées sur la poignée aussi désespérément que si elle attendait d'embarquer sur un canot de sauvetage. Nous piétinons, nous descendons.

Ce qui est arrivé après cette traversée importe peu, finalement. On ne peut découvrir que ce qui existe déjà. Équipés pour les recherches, nous nous justifions en balayant le terrain le plus large possible, afin de pouvoir faire un compte rendu plausible, d'être capables de dire : « J'ai vraiment cherché partout. » Mais des voyages comme celui-ci ne sont pas de ceux qui vous rapprochent de chez vous. Ils sont plutôt, à l'image de l'expédition de Gioconda à Madison Avenue, une guirlande destinée à embellir votre expérience. Au mieux servent-ils à établir que l'objet de la recherche n'est pas celui que l'on croyait, qu'il est ailleurs, et à éliminer des hypothèses tout à fait naturelles mais sans fondement. Nous sommes pareils à ces premiers explorateurs de l'Australie, qui mouraient de soif lors d'expéditions au centre même d'un continent, tout en restant fermement convaincus qu'ils finiraient par trouver de l'eau — une mer intérieure, un lac, une rivière, une cascade. Trompés par des dépôts de sel, par des rivières coulant vers l'intérieur, par des fossiles de coquillages, ils étaient aussi poussés par l'incrédulité, par le refus de croire qu'on pouvait venir aussi loin sans approcher davantage de l'objet de sa quête.

Il en va ainsi de ces autres explorations, intérieures celles-là. Et marquées par beaucoup d'errements, en dépit de l'amélioration des techniques Nous calculons nos positions à partir de repères erronés, regrettons de ne pas avoir, jeunes, étudié les étoiles ; donnons nos propres noms aux fleurs, mais ceux des autres aux déserts. Une fois établie la carte du territoire, la configuration de celui-ci risque d'être différente de ce à quoi nous nous attendions. On ne peut qu'en dire : ce sera un tout, une région dont quelques éléments, pas nécessairement ceux qui semblaient au départ les plus importants, se détacheront en couleurs claires. Non pas pour nous guider, mais pour nous réconforter ; non pas pour établir clairement nos positions, mais pour nous montrer le chemin parcouru.